AF191984

TORSTEN ERIKSSON

AL FINE

Till Ming

Torsten Eriksson har tidigare utgivit:
Cadenza 2023
Rubato 2024

Förlag: BoD · Books on Demand,
Östermalmstorg 1, 114 42 Stockholm, bod@bod.se
Tryck: Libri Plureos GmbH,
Friedensalle 273, 22763 Hamburg, Tyskland
ISBN: 978-91-8080-840-8

"Al Fine" (italienska: al fine [al ˈfiːne]) betyder "till slutet" och används för att markera var ett musikstycke eller en sektion avslutas. Termen förekommer bland annat tillsammans med "Dal Segno" och instruerar musikern att återgå till ett tidigare avsnitt markerat med tecknet Segno (𝄋) och sedan spela fram till den punkt som anges med "Fine".

I

Den unkna och lite söta doften har dröjt sig kvar i näsan när Ifemelu anländer till stationen. Hon går in i avgångshallen där långsmala fönster högst upp i det välvda taket släpper in morgonljuset. Det konstanta sorlet från människor i rörelse överröstas då och då av högtalarutrop som ekande studsar mot väggarna. Hon gäspar, ser upp på tavlan med avgångstider för att hitta sin avgång, men hennes ögon är för svaga. I stället pluggar hon in de trådlösa hörlurarna, tar upp telefonen och öppnar reseappen. Julia hade hjälpt henne att installera ögonavkänning som gör att det textavsnitt hon vilar blicken på läses upp av en syntetisk röst. Det mesta kan hon se då telefonen är inställd med det största teckensnittet men ljudet text-till-röst är ett bra komplement. Hon har även med sig ett litet hopfällbart förstoringsglas men låter det bli kvar i fickan. Rösten berättar, något entonigt, att tåget till Hamburg avgår från plattform tolv, åtta och femtio. Ingen information om försening.

Den tidiga morgonen börjar ta ut sin rätt och hon ser fram emot att få sova färdigt på tåget. Hon letar upp en ledig plats på en av de svängda bänkarna, sätter sig med kabinväskan framför sig och tar fram en termos med kaffe och en av de hembakade kanelbullarna ur sin ryggsäck. Doften från kaffet

7

AL FINE

lyckas till slut ersätta den från gruppbostaden och hon smuttar försiktigt på den heta drycken.

"Jag har det bra här och du behöver inte komma hit mer. Slösa inte bort ditt liv på mig!" var det sista han sagt när hon lämnat honom i frukostmatsalen. Sa, kanske inte är rätt ord. Det var mer ett sluddrande som numera nästan bara hon kan förstå.

Hon tar en tugga av kanelbullen och förundras över att en sådan enkel aktivitet skulle vara helt omöjlig för honom. Tankarna vandrar tillbaka till när de första symtomen visat sig och han fortfarande varit en fullt fungerande människa. Nästan femton år senare, efter att gradvis ha tappat förmågan, sitter han hjälplös i en rullstol om dagarna och hon fylls av ett sådant vemod att hon knappt förmår tugga färdigt.

Han brukade inte säga så mycket under den timme hon vanligtvis stannade. Just i dag, inte ens så länge. Frågat om döttrarna förstås och kommenterat lite om det hon berättade. Om odlingarna, om reparationer hon gjort i huset, om släkten. Och nu i dag, om resan till Tyskland då hans ögon för första gången på länge, glittrat till. Efter att hon hjälpt honom upp ur sängen, klätt på honom och fått över honom till rullstolen, hade de suttit på hans rum tills det var dags för frukosten. Med sin hand i hans slappa, hade hon hela tiden smekt den med sin tumme. Fram och tillbaka. Som en maskin.

Nästan varje gång hon besökt honom hade han, precis som den här morgonen, bett henne att inte komma mer. Men hon måste fortsätta. Inte för hans skull, även om hon gärna gör det också. Bara för sin egen går hon dit varje vecka. Varje vecka i – hon tänker efter – ja, det blir två år till hösten. Hon gör det också för flickornas skull även om i alla fall Jessica var där oftare än så.

Det är ännu mer än tjugo minuter kvar innan avgång, men hon beger sig ändå till rätt plattform. När tåget kommer in till perrongen är hon en av de första som kliver ombord, på det

8

som är det första steget till den konsert i Wien hon sett fram emot under hela vintern. Hon hade tvekat innan hon beställt biljetten till konserten men tänkt att nu eller aldrig. Om inte annat hoppades hon att atmosfären och musiken skulle förmedla det hon inte kunde se klart. Hon ser även fram emot att besöka slottet under vistelsen där. Först skulle hon dock landa hos kusinen Claudia i München.

Med fingertopparna läser hon den punktformade skriften på toppen av stolsryggarna och hittar sin plats. Hon hade bokat den vid fönstret då alla längs gången underligt nog varit bokade. Ändå sätter hon sig på platsen bredvid i hopp om att kunna övertyga den som bokat den, om ett byte.

Kupén börjar fyllas med folk och snart skulle tåget rulla igång. Hon fascinerades alltid av hur mjukt och smidigt tågen nu för tiden rör sig och minns dem från när hon var ung. Bullriga och ofta krängande hit och dit. Vagnar med välvda tak. Kupéer med plats för sex personer. I ena änden av vagnen brukade en vattenflaska med tillhörande pappersmuggar vara fastsatt i en urgröpning i väggen. Jämfört med dagens höghastighetståg var de som sniglar. Sedan den nya tunneln mellan Rødby och Puttgarden färdigställts hade restiden kortats ned väsentligt till Tyskland. Hela vägen till München var nu möjlig på endast en dag med byte i Hamburg.

*

Plötsligt märker hon att någon står intill henne och hon ser upp på en äldre man som harklar sig och säger:

– Ursäkta, men jag tror du sitter på min plats!

Trots den uppfordrande kommentaren var rösten vänlig. Det är något bekant över honom där han vilande på sitt ena ben håller fram något som ser ut som en pappersbiljett. Enkelt men propert klädd i jeans och en grönaktig skjorta som ser ut att ha flera öppna knappar längst upp. På axeln hänger en mindre ryggsäck och en hand vilar på det uppdragna handtaget till en kabinväska.

– Jag har platsen här vid fönstret, men du får gärna sitta där.

– Tack, men jag föredrar den plats jag bokat. Alltså den här vid gången. Han pekar på stolen hon sitter på. Okej, jag får flytta på mig, tänker hon, reser sig och ser nyfiket upp på hans ansikte. Så säger han hennes tidigare namn.

– Klara?

Hon fastnar i rörelsen och blir kvar i sin halvstående position. Är det möjligt? Är det han? Ja ... det måste vara han. Hon kan omöjligt missta sig på hans sätt att tilltala henne och sätter sig igen. Med fingertopparna mot pannan, armbågarna mot låren, stöttar hon sitt nerböjda huvud och hör ljudet av vagnsdörrar som slår igen. Det följs av en röst från tågets högtalare som förklarar att det är dags för avgång. Mannen stammar nu fram:

– J...jag ... kunde inte veta ... jag ... jag kan ... jag försöker hitta ...

Hon hör steg som avlägsnar sig och när hon långsamt rätar upp sig och lyfter blicken, ser hon hans ryggtavla försvinna in till nästa vagn.

Återblickarna från den mörka hösten nästan dränker henne. När hon varit nära att ge upp. På riktigt ge upp. Plikterna hade räddat henne. Även makens sjukdom, underligt nog. Det är som om huvudet inte kan härbärgera alla tankar och minnen som nu sköljer över henne. Det sista, det allra sista han sa innan *uppbrottet*, ekar inom henne.

Knappt märkbart rullar tåget igång och bara genom att omgivningen relativt sett tycks röra sig bakåt förstår hon att den närmare fjorton timmar långa resan startat. Efter en stund öppnas dörren intill nästa vagn igen och en kvinnlig konduktör kommer in. Strax bakom, mannen på vars plats

Ifemelu sitter. När de befinner sig intill henne, vänder sig konduktören halvt bakåt mot mannen.

– Som sagt, tåget kommer att vara fullt från och med nästa stopp så enklast är nog att ta den plats du bokat.

Konduktören försvinner in i nästa vagn och mannen ställer sig bredvid Ifemelu. Men nu är hans röst annorlunda. Ansträngd men väldigt låg, nästan viskande.

– Jag är ledsen ... tåget är fullt. Jag kan ... kan ta platsen ... den vid fönstret.

Utan att säga något ställer hon sig vid gången för att låta honom passera. Efter att ha placerat sin kabinväska på hatthyllan ovanför sätter han sig på fönsterplatsen och ställer ryggsäcken vid sina fötter.

Tåget kör in i en tunnel och hon ser en diffus bild av sig själv i fönstret. Det grå, krusiga håret är hårt flätat och lyser som en aura ovanför hennes mörka nuna. Jag borde kanske färga det, hinner hon tänka innan tåget kommer ut ur tunneln och vidare in på järnvägsbron.

Så snart han fått ordning på kroppen, sätter hon sig ner bredvid honom. I smyg ser hon att han plockar upp en bok ur sin ryggsäck. Hur länge ska han sitta där? Tågresan hon sett fram emot, kommer nu att bli olidlig. Hon suckar djupt och ser i ögonvrån att Johannes vänder sitt huvud en aning mot henne.

*

Ifemelu tittar ofta på klockan och tiden kryper fram. Det kryper även i hennes skinn och hon tycker det är mycket obehagligt att ha mannen som svek henne så grundligt, alldeles intill. Ett oskyldigt meddelande på chatten och han försvann. Det var som om han bara inväntat rätt tillfälle att fly. Som om han förstått att hon nästan blivit fri. Då klipper han till. Han hade antagligen träffat en annan, kanske på stenkursen.

AL FINE

Den svarta hösten när hon levde som en zombie väller åter
upp i henne och blandas med en ilska som är svår att kontrol-
lera.

Han fäller ned bordsskivan framför sig, lägger boken där
och säger:

– Vart är du på väg? Hamburg?

Utan att kunna kontrollera sig väser hon fram:

– Det har du fan in...

Varje muskel i hennes kropp tycks vara spänd. För ett kort
ögonblick får hon lust att slå honom men genom att hennes
händer krampaktigt håller i armstöden förhindrar de varje
försök till våldshandling. Vad är det som händer? Jag måste
tänka på annat, *jag måste tänka på annat!* Han säger något ytter-
ligare men hon uppfattar inte vad. Rösten är mild men hon
bryr sig inte. I stället låter hon sin suddiga blick vandra runt i
kupén för att hitta något som kan skingra tankarna, dämpa
vreden. En ung man sitter tvärs över gången och när hon
försöker fokusera på honom, vänder han sig mot henne och
tycks nicka och le vänligt. Kort, och närapå omärkligt,
besvarar hon hans hälsning. Hennes ögon räcker dessvärre
inte till att fånga något av intresse i den fullsatta kupén. Till
slut tar Johannes boken från det uppfällbara bordet och fort-
sätter sin läsning. Ifemelu släpper taget om armstöden och tar
fram sina hörsnäckor för att hitta något som kan skydda
henne ... skydda henne från sig själv. Så minns hon klarinet-
ten Julia pratat om.

Klarinett i den klassiska musiken hade hon länge tänkt
bara var en del av orkestern. Men när hon en gång lyssnat på
ett arrangemang av en av Mendelssohns Lieder Ohne Worte
för just klarinett och piano, hade hon upptäckt den som solo-
instrument. Klarinettens mjuka, lena toner hade fyllt
mellanrummen i pianots staccaton. *Mellanrummen där livet blir
till.* Vilken var det nu? Hon letar i telefonen ... just det, den
andra i opus 67. Hon pluggar in hörlurarna och lyssnar på det

korta stycket. Det växlar i intensitet och när pianots forteavsnitt släpper taget om sången och låter klarinetten ta över, tycks hennes spända muskler också släppa taget om kroppen. Hon vill höra mer. Julia hade nämnt Brahms. Hon letar i telefonen igen. Till slut hittar hon hans klarinettkvintett. Klarinetten tillsammans med de fyra stråkinstrumenten stänger ute både tågets ljud och så småningom även existensen av mannen bredvid.

*

En svag doft av man kommer för henne och hon sneglar på sin bänkgranne som är försjunken i sin bok. Så gammal han har blivit. Inte den riktiga ålderdomen men tydligt märkt av åren såvitt hon kan se. Det tidigare blonda håret var nu grått. Nästan vitt på några ställen. Grova skrattrynkor som fastnat runt ögonen, den grå skäggstubben, kinder som ser skrynkliga ut. Örsnibben påtagligt påverkad av gravitation och, såvida inte hennes svaga ögon spelar henne ett spratt, ser luden ut. De fläckiga, pigmenterade händerna. Ändå när han svingat upp resväskan till hatthyllan, när han vilat på sitt ena ben, när hans händer mjukt och varligt bytt sida i boken, hade han verkat som förr. Hon ser på sina egna händer som vilar i knät. Med synliga ådror i relief, märkta av tiden även de. Hur gammal kan han vara nu? Just det, tre år äldre än hon själv betyder att han blir ... sjuttiofem nästa höst. Brukar inte sjuttiofemåringar firas lite extra? Undrar om han gillar klarinett?

Genom fönstret bredvid den unge mannen på andra sidan gången ser hon landskapet fladdra förbi. Som vore det en illustration över hennes eget liv. Hur ska man hinna ta vara på det? Borde jag? Det som maken så ofta sagt henne sedan han kommit till gruppboendet.

Långsamt ruskar hon på huvudet och tänker: nej, jag vill inte. Hon lutar sig tillbaka, sluter ögonen och spelar Brahms igen. Klarinetten återtar scenen. Hennes kropp slappnar av allteftersom och när musiken tystnat, sover hon.

2

När hon vaknar till står tåget stilla. Hur länge har jag sovit? undrar hon och ser på telefonklockan. Den är strax före två, flera timmar alltså. Hon ser först ut genom fönstret på andra sidan gången och därefter det Johannes sitter vid, för att förstå var de är. Han ser upp från sin bok och ut genom sitt fönster. När han ser åt hennes håll vänder hon sig direkt mot andra sidan av vagnen igen. Är vi i Köpenhamn? tänker hon. Men de ser inte ut att befinna sig på en tågstation för en bit ifrån spåret står röda tegelhus i rad, lite rumphuggna med sina släta gavlar utan taksprång. Bortom dem, gula rapsfält.

*

Hon ser på klockan igen. De har snart stått här i femton minuter.

– Vi …

Han harklar sig och fortsätter men är vänd mot fönstret.

– Vi har precis kommit ut på Lolland, inte långt från Rødby … kanske ett tågmöte.

Rösten låter underligt vek och tunn. Inte som hans vanliga mansstämma. Han fortsätter att läsa sin bok.

Efter ytterligare några minuter skrapar det till i högtalarna:

AL FINE

Vi ber om ursäkt för dröjsmålet men det har uppstått ett tekniskt problem i tunneln mot Tyskland och den är tillfälligt avstängd. Men enligt de uppgifter vi fått ska de strax vara lösta.
Meddelandet upprepas på tyska men inte med någon bra översättning konstaterar hon. Hur kan det bli ett tekniskt problem i en tunnel? Det är ju bara ett hål rakt genom berget. Havsbotten i det här fallet. Såvida den inte rasat ihop men det kan hon svårligen tänka sig. Hade det hänt skulle det dessutom vara omöjligt att vänta på en reparation.

– Va? Det är ju bara en tunnel genom berget, undslipper hon sig.

Johannes ser upp från boken och först ut genom fönstret. Därefter på stolen framför henne med en skygg blick, som en pojke under lugg och det påverkar henne mer än hon vill tillstå. Till slut säger han, med en låg men mer stabil röst än innan:

– Ett tunnelsystem är inte så enkelt som man kan tro.

Nu ser hon på honom och höjer ögonbrynen men säger inget. Helt kort möter han hennes blick men ser sedan förbi henne och ut genom fönstret på andra sidan gången.

– Nu är jag ingen tunnelexpert förstås, men det är rätt många tekniska system installerade i en tunnel, inte minst av säkerhetsskäl, till exempel de som signalerar till tågen men även sådant som utrymningsvägar. Ventilation är en annan viktig del. Även om det är en sänktunnel behövs antagligen system för att pumpa bort vatten.

Hans röst låter nu nästan normal och hon nickar långsamt med huvudet. Vad menar han med det sista?

– Sänktunnel?

– Jag vet inte exakt naturligtvis men man har tydligen inte sprängt sig genom havsbotten utan lagt en tunnel av betong på bottnen av Fehmarn bält.

16

Han visar med en kupad hand på sitt lår hur tunneln vilar på havsbottnen. Så typiskt Johannes, tänker hon och minns att han brukade illustrera geologiska fenomen med sina händer.

– Jag förstår.

*

De har nu stått stilla i mer än en timme när det åter raspar till i högtalarna.

Tyvärr verkar problemen vara större än vad som meddelades initialt och det finns ännu ingen prognos när de kommer att vara lösta. Under tiden vi väntar kommer vi att servera lättare förtäring. Var goda att stanna på era platser så kommer personalen ut med en serveringsvagn.

Och sedan på tyska.

Ifemelu har redan förstått att hon kommer att missa sin anslutning i Hamburg och börjar fundera på alternativ. Hon måste kanske boka ett hotellrum. Men var? Det kanske inte ens kommer att vara löst under dagen och då blir de kvar på den här sidan tunneln. Johannes ser på henne och hon överraskar sig själv genom att säga:

– Jag har missat min anslutning i Hamburg.

– Det har jag också trots att jag bokade med marginal för bytet. Jag är osäker om det går några ytterligare tåg till Nürnberg i dag. Nattåg kanske.

Han tar upp sin telefon och verkar leta efter nya förbindelser men ger upp efter ett tag och ser på henne.

– Vart är du på väg förresten?

Jag bad om det, tänker hon.

– München, säger hon utan att möta hans blick.

Efter en stund öppnas dörren in till nästa vagn och en ur personalen kommer skramlande med en serveringsvagn. När det är hennes tur väljer hon en kopp te till den ostsmörgås som serveras. Johannes beställer kaffe. När han sträcker sig förbi henne för att ta emot sin beställning, förnimmer hon hans doft blandad med den från kaffet. De äter under tystnad.

Efteråt knölar hon ihop engångsförpackningarna och när hon är på väg att stoppa dem i den nätficka som finns på stolsryggen framför henne, säger Johannes:

– Jag kan ta dem!

Han pekar på en halvrund, svart papperskorg som finns under fönstret. Efter att ha räckt över skräpet till honom säger hon bara ett kort "tack", lutar sig tillbaka i stolen och öppnar reseappen i sin telefon. Det går ytterligare ett snabbtåg till München som anländer efter midnatt men har ingen ledig plats. Även om det funnits plats känns det inte så lockande att hålla Claudia vaken så sent. Dessutom är det högst osäkert om hon över huvud taget kommer fram till Hamburg i dag.

*

Efter att ha slumrat en stund känner hon sig kissnödig och går till toaletten i ena änden av vagnen. Med några pappershanddukar täcker hon toalettsitsen innan hon sätter sig. Precis när hon är klar och på väg att resa sig upp, känner hon tågvagnen gunga till och det verkar som om tåget börjar röra på sig. Något hörs från högtalarna utanför men hon lyckas inte uppfatta vad.

Offentliga toaletter har hon alltid haft svårt för och även om den här kändes ren så tvättar hon noggrant sina händer. Tåget har fått upp farten när hon kommer ut i gången och trots att de moderna tågen är stabila, vinglar hon till flera gånger på väg till sin stol. Hennes bristfälliga syn påverkar balansen då hon har svårt att fästa blicken på något. Halvvägs ser hon Johannes resa sig, troligen för att själv gå till toaletten. Men när han är precis intill, säger han:

– Vill du ha hjälp? Det såg lite vingligt ut.

Han sträcker fram sin arm och efter en viss tvekan tar hon den och de går tillsammans tillbaka till sina platser.

– Jag ska också gå på toaletten, säger han och låter henne sätta sig ner.

Hon ser bort mot hans otydliga gestalt där han står i kön till toaletten och känner sig förvirrad. Sveket bränner ännu men den vänlighet han just visat … förvirrar. Åter sluter hon sina ögon. En stund senare hör hon hans röst.

– Jag ska försöka smita förbi dig.

Utan att ställa sig upp drar hon sina ben mot sig så långt hon kan när han passerar förbi.

– Kunde du höra inne på toan vad de sa när tåget satte igång?

– Nej, men jag antog att de bara berättade att tunnelproblemet var löst?

– Jo, men de sa också att de som har anslutningståg skulle kontakta tågbolagets informationsdisk när vi kommer fram till Hamburg. Beroende på destination och platstillgång ordnar de en ny biljett antingen i kväll eller i morgon bitti.

– I morgon?

– Vet inte hur det blir med boende då. Vi får väl se vad de säger. Jag lyckades inte hitta någon biljett till Nürnberg i dag i alla fall. Har du kollat?

Hon nickar långsamt på huvudet och säger:

– Ja, men jag hittade ingen heller.

Johannes återvänder till sin bok och hans närvaro känns inte längre lika obekväm som tidigare. Ifemelu återfår en del av den förväntan och lust hon känt inför resan. Hon tycker det ska bli så roligt att träffa sin kusin igen och minns när de var barn och lekt hemma hos farföräldrarna som haft ett hus i nordvästra delen av München. Vilket äventyr det varit när de vid några få tillfällen fått följa med dem till Viktualienmarkt i Münchens gamla stad, Altstadt.

När de senare åker in i tunneln slår det lock för hennes öron. Efter tio minuter med tunnelns konstljus fladdrande förbi fönstren passerar de Puttgarden och vidare ut på den tyska landsbygden. Bara åsynen av de tyska husen får henne att vilja prata tyska. Många anser det vara ett hårt språk men hon tycker det lite kantiga också kan vara vackert. Som om det fanns en naturlig rytm i språket. Schuberts musik i de tyska dikterna han tonsatt har förstås påverkat och gjort det möjligt för henne att inte bara höra det tyska språket utan också känna det. Johannes verkade också ha upptäckt språket, då för länge sedan. Då och då avbryter han sin läsning, ser ut genom fönstret och kommenterar något han kanske sett, eller bara tänkt. Ifemelu berättar om sin upptäckt av klarinetten och genast börjar han leta i sin telefon efter de verk hon berättar om och även andra där detta blåsinstrument spelat huvudrollen. Han är fortfarande mycket intresserad av klassik musik och går ofta på konserter, säger han. Något hon själv nästan aldrig gör. Varför vet hon inte riktigt, bara att hon inte kommer sig för. Robert hade sällan velat göra henne sällskap och trist att gå själv. När han blivit riktigt dålig hade det också varit svårt rent praktiskt för honom att följa med. I stället hade de åkt till golftävlingar som publik så länge det varit möjligt, framför allt när Jessica spelat. Om det berättar hon inget för Johannes, men det förundrar henne hur lätt samtalet med honom flyter på. Det ena leder till det andra.

*

Gick tiden långsamt i början av resan har den gått fort sedan det långa stoppet och plötsligt knastrar högtalarna i tåget till: *Nästa stopp, Hamburg. Nächster Halt, Hamburg.*

Tåget saktar in och mycket långsamt stannar det knappt märkbart till med ett litet gnisslande ljud. Hon reser sig upp och försöker få tag på sin väska som ligger bredvid Johannes på hyllan ovanför dem.

– Vänta, jag tar ner dem.

Stående ute i gången med armarna hängande nerför sidorna, betraktar hon hur han med lätt handlag tar ner de båda kabinväskorna. Drar upp handtaget på hennes och räcker över den.

– Tack, var allt hon förmådde säga.

– Ska vi leta upp tågbolagets informationsdisk?

Hennes initiala föresats till trots, känner hon att det skulle vara skönt om de följs åt. Hans skarpa ögon torde snabbt hitta rätt. Hon skulle sannolikt behöva fråga sig fram.

– Okej.

När de kommer ner på plattformen tar han direkt täten, samtidigt vänder sig hans huvud i olika riktningar som om han konstant ser sig omkring. Vid spårslutet har han redan fått syn på disken och pekar med ena handen.

– Det är där borta.

Som vore hon en maka i ett patriarkalt äktenskap, travar hon några steg bakom Johannes. Framme vid disken är det en liten kö och han vänder sig om och säger:

– Du kanske får sufflera mig. Min tyska är inte flytande direkt.

– Jag kan föra samtalet.

– Ja, det vore bra.

När det är deras tur, går Ifemelu fram till disken och säger på den bästa tyska hon förmår:

– Bitte, vårt tåg blev kraftigt försenat och vi blev ombedda att kontakta er, då vi missat vårt anslutningståg.

– Jag förstår. Vilken är er destination?

Ifemelu visar upp sin reseapp i telefonen som visar "München". Johannes håller fram sin biljett och säger:

– Und Nürnberg.

Kvinnan bakom disken ser förvirrad ut och låter blicken vandra fram och tillbaka mellan dem.

– Ni är inte i samma sällskap?

– Nej, säger Ifemelu direkt.

– Okej. Jag börjar med München.

Med vana fingrar knappar hon energiskt på tangentbordet framför sig.

– Det finns tyvärr inga lediga platser kvar i kväll till München. Och Nürnberg ...

På nytt börjar knappandet och nästan direkt säger hon:

– ... nej, inte dit heller.

Knappandet fortsätter. Nu tog det längre tid. Under tiden skrev hon ner något på ett papper bredvid tangentbordet. Till slut sa hon:

– Till München finns det en plats vid sex och trettio i morgon bitti. Men på den förbindelse som avgår klockan nio och trettio finns det rätt många lediga platser. För Nürnberg hittar jag ingen ledig stol förrän det som avgår tio och femton.

Halvsju låter tidigt, tänker Ifemelu.

– Jag tar gärna det vid halvtio, helst en plats vid gången.

Hon vänder sig till Johannes och ser med en frågande blick på honom:

– Förstod du vad hon sa?

Han nickar och säger på en rätt knagglig tyska att han vill ta tåget kvart över tio.

Kvinnan bakom disken bad om deras namn för respektive destination och knappar på sitt tangentbord igen. Hon ber dem, i tur och ordning starta reseappen i telefonen och lägga den på en liten platta framför dem. Ifemelu börjar och hör reseappen säga: "Lägga till en biljett: Acceptera?" Och hon klickar på den gröna OK-knappen.

– Oj, jag har ingen reseapp, säger Johannes till Ifemelu.

– Han behöver en pappersbiljett, säger hon till kvinnan vid disken.

Efter några ytterligare knapptryckningar hörs ett rassel under disken och hon tar upp en pappersbiljett och räcker över till Johannes. Innan de går vänder hon sig åter till kvinnan bakom disken.

– Hur kan vi övernatta? Finns det något inte alltför dyrt hotell i närheten? Kvinnan föreslår att de skulle kunna ta in på tågbolagets hotell som finns i anslutning till stationen. Efter att ha kontrollerat, meddelar hon att det också finns lediga rum och deras pris. Tyvärr måste de betala för rummen själva men att de i efterhand skulle kunna begära ersättning. Både hon och Johannes accepterar hennes förslag och de blir inbokade på varsitt rum. Johannes får en liten karta med vägbeskrivning till hotellet.

Åter tar Johannes täten men nu ökar Ifemelu sin fart och går vid sidan om honom. Hon känner sig tacksam över att inte vara själv även om hon förstås skulle klara sig utan problem, men det är som om hennes bristfälliga syn gör att hon känner sig mer handikappad än vad hon egentligen är.

En kvart senare står de vid hotellets incheckningsdisk och efter att ha checkat in på varsitt rum känner hon sig hungrig. Så minns hon matsäcken. Den hon tänkt förtära på tåget till München.

När Johannes vänder sig om och är på väg mot hissen, säger hon:

– Jag är lite hungrig och har tagit med en matsäck. Inget extravagant men vi kan dela den om du vill.

– Inte ska jag väl äta upp din matsäck. Antar att du inte packat för två.

– Som vanligt har jag packat för en armé.

Det var inte helt sanningsenligt men hon vill gärna dela den med honom för att visa sin tacksamhet. Hon pekar på en liten soffgrupp som finns i anslutning till receptionen.

– Vi kan sätta oss där och äta. Inget märkvärdigt som sagt.

En förpackning juice, en plastlåda med tonfisksallad och ägg. Bestick och en plastmugg. Allt ställer hon på bordet framför dem när de satt sig i varsin fåtölj.

23

– Ah, jag har bara tagit med en uppsättning bestick och bara en mugg också.

– Jag kan leta upp en restaurang, inga problem.

– Vänta, vi kan göra så här. Om du äter först så kan jag skölja av besticken på toaletten efteråt. Sedan kom jag på att termosen har ett lock som kan användas som kopp. Jag tar den.

Han ser skeptisk ut.

– Det blir sånt besvär för dig.

– Nej, inte alls.

Hon öppnar plastlådan och delar ägget med kniven. Därefter räcker hon över lådan och besticken till honom. Med en blick som tycks fråga "Är du säker?" tar han, efter att hon nickat sakta med huvudet, emot lådan och lirkar ur gaffeln ur hennes hand.

– Jag klarar mig med gaffel.

Mycket försiktigt petar han lite i salladen och börjar äta. Som vore han rädd att smitta ner besticket, stoppar han inte gaffeln längre in i sin mun än att tonfisk, isbergssallad, majs, ärtor kan försvinna in i hans gap. En märklig känsla av tillfredsställelse sprider sig i henne men hon försöker dölja den.

Efter att ha ätit en knapp tredjedel av salladen säger han:

– Den är jättegod men nu är resten ditt.

– Okej. Vill du inte ha halva ägget?

Med fingrarna tar han försiktigt en av ägghalvorna och stoppar i munnen, placerar därefter salladen på bordet framför henne och räcker över gaffeln. Han sträcker sig mot sin jacka som hänger över fåtöljens rygg och tar upp en förpackning med engångsnäsdukar och plockar ur en av dem. Förpackningen ställer han också på bordet.

– Vill du ha ett bröd? Lite juice?

Han ser lite skuldmedveten ut när han nickar och hon tar upp två grahamsbröd ur ryggsäcken, räcker över det ena till honom och häller sedan juice i plastmuggen.

– Jag tror jag struntar i att skölja av gaffeln. Man vet aldrig hur rent vatten det är på en toalett. Är det okej om jag tar en av dina näsdukar och torkar av den i stället?

– Det är verkligen okej men det känns som om jag förstört din aptit genom att du måste äta med använda bestick.

– Tur att salladen smakade bra då, säger hon snabbt.

Han rynkar på ögonbrynen så hon fortsätter:

– Det är ingen fara alls.

Efter att ha torkat av gaffeln, mer noga än nödvändigt, äter hon upp resten av salladen, det andra brödet och dricker lite av juicen ur termosens lock. Med en blick på Johannes tar hon ytterligare en pappersnäsduk ur förpackningen och torkar sig. Under en lång stund säger ingen av dem något men till slut sträcker Johannes på sig.

– Jag ska dra mig tillbaka. Tack så jättemycket för middag.

– Tack för att du har hjälpt mig i dag.

Han reser sig och tar tag i sin packning.

– Inget att tala om. Ska du med till rummet? Ditt är väl också på plan fem?

– Stämmer, men jag sitter kvar ett tag här.

– Okej. Vi kanske ses vid frukosten i morgon, säger han på väg mot hissen. Jag lär nog vara där redan vid sjutiden.

*

När hon senare kommer in på sitt rum ringer hon Claudia och berättar om de ändrade resplanerna men inget om mötet med Johannes.

Innan hon somnar tänker hon tillbaka på dagen som börjat på ett gruppboende och slutat på ett hotellrum i Hamburg med Johannes nästan vägg i vägg. Hans vänliga, varma bemötande under dagen får henne att undra. Vad hände egentligen den där sommaren? Var det något hon missat, eller kanske missförstått? Ilskan och upprördheten mötet på tåget skapat har nästan bleknat, bara en lätt anspänning finns kvar som ett svagt muller i hennes inre, som ett avlägset åskväder. Tågstrulet hade förflyttat hennes fokus. Praktiska problem hade trängt sig fram och tagit över, men kanske dolde de bara de verkliga.

3

Klockan är inte mer än sex och Ifemelu har varit vaken i över en timme. Rummet vetter mot gatan och genom det fönster hon ställt på glänt kvällen innan, tränger ljudet in från den allt intensivare trafiken utanför. Varnande sirener från ett utryckningsfordon hörs allt starkare.

Efter att ha format kuddarna till ett stöd för ryggen, drar hon sig upp tills hon vilar i en halvsittande position. Gårdagen känns overklig och hon vet inte hur hon ska hantera frukosten han nästan bjöd in till. Natten hade åter separerat dem och de skilda resmålen gjorde att den påtvingade samvaron dagen innan fått ett naturligt avslut. Hon behöver inte möta honom igen; i stället kan hon fokusera på den kommande tiden med Claudia i München och konserten i Wien. Att dela frukost med honom vore att beträda en väg hon inte har en aning om vart den leder. Mötet hade väckt hennes tankar på den kraschade kärleksrelationen och troligen även hans. Tänk om han vill återuppta den. Hon vill det absolut inte – hur skulle hon någonsin kunna lita på honom igen? Hans svek sitter djupt. Ifemelu lägger armarna i kors över bröstet och låter händerna massera axlarna. Långsamt och hårt stryker hon sig ner över armarna och omfamnar till slut sig själv.

Det bästa är nog att lägga gårdagens händelser bakom sig. Men innerst inne vet hon att det inte låter sig göras så lätt. Tankarna och känslorna som rivits upp skulle finnas där oavsett om hon någonsin träffar Johannes igen. Ilskan som växt nästan okontrollerat på tåget tydde på att hon inte bearbetat den avslutade relationen, hur mycket hon än försökt tro det. Varje gång tankarna på honom smugit sig in i hennes medvetande efter uppbrottet, hade hon genast kastat sig in i något nytt för att distrahera sig. Ett komplicerat matrecept eller en avancerad bakning – allt för att skingra tankarna.

Men kanske, tänker hon, kanske skulle en fortsatt kontakt med honom ge henne det avslut hon behöver och öppna dörren till ett annat liv. Det som Robert insisterat på så ofta. För första gången på länge anar hon en ljusare, friare väg framåt.

Johannes tåg kommer att avgå senare än hennes och hon kan därmed inte vänta ut honom med mindre än att hon struntar i frukosten.

När klockan är sju bestämmer hon sig. En snabbdusch och kvarten senare är hon nere i frukostrummet.

*

Mycket riktigt sitter han där, ensam och stilla i den nästan öde lokalen. Endast ett ungt par sitter tillsammans några bord längre bort. Lutar sig mot varandra och tycks inbegripna i ett förtroligt samtal, ovetande om spänningen mellan henne och Johannes.

På hans bord ligger en uppslagen bok, sannolikt den från tåget. Synen av honom väcker motstridiga känslor. Kärleken hon en gång känt och avskyn för den främling han blivit. Den man hon ansträngt sig för att glömma. Vill jag verkligen fortsätta kontakten med honom?

Hon ångrar nästan att hon gått ner till frukosten, men nu finns det ingen återvändo. Sätter jag mig bredvid honom borde jag hålla det enkelt. Endast småprat eller *Kaffeeklatsch*, hennes mor brukade säga. Att tala om sitt nutida liv eller gräva i det förflutna skulle leda in honom på helt fel spår.

När han ser upp mot henne nickar hon ett osäkert "Godmorgon". Efter att ha försett sig med yoghurt, müsli, frukt, bröd med pålägg går hon fram till hans bord och tänker: *håll det kort.*

Han sitter invid ett fönster ut mot en trafikerad gata från vilken bilarnas ljuskäglor då och då sveper in över rummets väggar. Inget av trafikens buller hörs dock. I stället lite svag musik från osynliga högtalare någonstans, troligen dolda i taket. Hon nickar menande mot den uppslagna boken och säger:

– Kan jag slå mig ner? Du kanske vill läsa?

– Självklart kan du slå dig ner.

Han lägger ett bokmärke i den uppslagna boken och viker ihop den. Hon sätter sig mittemot honom och blandar om müslin med yoghurten.

– Du reser ensam?

Hans fråga låter ängslig.

– Ja.

– Det gör jag också. Som vanligt, höll jag på att säga.

Vadå höll på att säga? Hon fnissar till.

– Du *sa* det faktiskt.

Hon minns hans ibland lite inkonsekventa sätt att tänka. Pratade först och tänkte sedan. "Som vanligt", tänker hon sedan, varför hade han lagt till det?

– Sa vadå?

– *Som vanligt.*

– Nu fattar jag ingenting.

– Det var inget viktigt. Du sa *som vanligt höll jag på att säga*, och då hade du ju redan sagt det.

– Jaha, du menar så.

Han rynkar ögonbrynen och fortsätter:

– Vad ska du göra i München?

– Besöka en av mina kusiner.

– Så du har släktingar som bor i Tyskland?

Hon ångrar direkt att hon nämnt kusinen. Hon skulle ju inte säga mer än nödvändigt, men har man sagt A får man säga B.

– Ja, några kusiner.

– Hur kommer det sig?

– Min farfar kommer från Tyskland.

Han nickar bara helt kort och ser ut genom fönstret.

– Farfar, säger du ... så din pappa är också från Tyskland?

– Han är född där men studerade på universitetet hemma i stan och träffade min mor. Sedan blev han kvar.

– Så romantiskt. Var det därför hon valde att bli tyskalärare?

– Du minns det?

– Ja, vi pratade ju mycket om tyska språket ... då.

– Vet egentligen inte men det kanske föll sig naturligt då hon var språkintresserad och dessutom med en, då enbart, tysktalande pojkvän.

Nu vill hon byta ämne.

– Vad ska du göra i Nürnberg?

Han tar en tugga på sin smörgås och ser omväxlande på henne och sin macka.

– En vän till mig är bayernfil, det vill säga gillar Bayern, och rekommenderade Nürnberg för att det är en så vacker gammal stad. Dessutom firar de Die Blaue Nacht nu till helgen.

– Die Blaue Nacht?

– En kulturfestival som pågår i två dagar. Eller kvällar egentligen. Den skulle ha varit redan men de drabbades av en rätt omfattande översvämning i slutet av april så de var tvungna att skjuta på den tills kommande helg.

– Nürnberg ger mig obehagliga associationer.

– Nazismen?

Hon nickar.

30

– Jo, men det var också där det tog slut. Det finns flera minnesplatser där från den tiden, bland annat rättegångssalen där förbrytarna ställdes till svars. Många dömdes till döden. Det är som om platsen markerar en sorts rättvisa – eller åtminstone ett avslut. Ändå känner jag fortfarande ett vagt motstånd mot Tyskland, just på grund av nazismen.

Hon ser ut genom fönstret och på morgontrafiken. Plötsligt känner hon att hon *vill* prata med honom, om *allt*, sin tidigare föresats till trots.

– Hur har det gått med dina studier i tyska? Var inte du intresserad av att fräscha upp dina kunskaper?

– Det går så där. Tar tag i det ibland men så blir det nedprioriterat av olika anledningar. Just nu har det högre prioritet och är ett av skälen till tysklandsresan. För länge sedan såg jag under en period mycket på tyska filmer och serier för att vänja mitt öra med språket.

– Kunde du tillräckligt mycket för att hänga med?

– Textat förstås, men genom att lyssna på språkmelodin fick jag någon sorts känsla för språket. Lite förstod jag förstås även utan text men inte tillräckligt. Nu kan jag läsa romaner på tyska även om jag fortfarande får slå upp många ord.

Han sträcker fram sina fötter så att hans skor nuddar hennes och hon drar undan dem.

– Och hur går det med flygeln? Spelar du något?

– Pianospelet föll i träda när …

Han kliar sig på kinden vid örat och ser ut genom fönstret.

– … när jag hade köpt huset. Flygeln verkade inte trivas där lika bra som jag gjorde.

Han ser åter på henne.

– Än du då? Spelar *du* något?

– Jag spelar då och då men min syn räcker inte riktigt till för att studera in något nytt så det blir mest de jag kan sedan tidigare.

Hon berättar om synen som försämrats under senare år och även om hon inte har några stora problem med det dagliga livet så är det svårt med noter. Datorn hade hon ställt in med största möjliga typsnitt för att kunna läsa på den. Vanliga böcker eller de fåtal dagstidningar som fanns numera hade hon fått överge. Han ser henne rakt i ögonen en lång stund som om han försöker utröna statusen på dem.

– Så otroligt tråkigt. Vad har hänt?

– Åldersförändringar.

– Mer specifikt vadå?

Vad han frågar! Okej, tänker hon.

– Åldersförändring på gula fläcken. Makuladegeneration. Den torra varianten.

– Jag vet ingenting om sådant. Vad är makula?

– Just gula fläcken. Där man ser som skarpast. Det är därför jag inte kan läsa noter tillräckligt skarpt.

– Torr variant ... hm ... finns det en blöt också?

– Våt kallas den och kan gå att bota. Den torra går inte att göra något åt. Men man kommer alltid att ha ledsyn. Det är skärpan som saknas. Fast min syn är inte så nedsatt även om det är svårt att läsa böcker och tidningar. Noter förstås.

– Jag förstår. Finns det inga tillräckligt stora digitala plattor som kan visa uppförstorade noter? Du skulle kunna montera en bildskärm på din flygel, utan att använda *träskruv* förstås, säger han och skrattar lite.

En bildskärm kanske skulle fungera? Hon hade aldrig tänkt så långt utan bara sett det som ett avslutat kapitel i sitt liv. En ofrivillig rörelse får det att rycka till i hennes hand.

– Jaa, en bildskärm. På högkant.

Hon höjer på ögonbrynen och ser på honom som under lugg och fortsätter:

– *Utan att fästa med träskruv.* Jag måste prata med Julia om det. Hon är rätt praktisk.

– Julia?

Hade han glömt flickornas namn? Hon kanske aldrig nämnt dem då hon försökt hålla isär de två världarna.

– Ja, min yngsta.

– Just ja, jag träffade ju …

Johannes vänder sig åter mot fönstret. Först efter tag vänder han sig tillbaka.

– Inget jag har med att göra men hur kommer det sig att du reser själv?

Ska hon säga som det är? Hon väljer en neutral variant.

– Min man har förhinder och flickorna har förstås sina egna liv numera.

Johannes nickar långsamt med huvudet.

– Varför åker *du* ensam?

– Jag föredrar att resa ensam. Som du kanske minns är jag den solitära typen.

Solitär? Betyder det att han också *lever* ensam? Hon vill inte fråga då han inte nämnde det. Gjorde hon det skulle han kanske tro att det är viktigt för henne att veta det.

– Jo, det minns jag. Du sa dig vara introvert också, precis som jag upptäckte att jag var. Och är.

Hon ser på boken som ligger på bordet men ser inte titeln. Alla hennes föresatser om ett strikt och neutralt samtal har nu helt kommit på skam. Hon pekar på boken och säger:

– Vad är det du läser?

Johannes tar upp och håller den framför henne. "Madame Bovary" läser hon med en viss möda.

– Flaubert! Den läste vi i gymnasiet.

Hon tystnar och sträcker fram handen mot boken. Johannes räcker över den till henne och säger:

– Det är ju en berömd roman men jag har av någon anledning inte satt tänderna i den tidigare. Jag känner förstås till den övergripande storyn men ville ändå läsa den.

Ifemelu öppnar boken och bläddrar lite planlöst fram och tillbaka.

– Om den tråkige Charles som gifter sig med älskarinnan.
Emmas frimodighet föll inte i god jord hos den dåvarande
franska befolkningen och Flaubert blev åtalad för att hylla
både otukt och otrohet.

Hon räcker över boken uppslagen till honom och han håller
den framför sig.

– Hur kommer det sig att du valt just den?

– Jag tänkte att en tegelsten blir ett bra sällskap på en lång
tågresa.

– Om du vill läsa ska jag inte störa dig.

Hon hör vad hon just har sagt och tror sig veta vad
Johannes kommer att säga. Men han säger inget utan skrattar
bara lite prövande, slår ihop boken och reser sig.

– Jag behöver gå på toaletten. Är strax tillbaka.

*

När han gått iväg tänker hon tillbaka på när han travesterat
Kilpis "stör-dikt" efter att han köpt sitt digitalpiano. Var det
Eeva hon hette i förnamn? Hon tar upp telefonen och letar
upp den finländske författaren. Den bekräftar hennes
gissning. Hon minns sin reaktion när han förklarat sin travesti
och undrat om det funnits något underliggande budskap.
Hade hon rubbat hans existens? Att han rubbat hennes var
utom allt tvivel och hans ord då hade vibrerat inom henne.
Långt efteråt hade hon tänkt att det var då hon blivit förälskad
... förälskad i deras samtal och umgänge. Det var som om hon
inte kunnat få nog av det. Så snart de skilts åt, hade hon velat
träffa honom igen.

"Madame Bovary" som ligger på bordet får henne att
minnas en annan bok, den om förändring och rörelse. Hon ser
ut genom fönstret men utan att fästa blicken på något och
låter tankarna vandra tillbaka till *den* resan.

OMKRING FEMTON ÅR TIDIGARE

Boken av Iselin Hermann hon fått låna av Johannes tog hon upp ur ryggsäcken så snart hon kommit in till hotellrummet. Bokens omslag var i form av ett brev avsett för flygfrakt, "Par avion". Kanten, randig i blått, rött och vitt och med den klassiska etiketten "A Prioritaire" i vit text på blå botten mitt på omslaget. Hon förde fingrarna över titeln som om den vore en relief, öppnade boken och fortsatte den läsning hon påbörjat under morgonen på tåget till konferensen. Redan då hade hon undrat varför Johannes tyckt den vara en bagatell. Den var allt annat än en bagatell och det var endast den sena kvällen innan och den tidiga morgonen som fått henne att somna ifrån den under den två timmar långa tågresan. Brevromanen hade börjat med mycket artiga och försiktiga brev mellan den danska kvinnan Delphine och den franske konstnären Jean-Luc. Tidigt under läsningen hade hon dock sett tecken på något ytterligare. Med sina precisa formuleringar med ett litet ord här och en tvetydig formulering där, hade hon associerat till sina egna brev och samtal med Johannes.

Han hade lagt boken på hennes skrivbord på jobbet några veckor tidigare men hon hade inte velat ta hem den. Den begynnande vänskapen med Johannes var något hon ville hålla utanför sin familj utan att den egentligen var hemlig. Riktigt varför visste hon inte då de bara pratat om musik och ibland litteratur, som den bok hon just höll i handen. Dessutom hade hon berättat om samtalen med sin musikintresserade kollega för sin äldsta dotter Jessica. Men det fanns något i Johannes sätt att prata om boken och hur han hade citerat kapitlet där Hermann introducerat begreppet "Förändring och rörelse", som oroade. Som om det funnits någon underförstådd mening i den. Den hade gått rakt in i henne och fått henne att reflektera över sitt eget liv. När hon i läsningen hunnit fram till det kapitlet läste hon det först tyst sedan halvhögt för sig själv. Ordet "Förändringar" ekade inom henne. Breven där den franske konstnären Jean-Luc bekände sin längtan efter den fysiska kärleken med sin brevvän och i detalj beskrev vad han önskade, väckte något hos henne hon trott vara dött för evigt. Utan att ens ha klätt av sig när hon läst ut boken la hon sig ovanpå sängens överkast och somnade direkt. Texten från boken följde med henne in i en dröm om fysisk kärlek.

Tidigt nästa morgon när hon vaknade hade hon fortfarande kläderna på men under natten svept om sig med sängöverkastet. Lite äcklad av det troligen allt annat än rena överkastet gick hon in till badrummet för att duscha. Hon såg sig i spegeln. Förändring. Och. Rörelse. Borde hon göra något av sitt liv nu? Men vad? Livet med Robert och flickorna var ett praktiskt liv som fungerade och maken hade allteftersom fyllt upp fadersrollen. Även om han ofta var borta på kvällar och helger så var han ändå närvarande när han umgicks med döttrarna. Men samtalen med honom berörde aldrig och hon kunde inte minnas att de någonsin gjort. Sexlivet hade upphört efter att den andra dottern fötts. Ändå gav han stabilitet till familjen, en trygghet. Umgänget med Johannes var så annorlunda och det var som om hon för första gången kunde vara sig själv utan de barriärer hon byggt upp som skydd. Skydda sitt mörka inre. Men berättelsen om Delphine och Jean-Luc tycktes vara en varning om vart det kunde bära hän. Var hon verkligen beredd på en sådan utveckling? Tänk om Johannes, likt Jean-Luc som en fantasifigur i en brevbärares huvud, inte riktigt fanns? Hon såg sig i spegeln samtidigt under det att hon klädde av sig. Det fula bröstet undgick hennes blickar men när hon betraktade resten av sin kropp var det som om hon var hudlös. Försvarslös.

Efter att ha duschat övervägde hon att skicka ett sms till Johannes om en gemensam frukost men övergav tanken. Hon tog med Prioritaire och gick ner till frukostmatsalen.

NUTID

Ifemelu stirrar på frukostresterna framför sig. Det smärtar när hon tänker tillbaka på hur besviken han sett ut den morgonen när han kommit ner till frukosten där hon suttit med några av de andra konferensdeltagarna. I ögonvrån anat hur hans osäkra ögon sökt hennes men hon hade undvikit dem. Hela dagen hade hon varit på spänn och bara velat hem. Hem till Julia och Jessica. Flickorna skulle bli den fasta mark hon behövt nå från det gungfly Prioritaire skapat. Göra praktiska saker. Hjälpa dem med läxorna eller spela lite fyrhändigt med Julia. Baka, laga mat.

Under den påföljande helgen hade hon fattat ett beslut och skrivit en lång text med titeln "Reflexioner" och bifogat i mejl till Johannes. I texten hade hon låtit Delphines röst tala om vad hon själv känt under läsningen av Hermanns roman.

Hans röst avbryter hennes tankar.

– Har det hänt något?

Han sätter sig mittemot henne igen.

– Nej, inget. Varför undrar du?

– Din blick såg så märklig ut. Sorglig och du verkade vara långt borta.

Ska hon berätta?

– Minns du Prioritaire? Boken du lånade mig.

– *Förändring och rörelse* ... ja, det är klart. Jag kommer inte ihåg hela innehållet men det avsnittet minns jag. Om ett fotografi.

Ifemelu tar sats fast hon inte vet vad hon ska säga. Hon ser på honom ett kort ögonblick och sedan ut genom fönstret när hon säger:

– Jag tror ... tror att det var då ... då som jag ...

Johannes ser på klockan och avbryter henne.

– Oj, vi måste gå. Ditt tåg avgår snart.

*

De hämtar sina väskor, checkar ut och tar den korta promenaden till stationen. Inne i avgångshallen öppnar hon sin reseapp och kontrollerar från vilket spår tåget till München avgår.

– Spår fem. När var det ditt tåg skulle avgå?

– Strax efter tio så jag följer dig till ditt.

Släpande på sina hjulförsedda resväskor är det åter Johannes som navigerar och tar dem till rätt plattform. När de satt sig på en bänk utan ryggstöd tar hon av sig ryggsäcken. Så minns hon kanelbullarna och tar upp dem.

– Vill du ha några bullar till tågresan? Bakade dem i förrgår kväll så de är inte purfärska.

– Du vet verkligen mina svaga sidor.

– Du måste inte.

– Mitt bakverks-jag tvingar mig, säger han och tar emot påsen med bullar.

Hon gillar att han äter av hennes bakverk. Inte för att de är märkvärdiga på något sätt, men är de väl bakade finns det en tillfredsställelse i att någon vill förtära dem.

De sitter tysta när snabbtåget sakta rullar in framför dem. Vagnen med hennes nummer passerar förbi dem innan tåget stannar med en liten knyck. När det bara är fem minuter kvar tills avgång reser hon sig och säger:

– Det är dags.

– Japp. Ska vi ...

Men han fullföljer inte meningen. Hon ser på honom och väntar men det kommer inget mer. Han ställer sig upp bredvid henne och de går tillsammans till hennes vagn.

– Hoppas du får det roligt i Nürnberg.

– Ha det så trevligt med din kusin.

Ska hon ta honom i hand? tänker hon. Men då han tar några steg bakåt kliver hon in i tåget. Innan hon går till sin plats vänder hon sig om i dörren och vinkar till honom.

– Vänta, ropar han, och kommer fram till henne. Ska vi byta kontaktinformation?

Han håller fram sin telefon. Efter att ha öppnat adress-appen, håller hon sin telefon mot hans. En syntetisk röst hörs säga: "Skapa kontakt med Johannes?" och en stor grön knapp syns på displayen. Ja det vill jag, tänker hon, och trycker på den. Samtidigt trycker han på sin och ser därefter på den med höjda ögonbryn.

– If…em…eelu, Ifem*ee*lu?

– Ja, jag har bytt namn. Betoning på det första e:et. If*ee*melu Mer hinner hon inte säga innan dörrarna stängs.

4

På tåget till München sitter hon där hon önskat, vid gången. Fönsterplatsen intill henne är upptagen av en man i trettioårsåldern. På huvudet bär han en militärgrön, ribbstickad luva som når ner till öronen. Ifemelu stryker sig diskret i nacken, där det plötsligt börjar klia. Hans öron är inneslutna av kaffekoppsstora hörlurar och hon skulle troligen inte behöva vara social med honom. Skönt, nu kan hon njuta den sista delen av resan i sin egen värld. Ändå känner hon sig inte så tillfreds hon föreställt sig när hon bokat resan.

Av det senaste dygnets umgänge med Johannes återstod nu bara hans kontaktinformation i telefonen. Hon tog upp den ur ryggsäcken, öppnar upp hans kontakt och kan se både ett foto på honom, hans adress, telefonnummer och mejl. Tanken slår hon först bort och stoppar ner telefonen igen. Efter en stund tar hon åter upp den, letar upp webbplatsen med folkbokföring. På hans adress bor bara en person säger den syntetiska rösten.

Förutom de första förfärliga timmarna på tåget hade tiden med Johannes under det senaste dygnet varit överraskande positiv och ... inspirerande. Det var som att återuppta ett samtal som avbrutits helt nyligen. Men hur kunde tankeutbytet kännas så naturligt efter en så lång tid isär? Hon försöker analysera deras samtal men ämnena hade inte varit särskilt unika. Ändå hade hon känt sig så engagerad, så nyfiken på allt han sagt. Han hade också lyssnat så intensivt på henne, där varje ord tyckts vara betydelsefullt. Som om deras existenser längtat efter detta ögonblick. Efter att få utbyta tankar och idéer. Kanske var det bara kemi ... deras feromoner hade gillat varandra. Precis som förr, går det inte att göra något åt det.

Den tidiga morgonen gör att hon slumrar till rätt snart efter det att tåget avgått. I sitt halvsovande tillstånd återvänder hennes tankar till samvaron med Johannes. Samtalen under de senaste dygnet blandas med alla samtal för länge sedan. Samtidigt som hon suttit bredvid honom på tåget, satt de bredvid varandra under en konsert.

Hon väcks av att någon går in i hennes axel och hon hör en mansstämma:

– Entschuldigung.

Sakta återfår hon medvetandet och börjar efter en stund känna sig hungrig. Matsäcken hon haft med sig hade de förtärt. Då hon inte ens har kanelbullarna kvar, tar hon sig med ett visst besvär till restaurangvagnen. Jag hade behövt en stadig arm, tänker hon.

Medan hon äter en lättare sallad, tänker hon på Claudia. Hon ser mycket fram emot att få träffa sin kusin som hon inte sett på flera år nu. Efter det att Robert blivit så sjuk att han inte kunde resa längre, upphörde besöken i Tyskland. Ifemelu hade heller inte känt sig så bekväm med att bjuda in Claudia som situationen var, kanske mest för hennes skull. Claudia hade också haft det svårt med sitt äktenskap och troligen av det skälet undvikit resor till sin kusin uppe i norr. Under de senaste åren hade kontakten mellan dem därför endast varit via mejl och ibland telefon. Det hade dock räckt för att vidmakthålla känslan av systerskap.

Redan under de tidiga tonåren hade de funnit varandra. Under ett drygt decennium hade deras familjer besökt varandra varje sommar under i stort sett hela semesterperioden. Oftast i Tyskland men ibland även hemma hos Ifemelus föräldrar. På mammans inrådan hade hon pluggat tyska i högstadiet. Umgänget med sina tyska släktingar, i synnerhet Claudia, hade resulterat i att Ifemelu rätt snart kunde konversera ledigt på språket.

Trots den nära relationen till Claudia hade hon aldrig berättat om Johannes. Inte ens antytt något och som händelserna utvecklades blev det till slut omöjligt. Han hade tillhört det förgångna och hon hade inte velat tänka på honom över huvud taget. Roberts tilltagande problem hade tvingat henne att inse att det liv som under en period fått henne att känna sig levande, för alltid var förbi. Men i det överraskande mötet ett dygn tidigare hade något flutit upp till ytan. Något hon trott sig ha begravt djupt inom sig. Nu ligger det där helt synligt och skört. Vad hon ska göra med det vet hon inte. Inte ens vad det är.

Innan hon lämnar restaurangvagnen, skickar hon ett meddelande till Claudia om tågnummer och beräknad ankomsttid.

Under den sista tiden på tåget halvsover hon mestadels men vaknar till ibland. Utan att riktigt ta in det, ser hon det tyska jordbrukslandskapet passera vagnsfönstret. Då och då åker de genom ett mindre samhälle där vitrappade hus viner förbi fönstret.

*

Strax före halv fyra rullar tåget in på Münchens centralstation, precis enligt tidtabell. Ifemelu kämpar en aning för att få ner sin resväska från hatthyllan. Hon huttrar till och tar på sig jackan, men när vagnsdörrarna öppnats känner hon värmen strömma in i vagnen. Väl ute på perrongen tar hon snabbt av sig jackan igen. Minst trettio grader, gissar hon och ser sig omkring i den höga hallen, där järnvägsspåren slutar invid stationsbyggnadens glasfasad. En svag doft av metall och något bränt känns i luften och det är ständiga ljud från vagns-dörrar som öppnas och stängs blandat med utrop från högtalare. Längre bort skymtar hon en ljus person som snart visar sig vara Claudia, med sitt halvlånga, blonda hår. Hon vinkar ivrigt när hon rör sig mot Ifemelu.

– Grüss Dich meine liebe Ifemelu. Har resan gått bra? ropar hon när de är på höravstånd.

De kramar om varandra och Ifemelu drar efter andan för att ställa om till tyska.

– Alles Gut. De här snabbtågen är riktigt bekväma och tysta. Sov knappt i natt så efter lunchen slumrade jag mest hela tiden.

– Undra på det. Hur är det med kära Robert?

Ifemelu suckar och skakar på huvudet.

– Inte så bra. Som du vet är han på ett gruppboende nu och samvetet tär på honom för de besvär han tror sig orsaka mig och flickorna.

Claudia nickar upprepade gånger med bekymrade ögon.

– Ach so. Sorgligt att höra.

Hon tar hand om Ifemelus kabinväska och de går i spårens förlängning in i stationsbyggnaden, förbi kiosker och caféer där doften av nybryggt kaffe och färska Bretzen fyller luften. De tar rulltrappan ner till U-Bahn. Under färden hem berättar Claudia om sitt nya hem vid Max-Weber-Platz – ett charmigt gammalt hus som stått där i över hundra år.

*

Claudias lägenhet ligger bara runt kvarteret när de kommit upp från tunnelbanan. Husets fasad pryds av arkitektoniska detaljer som vittnar om dess ålder. "Sekelskifte!" skulle antag-ligen Johannes säga om de tidstypiska fönstren med en stor ruta nertill och fyra små upptill. Trapphuset är rymligt och Ifemelu tänker att här går det att transportera upp en flygel, något som blivit omöjligt i moderna lägenhetshus. Väggarna är dekorerade med blomrankor i en mild, mossgrön färg. Hissen, en klassisk modell för tre personer i mitten av trapphuset och inget för den som lider av klaustrofobi, tar dem de fyra våningarna upp till lägenheten. Skenet från taklampan utanför hissen faller mot de blyinfattade, färgade glasrutorna på Claudias ytterdörr och får dem att gnistra.

– Åh, så vacker, säger Ifemelu och drar med handen över dörrbladet. Men hur törs du bo här med bara glas som skiljer dig från *inbrottstjuven?*

– Det är ett rätt lugnt område och dessutom finns ett extra skydd.

Claudia öppnar dörren och ruskar i den gallerdörr som finns bakom.

När de kommer in ser sig Ifemelu om. Hallen verkar sakna räta vinklar. Köket ligger till vänster och direkt till höger, bakom en dörr på glänt, ett litet toalettrum.

Claudia pekar på ett par tofflor.

– Ja, så här bor jag. Vi kan gå runt och titta. Inte så stort men det räcker för mig.

Hon leder Ifemelu in till det stora sovrummet som ligger till höger längre in i hallen.

– Här sover jag, säger Claudia

Hon går fram till fönstret och drar undan gardinerna. Ett milt ljus faller på dubbelsängens gavel och genom fönstret som är på glänt, hörs brus från trafiken utanför.

Ifemelu följer sedan Claudia in i vardagsrummet som ligger mittemot ytterdörren. Ljuset från fönstret mildrar kontrasten på de svartvita fotografier som i varierande storlek pryder den högra väggen. Under dem står en tvåmanssoffa som har en vacker patina och bjuder in till samtal. Bordet framför den, är omgivet av tre mindre korgstolar.

Mellan dörren in till köket och den till vardagsrummet, finns en smal gång som tar dem in till ett något mindre sovrum. Solens strålar silar ner på fiskbensparketten genom de tunna gardinerna som täcker den öppna balkongdörren. Utanför hörs duvor kuttra och röster från lekande barn.

– Här kan du bo. Det är lugnt och skönt och jag sitter ofta här när jag arbetar. När solen försvunnit hoppas jag det blir lite svalare här inne.

Ifemelu stryker med fingrarna över ett gammalt rustikt skrivbord som står vid ena sidan av balkongdörren. På den andra en smal, hög bokhylla överfylld med böcker. Många av dem staplade på tvären ovanpå andra böcker. Mellan hyllan och den ena kortväggen trängs en säng med gavlar i brösthöjd och i ett brunt, ådermålat trä. Bortom sängen en dörr som troligen leder in till en klädkammare.

– Är du hungrig?

– Ja, lite. Ska vi leta upp en restaurang här i närheten?

– Nein, mein Schatz, jag har redan förberett maten. Installera dig så länge.

Claudia lämnar rummet och Ifemelu går ut på balkongen och ser ut över den grönskande innergården där trädens kronor når en bit ovanför henne. Hon ställer sig vid räcket mellan en liten korgstol och ett runt, trebent bord i gjutjärn. Inunder henne finns ett gårdshus med ett grått, rostigt tak. En bit bort, ett annat, något högre, med en sliten, blekgul fasad.

Ifemelu hämtar sin resväska i hallen och tar fram ett nattlinne ur den och lägger på sängen. Necessären tar hon med och går ut till köket.

– Var finns badrummet? Jag såg bara en toalett i hallen.

Claudia skrattar och säger.

– I anslutning till ditt rum, vid sängen.

– Aha, jag trodde det var en klädkammare.

45

Hon går tillbaka till sitt rum och öppnar dörren in till badrummet. På en krok alldeles innanför dörren hänger hon upp necessären och gör sedan Claudia sällskap i köket.

– Så fint du har det. När var det du flyttade hit? Jag har glömt det.

– Det är fem år sedan nu, i samband med att jag skilde mig från Hans och flyttade ner hit. Det är en mycket trevlig stadsdel. Inte långt ifrån Isar och en mysig park. Rätt centralt. In till Marienplatz är det knappt två kilometer.

Under måltiden pratar de om sina och barnens liv. Ifemelu berättar om att Roberts situation förvärrats mycket under senare år.

Kvällen var ännu varm när de efter middagen tar en promenad i området där Claudia bor. Hon berättar om var hon brukar handla och lite om platsens historia.

*

Klockan är närmare nio när de kommer hem igen.

– Vill du ha lite te? säger Claudia när de hängt av sig ytterkläderna.

– Gärna grönt om du har.

Claudia nickar och går in i köket och Ifemelu sätter sig i vardagsrummet. När teet är klart kommer Claudia in med en bricka med koppar och två kannor, den ena med mjölk.

Ifemelu säger att hon gärna vill besöka farföräldrarnas gravar och de bestämmer sig för att nästa dag åka dit då Ifemelu dagen därpå tar tåget till Wien. Utan att säga något dricker de sitt te, som om morgondagens gravbesök krävde stillhet redan nu. Claudia bryter tystnaden.

– Det är så länge sedan jag besökte min systers grav. Nästa gång jag kommer hem till dig kan vi väl åka till henne?

– Självklart. Jag brukar gå dit några gånger per år, den ser alltid fin ut med blommor under sommarhalvåret och tända ljuslyktor vid Alla Helgons dag.

Ifemelu kväver en gäspning och Claudia ler mot henne.

– Du behöver en säng tror jag. Om du vill ta en dusch har jag hängt in en ren badhandduk i badrummet. Det är den med blå bård.

– Ja, det är precis vad jag behöver. Tack!

*

Trots att rummet är mot gården märker Ifemelu när hon senare ligger i sängen att hon befinner sig i en storstad. Sirener hörs då och då, och i bakgrunden finns ett konstant brus. Hon lyssnar till alla ljuden och tänker på de senaste dagarnas händelser.

5

Klockan är strax före tolv när de passerar in genom den norra ingången till Waldfriedhof efter att ha tagit tunnelbanan till Holzapfelkreuth och promenerat sista biten. Begravningsplatsen är som en stilla skogsdunge, en fristad där träden rör sig långsamt i vinden. Den fuktiga luften har en svag doft av mossa och jord.

Ifemelu stannar ett ögonblick, sluter ögonen och andas in. Hon minns farmors röst, den som haft ett avstånd i sig eller ett förbehåll. Både hon och farfadern var alltid vänliga och respektfulla men Ifemelu hade aldrig känt att de tagit henne till sitt hjärta. Inte någon gång minns hon att hon suttit i deras knä. Språket hade förstås varit en barriär i början. Trots att Ifemelu i tonåren börjat behärska tyskan, fick de aldrig någon riktig kontakt. Hon hade alltid tänkt att hennes hudfärg varit svår för dem. Som en vallgrav av mörkt vatten mellan dem. Nästan alltid hade hon känt sig obekväm i deras sällskap. Å andra sidan hade hennes kusin berättat något liknande. Att hon känt sig illa till mods när hennes familj besökt dem och det hade troligen varit skälet till att Claudia och hon funnit varandra. Kanske far- respektive morföräldrarna inte tyckt om barn helt enkelt. Ändå är det viktigt för henne att besöka graven. Pappan skulle ha velat det. Trots avsaknaden av biologiskt arv känner hon ett släktskap med dem. Rötter i någon mening.

Himlen är blygrå men trots molntäcket är det oväntat varmt. Ifemelu känner svetten längs ryggen och justerar axelremmen på ryggsäcken, där ett tungt fruktbröd och små askar med skurna grönsaker och frukt väntar på att bli uppätna. Claudia går bredvid med jackan hängande löst över armen. Släktingarnas gravplats är stillsam och fridfull inne bland träden. Lövverket hänger ner som en skyddande baldakin ovanför den. Gravstenen är i form av ett kors, grovt uthugget i sten, och tycks bära tidens tyngd, med mossan som ett grågrönt täcke över dess yta. De står tysta framför graven en lång stund innan de planterar gullvivorna de inhandlat. Ifemelu plockar försiktigt bort ett vissnat blad från en av dem. Namnen på de båda anförvanterna finns på den horisontella delen av korset, på var sida om den vertikala delen. Färgen på texten hade bleknat men Claudia läste upp den högt. Farfadern hade gått bort sju år före sin fru.

Claudia tar hennes hand och säger:

– Livet är så kort. Vi tror alltid att vi har all tid i världen men den rinner mellan fingrarna, som fin sand.

Ifemelu vilar blicken på graven framför dem som en påminnelse om de liv som nu bara är minnen.

– Jag vet. Som om vi bara lever förbi allt det viktiga. Förlorar det utan att ens inse det.

– Jag borde ha brutit med Hans för länge sedan. Vi var aldrig gjorda för varandra. Men det är väl en av livslögnerna. Det går inte att hitta en sådan man.

Ifemelu tvekar men säger till slut:

– Jo, det går. Jag hittade honom.

– Och så blir han så allvarligt sjuk.

– Jag menar inte Robert.

Claudia släpper hennes hand och ser förvånat på henne.

– Hur menar du?

Det är som om samtalet med Johannes på tåget blivit en väckarklocka för henne. Som om hon funnit ett sätt att stoppa sanden som rinner mellan fingrarna: att säga som det är, att alltid säga som det är.

– Det är något jag aldrig har nämnt för dig. Kanske för att jag skämdes då. Men under en period för en femton, tjugo år sedan träffade jag en man. Johannes heter han och vi inledde så småningom en kärleksrelation.

– Men då var du ju gift, nicht wahr?

– Ja.

– Det visste jag inte. Var han också gift?

– Bodde samman med en kvinna när vi träffades. Så småningom bröt han med henne och flyttade till ett eget hus. Men han avslutade vår relation strax efteråt.

– Hade du också tänkt skilja dig?

– Ja, men jag ville vänta tills flickorna blev större.

– Visste ... *Johannes* om det?

Ifemelu hade aldrig ställt sig den frågan.

– Jaa ... jag trodde det i alla fall men att han tröttnat på mig.

– Men du visste inte?

– Egentligen inte. Men så blev Robert sjuk, och jag försökte aldrig förstå vad som hände. Det blev bara ytterligare en svart period i mitt liv att hantera.

Claudia ställer sig framför henne och drar henne till sig i en stillsam omfamning. Ifemelu tänker på sitt liv och det mörka inom henne. Det som yttrat sig i perioder av oerhört dystra tankar och hon bara velat försvinna från livet. Då det känts som om hela världen varit emot henne och velat henne illa.

Det bränner till i näsan och Ifemelu säger tyst i Claudias öra.

– Det är som om en förbannelse vilar över mig. Den började med morden på mina biologiska föräldrar.

– Jag tror inte på förbannelser, jag är för mycket naturvetare för det.

Claudia vaggar Ifemelu långsamt fram och tillbaka, som för att övertyga henne.

– Det är ju jag också i grunden.

– Däremot kan man råka ut för svårigheter. Jag ska berätta en sak. När vår yngsta under en period råkade ut för en massa saker.

Ifemelu glider ur omfamningen.

– Vadå för saker?

– Hon spillde, snavade och gjorde sig illa. Leksaker gick sönder. Både jag och Hans sa: "Vilken otur du har!" Och det meddelandet tog hon in för efter ett tag sa hon: "jag har alltid sån otur" och vi insåg att vi planterat in en självbild av en otursförföljd person.

– Men jag har aldrig uppfattat hennes som en Ior.

– Nej, för vi ändrade vårt beteende när något hänt henne och sa till exempel: "Ingen fara. Vi hjälper dig. Det var ju bara lite mjölk". Så småningom släppte självbilden och hon lärde sig att man råkar ut för saker men inte för att någon metafysisk otur förföljer en.

Ifemelu hade alltid tänkt att hon förföljts av ett mörker, av olyckor och sorg och att det hängde ihop med henne som person. Att hon drog mörkret till sig. Att hon var mörkret och att hennes födelsedag på ett makabert sätt illustrerade det.

– Du vet när jag är född?

– Ja det är klart, den tjugoförsta december. Varför undrar du?

– Det är den mörkaste dagen på året. Ibland tänker jag att jag kom med mörkret.

Claudia ser på henne med bekymrade ögon och skakar sakta på huvudet.

– Är det inte tvärtom? Midvintersolståndet är den dag då ljuset återvänder. Då människan kan andas ut och varje dag blir allt ljusare. Det kanske var ljuset du kom med.

Hon blir så berörd av kusinens metafor att hon hulkar till. Med Claudias beskrivning av sin dotter anar Ifemelu ett annat sätt att förhålla sig.

– Du har ju berättat att du blev mobbad i småskolan.

– Jo, det var svårt då. Jag trodde länge att det var på grund av min hudfärg.

– Tror du?

– Ja, det var inte så vanligt med mörkhyade personer då i vårt land. Mina systrar var i och för sig inte drabbade alls. Anna var väldigt populär i skolan. Så jag tänkte att det berodde på mitt inre mörker.

– Du skulle behövt professionell hjälp för att bearbeta det.

– Antagligen, men då fick man klara sig så gott det gick. Mamma och pappa stödde mig förstås. Sedan dess kapslar jag bara in svåra saker och vill inte ta i dem.

– Kanske därför de kommer upp ibland och ger dig dina dystra perioder?

Ifemelu inser att det kan ligga något i det.

– Jag gjorde likadant när relationen till Johannes kraschade. Paketerade det snyggt, låste in det i ett kassaskåp och kastade nyckeln.

– Låter inte så klokt.

– Men jag hittade nyckeln på tåget i förrgår.

– På tåget! Hur menar du?

– Av en slump träffade jag honom på tåget till Hamburg. Han hade till och med råkat boka platsen intill min.

– Men det låter ju helt osannolikt. Han måste ha känt till dina planer.

– Nej, det är helt uteslutet. Vi har inte haft någon kontakt alls sedan han bröt med mig.

– Ödet, kanske.

– Var inte du naturvetare? Haha.

Claudia skrattar också och nyper Ifemelu kärvänligt i kinden.

– I alla fall ville jag inte ha någon som helst kontakt med honom. Jag sa ingenting under de första timmarna och kände mig oerhört obehaglig till mods. Ville bara fly därifrån.

– Men du gjorde inte det?

– Nej tåget var fullbokat. Han började prata med mig och efter ett tag kändes det inte lika obehagligt längre. Han var som jag mindes honom från förr: vänlig, omtänksam, intresserad, intressant. Till slut tyckte jag om att sitta bredvid honom.

– Brief Encounter, minns du den filmen?

Ifemelu skrattar till.

– Ja, precis som den. Ett slumpmässigt möte men inte med Rachmaninovs tvåa utan Brahms klarinett.

– Brahms klarinett, hur menar du?

– Jag försökte få Brahms att tränga bort min ilska över att Johannes satt bredvid mig. Så jag lyssnade på hans klarinettkonsert.

Claudia nickar och ler.

– Du och din klassiska musik.

Claudia tar hennes hand och de står som ett förälskat par framför graven. Ifemelu bryter tystnaden:

– Jag börjar bli lite hungrig. Ska vi äta något?

– Matsäcken hade jag glömt.

En enkel träbänk står intill dem och är vänd mot mor- och farföräldrarnas viloplats, som om den tålmodigt väntat på besökare till de hädangångna. Den stenlagda marken vid bänkens bas har små sprickor där gräs har börjat leta sig fram, som om naturen själv långsamt återtar platsen.

De sätter sig på bänken och Ifemelu tar fram frukt, grönsaker och bröd och lägger det på en pappersservett mellan dem. Hon ser på Claudia när hon tar för sig och är lycklig över att hon finns. Och att *han* finns.

6

Nästa dag följs de åt till centralstationen och letar upp tåget till Wien.

– Hur länge blir du där?

– Är tillbaka sent i morgon. Konsert i kväll och sedan vill jag besöka Schönbrunn i morgon på dagen. Men du behöver inte komma och möta mig. Jag hittar ju hem till dig nu.

– Skicka mig ändå information om ankomst hit, kanske kommer jag och möter dig i alla fall. Dina ögon är inte de bästa.

– Okej.

Claudia kramar om henne och säger:

– Macht's gut.

– Macht's gut.

*

Tågresan mellan de två metropolerna slingrar sig genom en vidsträckt dalgång, där landskapet ständigt skiftar. Genom fönstret på höger sida skymtar hon emellanåt Alpernas snöklädda toppar, majestätiskt resande sig mot himlen. Tåget försvinner ibland in i långa tunnlar, och vid andra tillfällen färdas det högt över byar som ligger djupt nere i dalen.

Strax efter fem anländer hon till hotellet efter en kort tur med taxi. Det ligger på östra sidan av parken framför Schönbrunn. Efter att ha checkat in, letar hon upp en restaurang i närheten och äter middag.

*

När Ifemelu senare tar sig till slottsparken är det redan mycket folk där. Konserten är gratis med undantag av ett antal platser närmast scenen varav en som hon reserverat. En man, prydligt klädd i en ljus kavaj, fluga och mörka byxor, delar ut programblad. När hon visar upp sin biljett pekar han mot en av de bakersta platserna bland dem som krävde reservation. Platsen är längst ut och gränsar till en av planteringarna. Precis intill anar hon en smal gångväg in bland växterna och hon blir sugen att gå in där. Kanske efter konserten, tänker hon. Det är ljummet i luften och hon känner sig varm trots att hon bara har en tunn, kortärmad blus och halvlånga kortbyxor på sig. Konserten ska strax börja och musikerna stämmer sina instrument. Hon tar upp programmet och börjar studera det med hjälp av sitt förstoringsglas. Första delen är några stycken ur den första av Carmen Suites. Sedan ska den lettiska sopranen Elina Garanča sjunga "Ave Maria" av Mascagni. Vid den näst sista programpunkten hoppar hon till. Garanča kommer också att sjunga "Mon cœur s'ouvre à ta voix" ur Simson och Delila och hon minns dagen när Johannes först hade besökt henne.

OMKRING FEMTON ÅR TIDIGARE

Hon hade haft huset för sig själv hela veckan och kvällen innan förberett maten och bakat en körsbärstårta. I kväll ska det ske, tänkte hon när hon körde till kontoret för att hämta upp honom. Robert och flickorna var långt borta. Tanken på sin lojale make stack till i henne men hon sköt undan den.

Hon visste inte exakt vad som skulle hända men längtade efter mer. Alla samtal hade väckt ett begär efter fysisk beröring. Hans händer som sakta skulle röra sig över hennes hud. Överallt. Hur hon skulle upptäcka hans känsligaste ställen.

När de senare satt i soffan och åt körsbärstårta, respektfullt åtskilda, undrade hon om hon missbedömt situationen. Kvällen hade varit som vanligt. Samtal om musik och allt möjligt annat. Inte ens när hon spelat upp "Mon cœur s'ouvre à ta voix", hade det hänt något. Ville han inget mer? Några gånger hade hon förstulet rört vid honom, som av en tillfällighet, utan att han reagerat. Jo, vid köksbänken, när de stått tillsammans, hade han strukit henne över ryggen när hon sträckt sig förbi honom. Det kanske bara varit ett uttryck för vänskap? Och senare, vid flygeln, när hon försiktigt dragit in hans doft, hade hon lagt sin hand på hans. Nu händer det, hade hon tänkt. Han kommer att vända sig mot mig och ... nej, inget. Vad gör jag för fel, hade hon undrat, då han utan att ha reagerat på den fysiska kontakten, fortsatt att spela Mendelsohn-stycket, den rätt enformiga venetianska gondolsången. Ingen pärla bland musslorna med sånger utan ord.

Han kanske helt enkelt ändrat sig. Hennes hudfärg hade blivit för påträngande, som om det var hennes mörka inre han fått syn på eller bara tyckt den var motbjudande. När hon visat sig tillgänglig hade han backat undan.

När han sedan kysste henne i bilen, var det som om de vore vid den yttersta utposten och utnyttjade den sista, skälvande möjligheten. Den bråkdel av en sekund just när deras läppar först möttes, prövande och på olovlig mark, var så ... lockande. Hon kunde inte få nog.

Hade han velat undvika att de gick längre än en kyss? Om de kysst varandra redan i hennes hem var det ofrånkomligt att de inte också skulle ha velat älska med varandra. Men var? Knappast i soffan. Inte heller i sovrummet. Dubbelsängen hade ännu kvar dofter av den äkta mannen. Hon fick en klump i magen när hon tänkte på att en annan man skulle ta Roberts plats, även om de äktenskapliga aktiviteterna i sovrummet för länge sedan dött ut. Johannes tvekan och till synes initiativlöshet visade sig vara det enda rimliga förhållningssättet. Besvikelsen blandades med en känsla av lättnad. Hon hade inte gått för långt på den förbjudna stigen. Det som oroade var Johannes antagande i bilen. Förväntade han sig en skilsmässa? Men i dagsläget var det helt omöjligt för henne att antingen lämna döttrarna eller göra dem faderlösa. Tanken på att Julia och Jessica skulle ses som skilsmässobarn var också svår att bära. Hon skulle även själv få stämpeln "frånskild". Tryggheten med Robert kunde hon omöjligen lämna helt abrupt. Även om deras samliv upphört för länge sedan var han en fast punkt i tillvaron för döttrarna och även för henne själv. Johannes var ju också själv fast i en sambo-relation. Jag kan inte lova något alls för närvarande ... kanske aldrig.

Men det var så underbart att kyssa honom och hon kunde knappt bärga sig tills hon skulle få göra det igen. Dessvärre skulle Anna komma nästa morgon och stanna över helgen och det skulle omöjliggöra ytterligare träffar med honom i närtid om ens han kunnat. Först på måndag kunde hon åter få se sin kärlek och röra vid honom. Kyssa honom. Inte ens då skulle det vara helt lätt. Kollegieögon skulle försvåra det.

NUTID

"Öppna ditt hjärta för min röst," tänker hon och önskar att han vore här just nu, när Garanča snart ska komma in på scenen. Hon letar fram hans kontakt i telefonen och ser på fotot där han ser yngre ut än i verkligheten. Symbolen i form av en telefonlur bredvid hans namn får henne att le – hur länge sedan var det man använde sådana? Hon tvekar en stund, sedan reser hon sig och tar gången som leder in bland planteringarna. Letar upp hörsnäckorna och trycker på luren. Efter några signaler hör hon hans överraskade röst:

– Klara? Ifemelu, sorry. Har det hänt något?

Med låg röst, för att inte störa, säger hon:

– Ja verkligen. Jag är på konsert i Wien och du borde vara här.

– I Wien! Är du på Schönbrunn?

– Ja och Elina Garanča kommer att sjunga "Mon cœur s'ouvre à ta voix". Minns du den?

– Ja, det är klart jag gör. Hemma hos dig första gången, med den runda kvinnan från fjällen.

Hans röst låter normal och det verkar inte laddat för honom.

– Ja, den. Det är fullt med folk här, säger hon, och lyfter blicken mot scenen och de omgivande sittplatserna.

– Hur länge dröjer det innan hon börjar?

– Alldeles strax. Vill du att vi kopplar till video så att du kan se?

Nästan omedelbart dyker hans ansikte upp på hennes skärm, iklädd en randig skjorta med de två översta knapparna uppknäppta. Hon rättar till sitt hår innan hon startar sin kamera.

– Så här ser det ut här, säger hon och låter telefonen panorera över området. Längre bak och uppemot Gloriette, sitter folk utspridda på gräset, men framför scenen är det fullsatt.

– När går nästa tåg? säger han och skrattar lite. Det ser underbart ut.

– Just nu spelar de Lili Boulangers "D'un matin de printemps". En vårmorgon. Känner du till den?

Han skakar på huvudet.

– Nej, jag har nog aldrig hört något av henne.

– En fransyska som gick bort i unga år. Hennes syster Nadia var en känd pianopedagog. Till Barenboim bland andra.

Musiken tystnar och hon ser på de stora skärmarna som omger scenen, Garanča träda in på den, klädd i en lång, glittrande klänning.

– Nu kommer hon, säger Ifemelu, vinklar telefonen mot scenen och zoomar in på en av skärmarna så att Johannes kan se.

Medan Garanča sjunger, står Ifemelu kvar bland växterna och lyssnar, omsluten av den mjuka, djupa rösten och den ljumma kvällsluften. Nästan som förr, tänker hon. De är på en konsert och talar om musik.

Garančas röst har hållit väl trots att hon börjar bli lite till åren. Någonstans hade hon läst att ju djupare stämma, desto högre upp i åldern mognade den. En sopran når sin höjdpunkt redan i trettioårsåldern. Medan en mezzosopran, som Garanča, ytterligare något decennium senare.

Hon känner sig så glad att hon valt att åka hit. Även utan Johannes sällskap skulle det ha varit värt det. Konserten är allt hon hoppats på, och när applåderna ebbar ut säger hon:

– Vilken röst hon har. Kunde du höra något?

– Ja, ljuvligt, säger han. Fascinerande att se henne använda läpparna för att forma ljuden. Att det inte bara är stämbanden som är hennes instrument. Men jag gissar att det är mäktigare live.

Hon ler, fast han inte kan se det då telefonen ännu är riktad mot scenen.

– Ja, du borde vara här.

*

Klockan är nästan halvelva när hon efter konserten promenerar tillbaka till hotellet. Hon ringer Johannes och bubblar om alla musikstyckena, från Carmen till konsertens sista ton, om den ljumma kvällen, den vackra parken och slottet hon planerar att besöka nästa dag. När hon tystnar säger Johannes:

– När åker du tillbaka till München?

– I morgon eftermiddag. Har inte bokat någon biljett än.

Varför undrar du?

– Jag tänkte ... "Die Blaue Nacht" börjar i morgon kväll och fortsätter lördag. Kanske du har lust att komma hit på lördag? Det är bara två timmar med tåg från München, och du kan bo här. Jag hyr ett litet hus med två sovrum och ett litet kök, om du vill ha frukost.

Två timmar till Nürnberg. Han hade alltså letat upp det, tänker hon. Så rart. Fast hon hela kvällen önskat hans sällskap känner hon sig tveksam. Sanningens minut. Två sovrum verkar ju okej. Dessutom hade umgänget på tåget känts så naturligt. Igen så naturligt. Men hon behöver betänketid.

– Det är kanske påfluget av mig och blir för mycket för dig.

– Påflugen? Nej inte alls. Det låter härligt, men jag behöver prata med Claudia först.

– Ingen press. Det var bara ett förslag. Ni har säkert planerat annat.

Hans försiktighet gör henne djärvare och nu vill hon bestämt åka till honom.

– Jag vill, säger hon. Men måste prata med Claudia som sagt.

– Jag kan skicka dig programmet för lördagen. *Om* du kommer, kan du ju förbereda vad du har lust med. Många programpunkter sker samtidigt så man behöver prioritera.

– Jag vill göra allt.

Han skrattade nästan högt i telefonen.

– Jo, jag minns dig sån.

När hon kommit tillbaka till hotellet och långsamt slår in koden vid ytterdörren, säger hon:

– Nu tar jag strax hissen upp till mitt rum. Tack för att du ville dela konsertupplevelsen med mig.

– Tack själv. Hör av dig om hur det blir med lördagen.
– Absolut. Jag hör av mig under morgondagen.

*

Efter en frukost med rätt tung och fet mat tar hon den korta promenaden till slottet. Det är skönt att vara ensam och själv bestämma vad hon vill se. Ändå dyker tanken på Johannes upp då och då. Hans förmåga att upptäcka detaljer hon lätt skulle ha missat även om hon haft en normal syn, skulle ha fördjupat upplevelsen. Hon bokar därför en guidad tur, något hon förr fnyst åt som en turistfälla. Med tiden hade hon emellertid uppskattat dem alltmer.

*

Efteråt ringer hon Claudia.
– Hej Ifemelu, är du tillbaka redan? hörs Claudias förvånade röst.
– Nej inte än. Jag tänkte bara fråga om vi planerat något för helgen?
– Jag tänkte vi kunde hälsa på min bror. Varför undrar du?
– Johannes, han från tåget, bjöd mig till Nürnberg i morgon kväll och "Die Blaue Nacht". En sorts kulturfestival.
– Johannes! Ett sånt erbjudande kan du väl inte tacka nej till? Ni kanske får en omstart på er kärlekssaga?
– Det är inte på det sättet, jag tror inte det i alla fall. Men det kändes gott att vara tillsammans med honom på tåget. Vem vet, vi kanske kan bli goda vänner.
– Ta chansen. Vi kan träffa min bror till veckan. Hur länge blir du där?
– Inte mer än en natt. Han hyr ett litet hus där som jag får låna ett sovrum i.
– Okej, meddela mig när du kommer i kväll, så möter jag dig.

– Tack. Jag tror jag hittar men det känns skönt om du har möjlighet till det.

– Självklart. Vi ses i kväll då.

Hon öppnar reseappen, letar upp och bokar ett tåg till München och därefter ett till Nürnberg. På väg till stationen går hon sakta genom Wiens gator och hittar en liten mysig restaurang där hon äter en tidig middag. Innan hon därefter tar den korta promenaden till stationen skickar hon ett meddelande till Johannes:

Anländer Nürnberg 16:25 på lördag. Middag tillsammans?

/Ifemelu

När tåget lämnar plattformen meddelar hon Claudia sin beräknade ankomst, lutar sig tillbaka och undrar vad de närmaste dygnen kommer att medföra.

7

Klockan halvtvå dagen efter, nästan en timme före avgång, är hon på centralstationen. Den lilla ryggsäcken är proppfull trots hennes vana att packa lätt. En omgång sängkläder, ett ombyte, underkläder, nattlinne och en tandborste hade hon bland annat pressat ner i den.

Hon kontrollerar biljetten i reseappen men stelnar till när hon ser texten ABGESAGT i röda, stora bokstäver: tåget är inställt! Hur gör jag nu? tänker hon och ser sig omkring tills hon upptäcker servicecentret alldeles vid ingången. Hon går dit och tar en kölapp. Längst ner på den står det att det är fyrtiofem minuters väntetid. Nästan en timme och paniken växer. Ska besöket till Nürnberg gå om intet? Hon vill verkligen träffa honom igen och Die Blaue Nacht slutar ju i dag. Tänk om han åker hem efteråt.

Av appen framgår det att en ersättningsbuss avgår från Ingolstadt men inget mer och Ifemelu har ingen aning om var Ingolstadt ligger. Hon frågar en kvinna med gråsprängt hår, som också väntar på sin tur i servicecentret:

– Entschuldigung, vet ni var jag kan hitta ersättningsbussarna?

Kvinnan pekar på en rosa skylt med en stor pil inunder.

– Följ skyltarna med "Ersatz".

Ifemelu följer pilarna genom stationen och kommer ut på baksidan där några bussar står. Dessvärre har ingen av dem en rosa skylt. Hon frågar en bussförare, som förklarar att Ingolstadt ligger långt ifrån München.

– Men hur kommer jag dit?

– I mitten av stationen finns det en informationskur. Fråga där.

Det här kommer att spricka, tänker hon och får nästan gråten i halsen. Hon halvspringer tillbaka in och hittar informationskuren, som visar sig vara obemannad. Med stigande frustration ser hon till slut två män i uniform som tycks hjälpa resenärer och går fram till en av dem och visar sin elektroniska biljett med texten ABGESAGT.

– Det går en ersättningsbuss från Ingolstadt, säger han vänligt.

– Jag vet, men var *är* det?

– Ingolstadt ligger ungefär halvvägs till Nürnberg. Du kan ta första bästa tåg dit och sedan byta till bussen där.

Han tar upp sin telefon och letar en stund.

– Från spår tjugofyra, om fem minuter, går det ett tåg dit, säger han och pekar på spåret längst bort från huvudingången.

– Men jag har ingen biljett på det tåget.

– Du har ju en biljett redan. Visa upp den bara.

Fem minuter! Hon rusar till spåret och hoppar på tåget. Bara någon minut senare avgår det och hon känner sig tillfreds med att i alla fall närma sig Nürnberg. Om det nu går till Ingolstadt. I hastigheten hade hon inte ens försökt läsa den elektroniska skylten ovanför plattformen. Det är långtifrån fullsatt och hon hittar en ledig plats vid ena änden av vagnen. Intill henne sitter en ung man och han bekräftar att det är rätt tåg. Hon skickar ett meddelande till Johannes om vad som hänt och att hon troligen skulle bli minst en timme sen. Svaret med en gråtande smiley och texten: "Den som väntar på ..."

får henne att le för sig själv och känner puls och andhämtning lugna ner sig. Efter en stund kommer konduktören, ser på hennes biljett, nickar och går vidare.

Väl i Ingolstadt letar hon förgäves efter rosa skyltar och ställer sig därför i kön till en informationsdisk. Några resenärer tränger sig förbi och hon förstår på det irriterade samtal de har med mannen bakom disken, att de också letar efter ersättningsbussen. När de sedan rusar ut ur stationsbyggnaden, tvekar Ifemelu en stund innan hon följer efter dem. Utanför ser hon till slut en buss med en rosa skylt men på hennes fråga om det är rätt buss, säger föraren att den går till Allersberg.

– Allersberg! Inte Nürnberg?

En kvinna några säten bakom föraren säger vänligt till Ifemelu på bruten tyska:

– Den går till Allersberg, en bit utanför Nürnberg, där byter vi till tåg igen.

Ifemelu ser tacksamt på henne och säger, innan hon sätter sig längst fram, precis bakom föraren:

– Vielen Dank!

Det dröjer något men rätt snart startar bussen sin färd mot det för henne okända Allersberg. Närmare Johannes hoppas hon i alla fall. Efter att ha plockat upp fler resenärer tar sig bussen till slut upp på motorvägen och farten ökar. Utsikten från hennes plats bakom chauffören visar ett böljande landskap med försommarens typiska nyanser av grönt. Vid en dalgång med ljusgula utskärningar i bergväggen undrar hon om det kan vara marmor. Hon lutar sig fram till chauffören.

– Var är vi?

– Kinding, säger han och pekar på en liten samling hus vid sidan av motorvägen.

Hon lägger namnet på minnet för att senare kunna berätta om marmorn för Johannes. Om det nu var marmor. Hon skickar en uppdatering till honom och känner trots kaoset att hon närmar sig målet. Ändå är det som om gudarna inte vill att de ska ses trots att de placerade dem bredvid varandra på tåget till Hamburg. Fast några gudar har hon förstås aldrig trott på. Hela förmiddagen hade hon varit som en målsökande robot. Letat efter information om Nürnberg på nätet, valt sina favoriter på kulturfestivalen, planerat sin packning. Däremellan bubblat med Claudia om den förestående resan. Inte vid något tillfälle vare sig tvekat eller reflekterat över det kloka i beslutet. Hon ser ut på landskapet genom framrutan där bussen tränger allt djupare in i Bayern och obönhörligt tar henne allt närmare mannen hon kommer att tillbringa det närmaste dygnet med. Hon drar in ett långsamt andetag som känns stramt i bröstet och hon masserar hårt ena axeln. Vem är han egentligen? Kan det finnas en sida av honom hon ännu inte förstår? Om han verkligen älskat henne då, hur kunde ett oskyldigt meddelande få sådana konsekvenser? Ville han helt enkelt bara avsluta och tog tillfället i akt? Genom att tvinga på sig ett milt leende försöker hon tränga undan de dystra tankarna men de vill inte riktigt släppa taget.

Nästan en timme senare, svänger bussen av motorvägen, slingrar sig fram på småvägar och stannar vid en ödslig hållplats mitt ute på landsbygden. Ifemelu ser sig förvirrad omkring. Kvinnan längre bak i bussen pekar mot en viadukt vid sidan om bussen och säger till henne:

– Tåget till Nürnberg stannar här om några minuter. Sedan är det en kvart kvar innan vi är framme.

När de kommer upp på den öde perrongen småskrattar Ifemelu för sig själv, som vore hon med i en spelfilm. En enslig hållplats vid en dubbelspårig järnväg där några vilsna figurer väntar på ett tåg till Nürnberg som kanske aldrig dyker upp. Överraskande nog, efter knappt tio minuter kommer ett tåg som snällt stannar vid plattformen. Hon skickar ett meddelande till Johannes om tågnumret och knappt en kvart senare kliver hon äntligen av i Nürnberg. Till sin förvåning ser hon honom stå och vänta längre bort på perrongen. Åsynen av mannen hon en gång älskat tränger undan det mesta av de dystra tankarna och hon känner sig bara glad.

– Vilka strapatser, säger han när de möts.

– Jo. Men nu är jag här. Om slutet är gott, är ju allting gott, eller hur?

– Sant, både i det lilla och det stora. Ska vi äta något först?

– Ja, hemskt gärna. Jag är rätt hungrig.

– Jag har fått tips på ett ställe en bit ifrån stationen. Kom! Med ena handen visar han vägen ut mot Bahnhofstraße.

*

Fränkische Weinstube står det på en skylt i gotisk stil ovanför ingången till restaurangen i det korsvirkeshus som trängt sig in mellan stadsmuren och den stenbelagda gatan. När de kliver in ser det fullsatt ut, men en servitör kommer fram till dem och säger:

– Zwei?

Ifemelu nickar och de leds in genom restaurangen och uppför, inte bara en utan två trappor. De kommer in till ett långsmalt rum med bord längs ena sidan. Servitören pekar på ett tomt bord med plats för fyra personer och lägger ner två menyer, en på tyska, den andra på engelska.

– Något att dricka, frågar han dem på engelska.

Ifemelu svarar på tyska att hon vill ha en Weißbier. På knagglig tyska beställer Johannes en likadan.

Ifemelu tar upp sitt förstoringsglas och de bläddrar fram och tillbaka i menyn. Till slut bestämmer de sig för traditionell tysk mat. Ifemelu fläsklägg med surkål och klimp. Johannes wienerschnitzel med smörkokt potatis.

Efter att de fått in maten säger Johannes med ett leende:

– Skogshuggarmat.

Fläskstycket ser verkligen fett ut och benpipan som sticker ut på ena sidan är rätt oaptitlig. Ifemelu ångrar nu sitt menyval särskilt efter att de delat smakprov med varandra. Den smörkokta potatisen var rätt läcker. Efter måltiden tar Johannes upp telefonen och visar sin favoritlista för "Die Blaue Nacht". Hon tar fram sin och när de jämför dem upptäcker de flera gemensamma punkter: ett seminarium om ljusets egenskaper på Tyska Museet av forskare från Max Planck institutet, några sånger ur Pärts Passio med blandad kör i Lorenzkirche och slutligen Sjostakovitj andra pianotrio i Frauenkirche vid Marknadstorget. Pianotrion ser hon särskilt fram emot.

Efter att ha druckit ytterligare en öl, besökt toaletten och betalat är de redo för "Die Blaue Nacht". Föreläsningen om ljuset hålls flera gånger under kvällen men eftersom kören var vid halv nio och pianotrion vid tio bestämmer de sig för att börja med ljusseminariet.

*

Tyska Museet vid Marknadstorget ligger mitt bland tegelhusen. Dess vita fasad med stora funkisfönster, avviker starkt mot den gamla bebyggelsen. Men med sitt sadeltak och sin mjukt svängda fasad anpassar sig byggnaden till gatans slingrande form och blir ändå en naturlig del av det historiska landskapet. Från entrén ser Ifemelu bort mot en av de gamla, överbyggda broarna över Pegnitz, den flod som delar stadskärnan.

De kommer in i föreläsningssalen och sätter sig nära det provisoriska podiet där en gigantisk skärm presenterar seminariets tema på tyska: "Hur kan ljuset bära så mycket information?". Under står namnen på doktoranderna från Max Planck institutets avdelning för ljusets fysik.

Johannes säger att han alltid uppfattat Ifemelu som den som lyst upp honom. Precis som upplysningen gjorde för européerna under 1700-talet. Om att hon fått honom att förstå musik på ett djupare plan. På samma sätt hade det varit när han pluggat geologi: hon hade ställt frågor om sådant han inte ens funderat över. Det var till och med så att han börjat se på sig själv i ljusare färger.

Ifemelu är alldeles förbluffad och är på väg att berätta om samtalet hon haft med Claudia om sitt mörker, när de tre föreläsarna, två kvinnor med asiatiskt utseende och en man med ljusblont hår, kommer in på podiet. Mannen ställer sig vanskligt nära podiets kant och Ifemelu blir orolig att ett felsteg skulle få honom att ramla. Trots att de turas om att gå fram och tillbaka till skärmen för att peka på olika saker, lyckas alla tre hålla sig kvar på scenen. Föreläsningen, som förstås är på tyska, är överraskande svår att följa och hon får anstränga sig.

Johannes hade inte förstått mycket säger han efteråt så hon berättar om föreläsningen. Att vi ofta tänker på ljuset som en enkel on-off knapp men verkligheten är långt mer komplex. Ljusspektret är enormt och sträcker sig från radiovågor till gammastrålning. Det är tack vare detta breda spektrum som våra trådlösa enheter kan kommunicera och en enda fiberoptisk kabel, där ljuset dessutom sänds i olika vinklar, kan bära enorma mängder information.

– Inte undra på att du lyser så intensivt precis som jag sa tidigare. Så många våglängder. Så många vinklar. Jag har alltid tyckt att du är så mycket mer kreativ än mi … jag. Jag går oftast rakaste vägen medan du kringelikrokar och får med dig så himla mycket annat, sådant jag inte ens tänkt på. Jag minns när jag upptäckte att du befann dig i musiken, var uppfylld av den. Jag var, och är, bara en platt betraktare.

Hon ler mot honom. Kanske har Claudia och Johannes rätt, tänker hon. Mörkret hon bär på är skuggan som följer det ljus hon kastar.

*

Inne i Lorenzkirche är det svalt och kylan från de tjocka sten-väggarna är en skarp kontrast till värmen utanför. Johannes, som släpat på sin jacka genom att hänga den på sitt pekfinger över axeln, lägger den över hennes axlar när hon huttrar till. Kyrkbänkarna gapar ännu halvtomma trots att körsången snart ska börja men de sätter sig ändå en bit ifrån så att rösterna blandas bättre. Kören kommer in och efter en ton från dirigenten, sätter de igång. Pärts musik hade hon haft svårt för, särskilt hans pianomusik. Alldeles för entonigt. Men Passio tycker hon om. De medeltida tonerna får henne att se upp på de gotiska valven som omger dem och de påminner om andra gotiska valv.

OMKRING FEMTON ÅR TIDIGARE

Skulle hon våga fråga honom? Det kändes nästan för privat, att gå för långt, och hon hade ingen aning om hur han skulle reagera. Men viljan att ha honom nära var så stark att hon knappt kunde värja sig. Hon ville känna honom bredvid sig, prata om musik, sitta tätt intill vid den lilla Steinway-flygeln. Steinway ... kanske den kunde locka honom. Försiktigt, som om han suttit bredvid, vägde hon varje bokstav när hon i ett mejl frågade honom. När svaret: "javisst" äntligen kom, kunde hon knappt sitta still. Hon reste sig, gick ut i korridoren och bort till kaffeautomaten i ett försök att distrahera sig.

Hon visste inte riktigt vad hon förväntade sig av piano-övningen i kyrkan, men mer än något annat längtade hon efter att få tiden med honom utan att behöva stjäla arbetstid. Känna den där oförklarliga fullkomligheten som alltid omslöt henne i hans närvaro. Som om alla hennes egenskaper kom till uttryck och hon kunde vara sig själv i så stor utsträckning. I allt förutom mörkret inom sig, det hon aldrig vågat visa någon. Nu kändes det plötsligt möjligt att dela det. Kanske inte än, men en dag ...

I bilen på väg till kyrkan satt han naturligt avspänd bredvid henne, men hans närvaro var så påtaglig att hennes arm kändes märkligt svag när hon lyfte den för att växla upp. I kyrkan gick de tillsammans altargången fram, precis som hon gjort en gång tidigare. Alla hans kloka synpunkter på både musiken och begravningen dröjde sig kvar i henne. När han till sist satt sig på pianopallen, överfölls hon av en nästan oemotståndlig impuls att omfamna honom. Det var bara hans fokus på Intermezzot som förhindrade det.

Hans ord om de ljuvliga, gotiska valven i kyrkan när de var på väg ut, och hon stannade till. Hon hade förstås uppmärksammat dem tidigare men såg dem nu med hans ögon. Valven tycktes ändlösa. Det närmsta ersattes av ett nytt som i sin tur ersattes av ytterligare ett, till synes utan slut, som ekon av deras samtal. Vad hon än kände under detta märkliga, outtalat intima möte, bevarade hon inom sig som en glänsande pärla.

NUTID

Klockan närmar sig halvtio och skymningen lägger sig när de kommer till torget. Den rikt utsmyckade Frauenkirche reflekterar den ännu ljusa horisonten och hela torget dränks i ett drömlikt, gulaktigt ljus. Inne i kyrkan har många samlats och de bästa platserna närmast den lite upphöjda scen som byggts framför altaret, är redan upptagna. De finner platser nära mittgången, och därifrån kan i alla fall Johannes få en glimt av flygelns klaviatur. Några minuter innan konserten börjar kommer de tre musikerna gående längs mittgången – två medelålders kvinnor med violin och cello och en ung man med ett pretentiöst bakåtkammat, mörkt, halvlångt hår. De ställer sig på rad framför flygeln och bugar djupt. Efter en kontroll av violinen och cellons stämning, möts deras blickar och med en kort nick sätter de igång.

Cellisten drar med sin stråke långsamt över strängarna och det låter som om hon fortsätter att stämma instrumentet. Ifemelu undrar om det är flageoletter hon hör. Violinen kommer in och strax efter, pianot och musiken byggs upp till en oroande dissonans. Johannes ser frågande på henne flera gånger och hon böjer sig mot honom och viskar i hans öra:

– Det är Sjostakovitj. Ibland förförande vackert. Andra gånger står man knappt ut. Vänta till sista satsen, den är oerhörd.

Han nickar och de sitter tysta under resten av konserten. Det är inget lättillgängligt stycke men hon har börjat älska det för dess kraftfulla uttryck. Det blir särskilt tydligt i kväll hur de dissonanta ackorden, gnisslet från stråkinstrumenten illustrerar det mörker och tungsinne som flyter upp hos henne då och då. I synnerhet i den sista satsen kan hon inte hålla emot. Omvärlden försvinner och hon dras in i musiken. Avslutningen, med pizzicaton på stränginstrumenten och det allra sista ackordet på pianot som får klinga ut är som en tröstande famn. Som den hon känt när Claudia fick henne att se ljuset och bilden av henne Johannes nyss visat.

När applåderna tystnat efteråt blir de kvar när de flesta är på väg ut. Ifemelu känner ett tryck över bröstet och märkligt svag i musklerna som om musiken tömt henne på all energi. Hon minns bakgrunden till pianotrion och lutar sig mot Johannes.

– Det sägs, att när Sjostakovitj hört skräckfyllda berättelser från utrotningslägren om hur nazister tvingat judar att dansa på sina kommande gravar, inspirerade det honom till den sista satsen.

Han skakar på huvudet.

– Jag kan inte påstå jag njöt av stycket. Det var nästan för atonalt och dissonant. Men det fanns något som tilltalade mig i den sista satsen. Fast nu när jag vet bakgrunden blir det svårare att ta till sig även den.

– På något vis kan jag hålla isär pianotrion från vad som inspirerat den. Den är något i sig trots den grymhet som är upphovet.

Han nickar, men hans blick är fortfarande fundersam, som om han prövar hennes tankar mot sina egna. Hon minns hans tidigare reaktioner – var det Sinatra han haft svårt för?

*

De lämnar kyrkan och går genom den nu helt konstbelysta stadskärnan på väg till järnvägsstationen för att ta spårvagnen till det lilla gårdshuset Johannes hyrt. Några minuter väntar de innan den skramlande kommer farande mellan stationen och den gamla stadsmuren. Sedan de satt sig säger hon:

– Är du säker på att det är okej med din hyresvärd att jag bor där med dig?

– Absolut, inga problem. Jag har gemensamma bekanta med dem och de bjöd mig faktiskt på lunch i dag. De är nyfikna på dig sedan jag nämnde att dina farföräldrar var från München. Hur länge kan du stanna här?

– Jag tänkte nog åka tillbaka redan i morgon.

– Okej, men om du vill kan vi utforska hela staden innanför murarna i morgon. Jag har bara gjort några enstaka turer in hit.

Det har hon inget emot, känner hon nu. Snarare tvärtom, hon vill det.

– Det låter ju mysigt. Jag har ju aldrig varit här tidigare underligt nog. Vi besökte många andra små städer härikring när farmor och farfar levde. Augsburg bland annat. Är det okej om jag stannar ytterligare en natt då?

Han säger inget men ler varmt mot henne och nickar långsamt.

73

8

När de kommer in i det lilla gårdshuset ser hon sig omkring. Det är som han sagt, ett litet minikök och med två angränsande rum. Det ser mycket städat och välordnat ut. Luktar rent.

– Så mysigt det är här. Var är toaletten? Jag tror jag behöver använda den.

Han visar henne ut i det lilla förrummet och hon går in och uträttar sitt ärende. På väggen mitt framför toalettstolen är ett rätt fint tryck av en akvarell föreställande en väderkvarn på en liten höjd. Runt om den, gula rapsfält och hon associerar bilden mer med Nederländerna än Bayern. När hon är tillbaka i miniköket säger han:

– Vill du ha te? Kanske en macka? Det finns bröd och pålägg.

– Nej, tack det är bra för mig. Ta något om du vill.

– Då hoppar jag det också.

– Det var en fin affisch på toaletten. De gula fälten påminner om de vi passerade på väg till Hamburg. Men väderkvarnen känns mer som Nederländerna.

– Har inte tänkt så mycket på den.

Han ser en stund på henne och fortsätter:

– För ett tag sedan läste jag en av världens kortaste dikter. Vill du höra den?

Vilket hopp, tänker hon. Från akvarell till poesi, så typiskt honom.

– Det är klart jag vill.

– Okej, lyssna: Kssss …

Han tystnar och ser med ett pillemariskt leende på henne. Hon lutar huvudet fundersamt. K och s? En kyss?

– Är den slut? Är det bara ett k och ett s?

– Inte ens det. Dikten består bara av ett versalt X.

Han ritar ett X i luften med pekfingret.

– X?

– Ja, bokstaven X. Titeln är lite längre och kanske behövs om man ska förstå den.

– Och den är?

– "The Windmills song" och sägs vara skriven av Ian Hamilton Finlay, en skotte.

Hon ser länge på honom innan hon brister ut i skratt.

– Haha, och jag som ofta ser ner på pennstreckskonst, men den där är ju helt underbar! Har aldrig tänkt på väderkvarnar som bokstaven X tidigare.

– Jag måste nog också ompröva min inställning till det jag tyckt vara nästan infantil konst. Jag skrattade också när förstod den.

– Ja och ljudet av den, när du läste den nyss. Man kan nästan föreställa sig väderkvarnsvingar som susar förbi. Kssss … kssss … kssss … kssss

Hon tar upp sin telefon och sätter i hörlurarna.

– Jag måste se om jag kan hitta något om honom. Hamilton Finlay?

– Japp. Ian i förnamn.

Efter en stund hittar hon en beskrivning av lyrikern.

– Skotte, helt rätt … men född på Bahamas, två år innan min far … han blev tydligen berömd för att ha reducerat enradsdikter till att vara endast ett ord. I väderkvarnsdikten, tog han det tydligen ett steg längre.

– Längre kommer man ju inte. Jag tycker den är både rolig, fyndig och även lite tänkvärd. Att plötsligt få syn på något nytt i det välbekanta. Hädanefter kommer jag nog att tänka på både Finlay och bokstaven X när jag ser en väderkvarn. Minns du din beskrivning av kyrkan vid utomhusscenen?

– Vad tänker du då på?

– Ugglekyrkan. Du kallade den för ugglekyrkan. Efter det såg jag bara denna uggla när jag passerade den. Som med Finlays dikt, något nytt i det invanda.

*

Efter att ha sagt godnatt till Johannes, stänger hon dörren, bäddar med sina medhavda lakan och kryper ner i sängen. Hon är inte det minsta trött och den händelserika dagen fyller hennes tankar. Så tänker hon på ugglekyrkan och minns konserten med Brahms, en vegetarisk buffé och ... tempo giusto. Efter uppbrottet hade hon inte låtit en man komma henne nära, även om Robert många gånger sagt att det var okej om hon hittade en annan.

OMKRING FEMTON ÅR TIDIGARE.

Hela dagen hade hon varit upptagen med förberedelserna för golfresan under helgen. Robert hade inte sett glad ut när hon berättat att hon skulle på konsert med Johannes under kvällen. Även om hon inte sagt allt, visste han vilken relation de hade. Äktenskapet var på upphällningen och utan att ha bestämt något, hade de redan innan sommaren pratat om separation. Roberts tilltagande balansproblem hade tillfälligt skjutit frågan på framtiden. Även om hon bestämt sig ville hon inte berätta det för Johannes. Inte än, men oavsett vilken riktning problemen tog, skulle hon snart kunna umgås med Johannes helt öppet oaktat att hon ännu var gift.

Under eftermiddagen hopades arbetsuppgifterna på henne. Både flickorna och maken kom med saker som hon måste göra. Flickorna behövde hjälp med skolarbeten som bara måste vara klara under fredagen. Maken med kläder som behövde tvättas och strykas inför resan. Det var nära att hon missade mötet med Johannes. Tur att hon så snabbt hittade en parkering inte alltför långt ifrån ugglekyrkan. Under konserten tänkte hon bara på hans händer, hans hud mot hennes. Tempo giusto. Redan när de tidigare under veckan bestämt sig för att gå på konsert, hade hon sett framför sig ett besök i Johannes nya hem. Att få mötas på en hemmaplan, på en plats som bara var deras kändes så förunderligt. Hon började känna sig fri. Fri att vara med honom närhelst hon ville. I hans hus hade de all rätt att vara och utan att någon plötsligt dök upp och överraskade dem. Förvisso var det Johannes hus men det skulle kunna bli deras gemensamma. På sikt kunde de bo tillsammans där. Så snart hon skilt sig och de sålt Körsbärshuset, kunde hon köpa in sig i hans tjugotalshus om han ville det. Hon skulle i alla fall föreslå det. Huset var inte stort vad hon förstått men bara flygeln fick plats skulle det räcka. Sedan hade han ju berättat om sin trädgård. Där kunde de odla både nyttiga och onyttiga växter. Johannes tyckte om blommor, vilket hon själv också gjorde, men att se nytto-växter gro och ge skörd var något helt annat. Det fyllde henne med ... lycka. Kanske för att hennes far varit likadan. Hon visste inte hur stor Johannes trädgård var men sannolikt var körsbärsträdgården mycket större. Å andra sidan bestod den av en hel del vildmark. Den odlade delen var kanske inte så mycket större än den Johannes nu förfogade över. Skulle de kunna flytta växthuset hem till Johannes?

Men just när hon skulle stiga in i det som kändes som deras framtida gemensamma trädgård, ringde maken. Han hade ramlat igen och krävde att hon kom hem omedelbart. Johannes såg lika besviken ut som hon kände sig och hon väntade i bilen tills dess han försvunnit in genom ytterdörren. På väg hem oroade hon sig över om något ytterligare tillstött makens balansproblem, men när hon klev ur bilen såg hon honom öva puttar i den del av trädgården med extra fint och kortklippt gräs. Jag känner mig mycket bättre var hans respons på hennes frågande blick. Ville han bara ha henne hem? Men de hade ju pratat om framtiden. Hon drog ett djupt andetag och förberedde det sista med packningen inför helgens golfresa.

Efter att lagt sig i sängen i gästrummet, rätt tidigt då de skulle upp vid sex dagen efter, drog hon sakta sin hand över det friska bröstet, ner över magen och lät den vila över skötet. Precis som Johannes hand brukade göra.

NUTID

Gårdshuset är inte så välisolerat gissar hon, då hon hör hur han rör sig i sitt rum. Efter en stund blir det tyst och det enda som hörs är några grenar som rasslar över det lilla husets tak i kvällsbrisen. Precis som den gången lägger hon handen över sitt sköte och tänker på mannen som ligger i rummet bredvid.

9

N är Ifemelu vaknar hör hon Johannes gnola från det lilla köket intill trots att dörren dit in är stängd. Natten hade varit kall och hon hade behövt använda sig av den filt Johannes gett henne innan sänggåendet. Nu svettas hon och drar av sig både filten och det tunna täcket. Av vinkeln på det ljus som faller in genom en glipa i gardinen anar hon att solen redan är en bit upp på himlen. Hon sätter sig upp i sängen och kastar en blick på telefonklockan. Den är närmare nio. Efter att ha tagit på sig sina kläder går hon in till köket.

– Guten Morgen, säger han och ler mot henne.

– God morgon. Du verkar ha varit uppe ett tag?

– Ja, jag brukar vakna vid sex. I dag lyckades jag somna om och klev inte upp förrän vid halvåtta.

– Så brukar det vara för mig också. Fast inte i natt.

– Det finns kaffe, och yoghurten är redan omskakad.

Ifemelu ser på det halvcirkelformade, väggfasta köksbordet. Två skålar, en förpackning med yoghurt och två tomma kaffekoppar på varsitt fat står prydligt utplacerade. Intill väggen, på var sida om bordet, två klappstolar i plast i en gräsligt orange färg. Hon sätter sig på en av dem.

– Så då behöver vi ingen handduk till frukosten, säger hon och ser upp på honom.

– Ja, jag tänkte det var bäst att skaka den innan du klev upp, säger han och skrattar lite.

Hon minns när han duschat henne med yoghurt den sommaren. Runt femton har passerat sedan uppbrottet, ändå känns det så naturligt att vara med honom. Det är som om de svarta månaderna då under hösten som förföljt henne sedan dess, bleknat under de senaste dagarna. Den sista gången de träffats hemma hos honom i hans nya hus, träder fram i hennes medvetande och hon ler lite för sig själv. Sedan de invigt sängen hade hon sett fram emot att inviga också flygeln. Så småningom hela huset, trädgården och göra den till deras tillflyktsort. Deras Eden. Men inget av det hade skett. Det var som om hans stenkurs förändrat honom.

Johannes sätter sig på andra sidan bordet och häller upp yoghurt till både henne och sig själv.

– Just, müsli, säger han, reser sig igen och plockar upp en förpackning från papperskassen som står på golvet bredvid miniköket.

Ifemelu följer honom med blicken. Han bryter förpackningen, kastar något i en papperskorg och sätter sig sedan vid bordet igen. Det känns så tillfredsställande att vara i samma rum som han. Samtala eller samtiga spelar mindre roll. Det är som om det finns en aura av välbehag runt honom och hon vill finnas i den. Men det är varken kärlek eller attraktion hon känner. Bara att hon vill vara där han är och kan inte förklara det med något annat än kemi. Samtidigt gör det henne rädd. Den mörka tiden efter brytningen vill hon inte uppleva igen. Hon förstår att den enda möjligheten är att vara öppen på riktigt. Inte bara prata om öppenhet. Vara det! Från hjärtat. Det får vara slut på gissningslekarna. Förstår jag inte, eller när mina fantasier drar iväg, måste jag fråga honom. Utan skyddsnät. Det svåraste blir att visa upp sig som den hon är.

Hon släpper tanken, häller lite müsli i yoghurten, rör om och börjar äta. I dag ska hon spendera hela dagen i den medeltida staden tillsammans med mannen som sitter framför henne.

*

De tar promenaden från Ebenseestraße, där de bor, till spårvagnen i Mögeldorf. En kvart senare kliver de av vid centralstationen.

– Vad vill vi se först? undrar Ifemelu.

– Kan vi inte promenera upp till slottet? Egentligen dubbelslott där den västra delen är mer av en borg. Det ska i alla fall vara en fin utsikt över stan därifrån.

– Gärna!

Johannes tar upp en karta ur benfickan och ser en stund på den. Han håller den framför henne och visar med fingret hur han tänkt promenaden.

– Vad tror du om att vi tar Königstraße till Hauptmarkt och sedan Burgerstraße upp till Kaiserburg.

Hon ställer sig tätt intill honom och försöker följa hans finger med ögonen.

– Jag kan inte se riktigt klart. Hur långt är det?

Johannes tittar åter på sin karta och säger sedan.

– Kan det vara några kilometer? Är det för långt tycker du?

– Nej, nej, jag går gärna långt. Snarare tvärtom, det är kanske lite kort.

– Vi kan ju snirkla oss upp dit, jag går också gärna långt då jag vill hålla igång mina ben. Låta näsan peka ut riktningen.

– Låter utmärkt. Men du får vara gps.

Han ser helt kort på henne och hon anar ett svagt leende.

Efter att ha passerat genomfartsgatan går de in genom en öppning i stadsmuren. Vid det stora torget köper de några sorts kakor som liknar baklava. Utan tillsatt socker enligt den turkiske säljaren. Ifemelu tvivlar då de var rätt söta men ändå goda. Vid den gamla fontänen med ett namn som påminde om slottets i Wien, "Schöner Brunnen", tar hon några bilder av Johannes med torget och den vackra kyrkan i bakgrunden. De fortsätter vidare upp mot slottet och alldeles intill slottsmuren passerar de en grotesk skulptur föreställande en enorm kanin som kalasar på en människa. Hon ryser och säger till Johannes:

– Gillar du husdjur?

– Nej, inte direkt.

– Inte jag heller. Nu känner jag direkt motstånd att skaffa ett. Tack och lov lyckades jag avstyra kanin-inköp när flickorna var små. I annat fall kanske jag blivit uppäten.

Johannes skrattar och går runt den obehagliga kaninen och filmar den.

De fortsätter in genom en öppning i muren och tar en gångväg runt den västra delen av dubbelslottet och sedan på dess baksida. Efter en stund passerar de ett litet café och går vidare in till slottets entré. Musik hörs och när de rundar ett hörn stöter de på ett äldre par som spelar gitarr. En stund står de där och lyssnar på dem. En av låtarna verkar bekant och hon känner så småningom igen Sankta Lucia, en anakronism så här i juni.

De bokar en visningstur i själva slottsbyggnaden och fikar efteråt på en terrass med en fantastisk utsikt över den medeltida staden. Både gamla och nya hus har ett taktegel som påminner om takspån och ligger omlott. Både under slottsturen och här på fiket är det förhållandevis folktomt. Endast ett par av de tiotal borden som står där är upptagna. Det är troligen för tidigt på säsongen. Skönt tycker hon och Johannes instämmer.

– Att semestra off-peak är så mycket bättre även om det finns en risk att det kan vara kallt, säger han.

På vägen ner låter de näsan visa vägen och de hamnar till slut vid Pegnitz. Vid ett av brospannen läser Johannes på en skylt som sitter någon meter upp från marken.

– En markering för högvatten, säger han när han vänder sig till henne.

– Oj, så högt upp. Det ser ut att vara ett antal meter ner till själva floden.

– Kanske en fyra, fem meter. Enligt skylten nådde vattnet i alla fall dit i februari 1909.

Hon ser sig omkring och inser att ett antal byggnader torde ha stått djupt i vattnet vid den tiden.

– Så översvämningar hände även förr.

– Tydligen.

*

Middagen intar de på en mycket liten restaurang som ligger några kvarter söder om Pegnitz. Att den är nästan fullsatt tar hon som ett gott tecken, och de blir hänvisade till ett av borden där det redan sitter folk men har två lediga stolar.

– Bitte, säger den som sitter närmast de lediga platserna och visar med handen att de kan sätta sig.

Denna gång beställer de in en smaktallrik med de lokala varianterna av korv. Till det grönsaker och smörkokt potatispuré. Rätt fet mat även det, tänker hon, men det smakar betydligt bättre än fläskläggen dagen innan. De blir kvar en bra stund och kommer även i samspråk med sina bordsgrannar. Någon frågar till och med varifrån hon kommer och blir förvånad när hon inte svarar ett afrikanskt land. Stämningen är god och de skålar med dem flera gånger. Till slut börjar hon känna sig trött och de bestämmer sig för hemgång.

*

Som kvällen innan tar de spårvagnen tillbaka. Efter att ha promenerat den sista biten, är de framme vid grinden till hyresvärdens lilla gård. Ifemelu får syn på ett par, kanske i åttioårsåldern, som sitter i varsin trädgårdsstol bakom huset.

– Vi går fram och hälsar, säger Johannes, och för med sin hand mot hennes rygg i riktning mot paret.

– Guten Abend, säger han och presenterar Ifemelu för dem. Paret ser förvånat på dem och Ifemelu känner sig en aning obekväm. Har Johannes nämnt något om hennes bakgrund? Men de ler vänligt mot henne och med en gest visar kvinnan dem på en liten träsoffa intill.

– Bitte, setzen Sie sich!

– Så fint ni har det här, säger Ifemelu på tyska, och tack för att jag fick möjlighet att bo här.

– Kein Problem, säger kvinnan med ett glatt leende. Det är bara roligt med långväga gäster. Ni har släkt här i Bayern har jag förstått?

– Ja, min fosterpappas föräldrar var från München, så jag var där rätt ofta under min uppväxt.

– Så de var inte mörkhyade? säger mannen väldigt naturligt.

Ifemelu hajar till, men det fanns inget annat än vänlig nyfikenhet i hans röst.

– Nej. Jag och mina systrar adopterades när vi var några år bara.

– Så kan livet bli ibland.

Kvinnan kastar en snabb blick på Johannes innan hon vänder sig till Ifemelu:

– Ni är visst en duktig pianist? Min man spelar också.

Hur mycket har han berättat om mig? tänker hon.

– Inte längre. Min syn har svikit mig.

Mannen lutar sig fram mot henne med ett bekymmersamt leende.

– Så tråkigt. Annars hade ni gärna fått prova vår lilla flygel.

De fortsätter samtalet en stund. Johannes, som hittills varit tyst, möter plötsligt Ifemelus blick och höjer frågande på ögonbrynen. Hon nickar nästan omärkligt och han säger:

– Då ska vi dra oss tillbaka.

– Trevligt att träffas, säger Ifemelu och ler varmt mot hyresvärdarna.

Paret ler tillbaka och kvinnan säger:

– Nöjet var på vår sida.

IO

H on vaknar tidigt och ligger länge kvar och lyssnar till tystnaden i det lilla huset och några röster från trädgården utanför. Det är tyst i köket så hon antar att Johannes ännu sover. Klädd i bara nattlinne och trosor tassar hon ut i köket och förbereder kaffe.

Tankarna vandrar tillbaka till gårdagens rundtur i den historiska stadskärnan. Hur ljuvligt det varit att tillsammans med Johannes uppleva allt detta. Hon tar upp sin telefon och bläddrar igenom bilderna hon tagit. På en syns Johannes sittande i nischen i ett av det västra slottets välvda fönster. Ljuset som sipprar in genom det metallgaller som täcker fönstret träffar bara delar av hans ansikte, i profil. Resten är i mörker. På en annan står han framför Schöner Brunnen på sitt karakteristiska sätt, vilande på ena benet. Hon finner det rörande på något sätt och minns bilden han visat henne av sig själv som barn, när han haft en liknande position. Pojken Johannes.

Inifrån det andra sovrummet hör hon att han vaknat och hon går in till sitt och klär sig. När hon kommer in i köket igen är Johannes där, fullt påklädd och håller på att duka fram frukosten.

– God morgon min vän, säger han.

– God morgon. Hur har du sovit? Jag somnade nästan direkt men har varit vaken en bra stund.

– Jag också. Men har precis vaknat.

De slår sig ner och äter sin frukost. Hon minns sina tankar morgonen innan. Om att vara uppriktiga med varandra. Det som de för länge sedan sagt vara viktigt men ändå inte tagit på fullt allvar. Hon vill inte vara med om det igen. Snart skulle hon åka tillbaka till Claudia, så hon säger:

– Får jag ... får jag be dig om en sak?

– Javisst. Vadå?

Han ser på henne med lätt höjda ögonbryn och ett milt leende.

– Att vi från och med nu pratar öppet med varandra. På riktigt den här gången. Inga halva sanningar, inga gissningar, ingen flykt. Vi är sjuttio plus nu, Johannes. Livet är inte oändligt. Jag vill ta vara på det vi har kvar.

Han ser ner mot bordet och börjar massera ena axeln. Sedan lyfter han långsamt blicken och möter hennes. Han tvekar och säger sedan dröjande:

– Ja ... det var ju vad vi sa ... då ... men ... det fanns saker vi aldrig talade om ... jag vågade aldrig ta upp dem för jag var rädd att förlora dig.

– Ändå förlorade vi varandra. Jag skyller inte på dig men jag vill inte att det ska hända igen. Inte på grund av missförstånd och bristande öppenhet.

Utan att säga något ser båda ner på sina skålar med yoghurt. Johannes bryter tystnaden efter en stund.

– Älskar du mig fortfarande?

Vad ska hon säga? Just det, som det är.

– Jag vet inte. Inte som förr. Kanske är jag för gammal? Men jag tycker om att du är i min närhet. Och du? Älskar du mig?

Åter dröjer han med svaret som om han också har svårt att vara sann. Han drar ett djupt andetag och andas ut långsamt.

– Efter uppbrottet stängde jag in de där känslorna. Det blev liksom ett förbjudet område för mig. Jag var så arg på dig då, den hösten. Riktigt arg. Det kändes som om du hade stulit flera år av mitt liv. Men något hände när vi satt bredvid varandra på tåget häromdan. När du berättade att du inte längre ser tillräckligt bra för att spela piano, ville jag bara hjälpa dig. Ville att du skulle ha det bra. Att det skulle gå dig väl. Är det kärlek? Vänskap? Eller kanske bara en längtan efter vänskap?

– Vad hände på stenkursen den sommaren?

Johannes ser förvånat på henne.

– Hände? Vad menar du?

– Det var något som hade förändrats hos dig efter den. Du berättade nästan inget om kursen och jag ville inte heller fråga.

– Varför inte?

– För att inte pressa dig att berätta något du kanske ville behålla för dig själv. Men det oroade mig att du hemlighöll något. Inte om kursen i sig utan om dig själv.

Han sträcker fram handen och lägger den på bordet framför henne men drar tillbaka den när hon inte tar den.

– Under hela det sista året hade jag det jättejobbigt.

– Du menar våra konflikter?

– Nej, inte i första hand. Utan att du var gift. Mina fantasier drog iväg med mig nästan varje gång du åkte hem. Låg bredvid honom i er säng. Åt middag tillsammans. Planerade för barnen tillsammans. Jag var helt enkelt svartsjuk men samtidigt fylld av dåligt samvete gentemot din man.

– Åh, kära du.

– Men varje gång du åkte hem till ditt liv blev mitt helt meningslöst. Jag måste bara ha dig.

– För mig fanns bara du.

Johannes ser på henne med en blick som om han försöker fastställa sanningshalten i det hon just sagt.

– Hur ...

88

Men han säger inget mer. Han ser ner på sina händer där den ena tummen gnider ovansidan av den andra några gånger. Han fortsätter att långsamt äta upp det sista av yoghurten och inspekterar varje fylld sked noggrant.

– Jag tror att kursen gav mitt liv en mening som inte hängde ihop med dig. Kanske var det, det du märkte? Att jag frigjorde en del av mig från oss.

– Hur då fri?

– Att jag kunde har roligt även utan dig. Att klyva en sten, det var nästan magiskt.

– Jag förstår.

– Ändå, den hösten blev mitt liv fullständigt tomt och det var bara jobbet som gav mig någon mening. Hur blev det för dig?

Hon tänker efter.

– Ja … för mig? Jag stängde av allt. Allt! På jobbet … jag kunde inte längre engagera mig i mina medarbetare. Utförde bara mina arbetsuppgifter mekaniskt. Ingen eftertanke eller engagemang. Jag blev som en … som en robot och man kan inte ha en sådan som chef. Jag misskötte mig och det gick så långt att Soraya frågade vad som hänt. Till slut sa jag upp mig och blev hemma tills dess jag kunde gå i pension.

– Hon sa att du bytt jobb.

– Ja, det kan man säga. Fast inget vanligt jobb utan en del av mina plikter.

– Plikter?

Skulle hon berätta för honom? Trots att hon alldeles nyss pratat om vikten av öppenhet, avstår hon, men avstår öppet genom att säga:

– Det hände något i min familj … men jag vill inte berätta det för dig. Inte än.

"Inte än", tänker hon och inser att hon därmed ser framför sig en fortsatt relation med Johannes. Så hon säger även det.

– Jag vill hålla kontakten i fortsättningen, om du kan tänka dig det.

Bryggaren har bubblat klart, han reser sig från bordet och säger samtidigt:

– Vill du ha kaffe?

Hon nickar sakta. Efter att ha fyllt kopparna ställer han tillbaka glaskannan i bryggaren och säger:

– Men du är väl fortfarande gift?

– Ja, men vi har inte levt i något äktenskap sedan … inte dessförinnan heller. Just nu vill jag inte berätta något mer. Är det okej?

– Du ville ju nyss vara öppen, säger han med höjda ögonbryn.

Men om hon berättar allt som hänt kan ett dåligt samvete pressa honom. Det vill hon inte.

– Jag är också tydlig med att det finns mer att berätta men att just nu vill jag inte ta upp det med dig. Vi har ju nyss träffats igen efter så många år. Var det inte du som brukade säga att det aldrig finns några vägar bakåt? Så det som händer nu, är något nytt. Jag vill som sagt att vi håller kontakten, även sedan vi kommit hem och kanske kan hitta tillbaka till något.

– Men hur ska det gå till? Du är ju gift som sagt.

– Jag kan säga så här mycket: jag är fri att göra vad jag vill.

Hans ögonbryn drar sig mot varandra och han rättar till något med skjortan i midjan.

– Det får inte bli som förr.

– Nej, det kan jag lova dig. Det är möjligt att vi inte tycker vi har något tillräckligt gemensamt längre, men då ska vi prata om det. Ärligt. Inte fly eller ghosta.

Han är på väg att säga något men hon avbryter.

– Ja, jag vet. Jag har starkt bidragit till det. Men jag vill inte ha det så längre. Livet är för kort. Så, kan du tänka dig det?

Han lägger åter sin hand på bordet och nu tar hon den. Hans blick tycks fäst på de båda händerna och till slut ser han upp på henne och säger.

– Ja, jag kan tänka mig det. Om vi är fullständigt uppriktiga med varandra och kan ses öppet när vi vill.

Med tummen stryker hon sakta över den fårade, mjuka huden på översidan av hans hand.

*

Efter frukosten tar spårvagnen dem till stationen och när de kommer in dit, säger han:

– Hur länge blir du kvar i München?

– Jag har inte bestämt något. När Claudia tröttnat på mig, kanske.

Hon skrattar till och fortsätter:

– Köpte bara en enkel. Kanske blir jag kvar här två veckor till. Och du?

– Har faktiskt också bara köpt en enkel. Huset är normalt inte uthyrt så jag kan stanna så länge jag vill. I alla fall några veckor till.

– Jag hade nästan tänkt bjuda dig ner till München så kan du få träffa min kusin.

– Men hon känner väl inte till mig?

Ifemelu ler mot honom.

– Jo, jag berättade faktiskt om dig för några dar sedan. Jag tror det var på tåget från Hamburg jag bestämde mig för att sluta med mina charader. Eller rättare sagt, sluta upp med att dölja saker för personer som står mig nära. Claudia är en sådan. Att vara sann du vet ...

Hon rör vid hans hand men han tar den inte.

– Hoppas ditt tåg inte blivit inställt igen.

Hon tar upp telefonen, öppnar reseappen och räcker sedan över den till honom. Han ser en stund på den.

– Ser bra ut. Inga … abgesagt. Spår nio om tjugo minuter …
och vagn … nummer fem. Vi kanske ska gå dit?

De tar rulltrappan en våning ner och längre fram en vanlig
trappa upp till rätt spår. Det dröjer ännu ett tag innan tåget
anländer.

– Vad ska du göra i dag?

– Jag kanske tar en tur till Augsburg. Hoppas du får en skön
tid i München. Skicka gärna foton på saker ni gör. Om du har
lust.

– Okej.

Några minuter innan planerad avgång rullar tåget in.

– Kan du kolla var vagn fem är?

Johannes rör huvudet fram och tillbaka som på en tennis-
match när han följer tågsättet med blicken. Han pekar efter ett
tag på en vagn som just rullar förbi dem

– Fem, den!

Den åker ytterligare ett tiotal meter innan tågsättet stannar
och de går fram till vagnen. Några personer kliver av och
Ifemelu är på väg att kliva ombord. Men hon stannar i steget,
vänder sig om och sträcker ut armarna mot honom. Han går
fram till henne och de kramar om varandra lite tafatt och hon
viskar till honom:

– Vi hörs väl vidare?

– Det är klart vi gör.

*

Från sin fönsterplats ser hon Johannes ryggtavla försvinna när
han långsamt går ner för trappan de just kommit upp från.
Vem är han nu för tiden? tänker hon.

II

Under resten av veckan efter att hon kommit tillbaka från Nürnberg besöker Ifemelu och Claudia några gemensamma släktingar, bland annat Claudias bror som bor med sin familj i en stor villa norr om München. De promenerar också flera gånger in till den gamla delen av München runt Marienplatz, shoppar lite, äter på restaurang och fikar. Varken Claudia eller Ifemelu är särskilt begivna på alkohol men Ifemelu tänker att är man i Bayern måste man väl dricka en öl ibland. Värmen håller i sig och när de sitter på uteserveringarna om kvällarna behöver de inga varmare kläder.

Nästan direkt när Ifemelu återvänt från Nürnberg hade Claudia ansatt henne med frågor om Johannes, men hon hade svarat undvikande. Hon behövde tid att samla tankarna. Några dagar senare, när de sitter på en uteservering vid Viktualienmarkt och dricker kaffe, inleder Claudia närmast ett korsförhör om umgänget med Johannes.

– Jetzt möchte Ich alles über Nürnberg wissen.

– En fantastiskt vacker medeltida stad med korsvirkeshus, floden och broarna. Inte minst dubbelslottet uppe på kullen.

Claudia skrattar.

– Du vet vad jag menar.

.

Det är klart att hon vet det men vill ändå hålla Claudia på halster. Kanske för att hon själv inte vet hur hon ska förhålla sig till det som hänt.

– Die Blaue Nacht var magisk. Inte minst Sjostakovitj andra pianotrio.

– Du är hopplös. Mötet med Johannes förstås! Ifemelu spelar överraskad.

– Jaha, han. Vi hade väldigt trevligt. Han var nästan som förr. Kanske ännu öppnare än då. Eller om det var jag som var det? Jag trivdes med honom. Det känns så fulländat när jag har honom nära och jag tycks inte kunna få nog av honom. Fast skulle jag berätta om allt vi pratade om, torde du inte tycka det vara så märkvärdigt. Jämfört med för femton år sedan fanns det i alla fall en viktig skillnad.

– Vilken då?

– Jag känner mig inte förälskad i honom längre. Inte kär. Det känns som vi passerat det stadiet.

– Hur menar du?

– Jag tänker att relationer går igenom olika faser. Förälskelsen som är nästan kemisk – man blir sjuk av längtan efter den andre. När det övergår i kärlek, vad den nu är, vill man både den mentala och fysiska kärleken men den är inte lika lidelsefull. Man öppnar upp sig mot andra och annat. Till slut kanske det övergår i en djup vänskap där det fysiska behovet, sex, minskar. Jag känner ingen sådan attraktion till honom nu. Inte för att han är oattraktiv – med sitt mogna utseende till och med mer attraktiv än förr. Men det skulle kännas konstigt att förena sig med honom igen. Som om det är ett passerat stadium.

Claudia rynkar pannan.

– Tror du verkligen det? Har vi inte fysiska behov livet igenom? Väldigt gamla människor kan, och vill, ha sex vad jag förstått.

– Det kanske bara gäller mig. Under den långa perioden sedan Robert blev sjuk stoppade jag undan lusten och att den därefter nog förtvinat. Vi kramade om varandra när vi skildes vid stationen, men jag kände inte någon längtan att känna hans kropp emot min. Det var bara varmt och vänskapligt.

– Jag kan fortfarande längta efter en man. Efter en mans kropp. Efter skilsmässan har jag haft några korta relationer men jag insåg att de mest handlade om den längtan. När den var tillfredsställd, tappade jag intresset.

De sitter tysta och betraktar folklivet runt omkring. Hon undrar vad Claudia skulle tycka om Johannes. Tänk om hon skulle bli attraherad av honom. Plötsligt känner hon ett stänk av svartsjuka och ifrågasätter sitt resonemang om de olika stadierna. Ändå, när hon tänker tillbaka på de två dagarna i Nürnberg, förstår hon att det verkligen inte fanns någon sådan längtan hos henne. Det var bara så skönt att han fanns där. Inte som en trygghet utan, ja som vadå? Något som kompletterade henne. Gjorde henne mer fullkomlig. Som om de var två delar av samma enhet. De hade inte bestämt något om vad den fortsatta kontakten skulle innebära men hon ville fortsätta att träffa honom. Hon måste få träffa honom.

Claudia avbryter hennes tankar.

– Vad tänker du på?

– Johannes förstås. Han känns viktig för mig nu. Ska jag vara helt uppriktig blev jag lite svartsjuk när jag tänkte på att du kanske skulle bli lockad av honom.

– Den tanken slog mig också faktiskt. Men det skulle aldrig falla mig in att inleda något med en man som är viktig för dig. Oavsett vad du säger, kanske du älskar honom fortfarande.

Ifemelu vet inte vad hon ska tro om sin nygamla relation till mannen hon en gång älskade nästan mer än sig själv.

– Tack för att du säger det. Jag får se hur det blir med allt sedan.

– Sedan?

Sedan, var när Robert ... när hennes nuvarande liv ersatts med något nytt. Där skulle Johannes finnas med.

– Ja, när allt är över. Undrar om inte Johannes fortfarande är kvar i Bayern. Han skulle till Augsburg när vi skildes åt. Jag funderar på att bjuda hit honom. Vad tycker du om det? Det skulle vara kul att visa honom München.

– Natürlich. Det vore roligt att träffa honom. Kan han tyska?

– Inte flytande, men en vanlig konversation går bra. När vi pratade med hans värdpar hade han inga problem.

– Nå så. Bjud hit honom.

– Du och jag skulle kunna dela säng i det stora sovrummet så kan han ta gästrummet.

– Vill du inte dela säng med honom?

– Nej, vi har inte en sådan relation nu, som sagt. Men då pratar jag med honom i kväll.

– Ska vi bege oss hemåt?

Ifemelu tittar på telefonklockan och håller med. Under den största delen av promenaden tillbaka är de tysta. De stannar till ett slag när de passerar bron över floden och Ifemelu tänker att den är som livet. Vad du än gör går det inte att stoppa. Det rör sig framåt hela tiden. Hela tiden ...

*

Sent på lördagseftermiddagen tar hon tunnelbanan tillsammans med Claudia för att möta Johannes vid Haubtbahnhof. När hon pratat med honom några dagar tidigare hade han genast tackat ja till inbjudan. "Jag saknar dig." hade han sagt.

Tåget är nästan en halvtimme försenat, och de står som vanligt vid slutet av spåret när det långsamt rullar in. Människor strömmar ut ur vagnarna och först när han är bara några meter bort ser hon honom. Han hade förstås redan upptäckt henne och kommer fram och kramar om henne innan han hälsar artigt på Claudia. På väg till tunnelbanan går

Johannes några steg bakom dem och Claudia viskar till Ifemelu

– Han ser ju jättetrevlig ut.

Tunnelbanan glider iväg och Claudia och Johannes pratar om Augsburg. Han berättar bland annat om Fuggeriet, den stadsdel som anses vara den äldsta socialinrättningen i världen. Hans tyska är knagglig, men Claudia nickar uppskattande när hon lyssnar på honom.

– Mozarts far föddes där, avslutar han sin berättelse.

Ifemelu sitter mest tyst men gläds åt att de verkar komma bra överens. "First impression ...", tänker hon.

Klockan är närmare fem när de kliver av vid Max-Weber-Platz. Claudia berättar om området för Johannes, om floden som rinner i närheten, gångavståndet till gamla stan och att Max Weber, som gett platsen dess namn var samtida med Karl Marx men ofta polemiserade mot honom. Johannes ställer frågor på nästan allt hon berättar och samtalet blir särskilt livligt när de diskuterar Weber i relation till Marx.

– Jag var ju rätt röd förr, säger han och ser menande på Ifemelu. Men det har gått över.

– Warum?

– Tja, fakta kom i vägen. Eller verkligheten. Kla... Ifemelu var den som fick mig att överge den romantiseringen.

Claudia ser ett kort ögonblick på Ifemelu innan hon åter vänder sig till Johannes.

– Romantisering? Hur menar du?

– Socialister och kommunister har en för romantisk bild av verkligheten och människan. Så snart de börjar tillämpa sina teorier leder det dessutom nästan alltid till repression och diktatur.

Ifemelu minns samtalet om Victor Jara som nästan slutade i en konflikt. Johannes hade backat och kanske var det då han på riktigt började ifrågasätta sina gamla ideal.

– I vår familj, säger Claudia, har vi alltid varit konservativa.

Samtalet fortsätter och när de kommer in i Claudias lägenhet säger hon vänd till Johannes:

– Är du hungrig? Vi har förberett lite mat och om du har lust kan vi ta en promenad i området senare.

– Ja, gärna!

Ifemelu visar Johannes gästrummet och medan han tar det i besittning kokar hon lite pasta till den kycklinggryta de förberett tidigare. Claudia dukar i vardagsrummet. De sitter länge vid matbordet och pratar om sina liv. Claudia verkar nyfiken på Johannes och ställer frågor om hans familj, särskilt om hans dotter Cecilia som är docent på ett universitet. När samtalet ebbar ut erbjuder sig Ifemelu att ta hand om disken. Claudia och Johannes slår sig ner i tvåmanssoffan i vardagsrummet. Mellan skramlet från disken hör hon prat och skratt därifrån.

När hon är klar med disken och kommer ut till vardagsrummet sätter hon sig i en av korgstolarna mittemot dem. Claudia håller ett fotoalbum mellan sig och Johannes, och de sitter nära varandra när hon berättar om bilderna. Ett kort ögonblick ser de upp på henne.

– Här är vi hos mormor och morfar ute på landet. Ja, det är hennes farmor och farfar, säger hon och ser på Ifemelu.

Ifemelu lutar sig tillbaka i stolen och känner hur all energi rinner ur henne. Vagt hör hon Claudia säga: "Här är alla samlade, vi och våra föräldrar när vi är på oktoberfesten ...", "Ifemelus döttrar ...", "Jul hemma hos Ifemelus föräldrar ...". Då och då kommer en fråga från Johannes. Eller bara ett hummande.

Ifemelu sluter ögonen och är nästan på väg att somna, när Claudia säger:

– Ska vi röra på oss?

– Japp, jag tar gärna en promenad, säger Johannes.

– Jag vet inte, jag är nog för trött.

Claudia ser en stund på Ifemelu och säger sedan:

– Du kan ju stanna här. Vi tar bara en kort promenad, det är bra för sömnen om inte annat.

*

Ifemelu sätter sig i soffan när de två lämnat lägenheten. Albumen ligger kvar på bordet och hon tar upp ett av dem och bläddrar förstrött. Hon ser bilder på sig själv och Robert när de var nygifta. Deras respektive mammor hade alltid sagt att de passat så bra ihop.

När klockan närmar sig halvnio lägger hon undan albumet och tar en dusch. Efteråt sitter hon en stund i soffan och väntar på att Claudia och Johannes ska komma tillbaka. Tröttheten kanske spelar henne ett spratt men hon känner sig märkligt utanför. Hade Johannes ens pratat något med henne? Jag går och lägger mig, tänker hon och går in i det stora sovrummet, bäddar upp den breda dubbelsängen och lägger sig på sidan närmast fönstret.

Hon vaknar av röster i hallen och tittar på telefonen. Halvtolv! Rösterna dämpas men hon är redan klarvaken. Lite mummel hörs utifrån vardagsrummet och efter en lång stund öppnas sovrumsdörren och Claudia kommer in iklädd bara ett nattlinne. Ifemelu känner doften av vått hår och förstår att hon duschat i badrummet som bara kan nås från gästrummet. Claudia ser på Ifemelu och viskar sedan:

– Sover du?

– Nej.

– Vi kanske väckte dig.

– Det gör inget.

– Det blev lite sent. Vi tog en öl på en av ölstugorna här. Han är ju jättetrevlig, din Johannes.

– Min? Jag vet inte om jag kan kalla honom det.

Claudia är hennes allra bästa vän men tanken på att hon gillar Johannes stör, trots Claudias tidigare försäkran. Och det är sant, det vet Ifemelu, ändå känner hon sig osäker. Besöket av Johannes har inte alls blivit som hon tänkt sig. Å andra sidan, tänk om Claudia inte gillat honom alls, hur skulle det ha varit? Planen var att han skulle stanna i två nätter innan han åkte hem. Det hade blivit olidligt. Ifemelu vänder sig om i sängen och tänker "Jag behöver nog sova nu".

Claudia kryper ner bredvid henne och säger tyst:

– Förresten, jag har en tandläkartid i morgon vid halvtio. Så jag kliver upp rätt tidigt.

*

Ifemelu vaknar redan vid fem efter en orolig natt och känner sig inte utsövd. Länge ligger hon och lyssnar på stadsljuden som sakta tilltar. Gatan utanför sjuder av liv, i skarp kontrast till den stillhet som råder i gästrummet där Johannes sover.

Claudia verkar sova djupt och Ifemelu smyger in till köket och överraskas av att Johannes sitter där vid det lilla köksbordet, klädd i bara T-shirt och kalsonger. Claudia i nattlinne kvällen innan och nu han i underkläder.

– Oj, är du vaken redan? säger han.

– Ja, jag kunde inte sova. För många tankar i huvudet.

– Berätta!

Hon sätter sig vid bordet och säger:

– Ni verkar ha fått en bra och nära kontakt, du och Claudia.

– Jo hon är trevlig. Men min tyska är för dålig.

– Blev det ingen snabbpromenad i går för er?

– Nej vi kom nog inte hem förrän vid elva, halvtolv. Vi hann med en öl också, en bayersk förstås. Varför undrar du?

– Jag kanske inte behövs längre ...

Först ser han överraskat på henne.

– Behövs? Hur menar du?

– Glöm vad jag sa.

Uttryckslöst ser han på henne innan han reser sig och ställer sig vid fönstret med ryggen mot henne.

– Okej, got the message.

Hon börjar långsamt räkna till tio men kommer inte långt innan hon måste säga:

– Så, nu tänker du försvinna igen?

– Va, nej jag bara ...

Hon orkar inte höra på hans undanflykter och rämnar fullständigt. Den svarta hösten återkommer och precis som på tåget växer ilskan okontrollerat. Men nu kan ingen klarinett rädda henne och med sammanbitna läppar säger hon:

– När jag hade ... hade det som svårast ... då försvann du. Blockerade ut mig ur ditt liv. Fan vad jag hatade dig. Fan, fan. Jag trodde att du var min vän. Också.

Hon förfäras över sitt språk men det går inte att hejda nu. Gråten håller hon tillbaka men rösten avslöjar den när hon darrande fortsätter:

– Du betedde dig som en egoist. Jävla egoist. Precis som alla andra. Minns du ... minns du när du påstod att du skulle stå vid min sida om jag drabbades av cancer igen? Jovisst, det kan man ju gissa hur det skulle ha gått. Du hade försvunnit. Byebye Ifemelu!

– Fick du *återfall* i din cancer?

Men Ifemelu hör inte bekymret i hans fråga utan bara en falsk röst som får henne att skrika:

– Som om du skulle bry dig om det. Jag hamnade i en mycket utsatt situation och du ... du bara drog. Kanske hade du hittat en ny kvinna att förföra.

Johannes vänder sig helt om mot henne, munnen halvöppen och han kliar sig i bakhuvudet. Innan han hinner säga något fortsätter hon, nu med en ironisk stämma.

– Haha, inte undra på att du läste Gullbergs dikt för mig om mannen som flyyyr ... så snart han erövrat en kvinna. Det var innan du förförde *mig*. Kanske var dikten en varning jag missade. Kyssande vind ... som en vind försvann du verkligen. Till nästa famn.

Han avbryter henne.

– Jag förstår inte, vad *är* det du pratar om? Vad hände? Inte återfall? Jag flydde inte!

– Försök inte. Du flydde för att du var rädd att fastna i mina garn. Vi skulle ju bli tillsammans på riktigt den hösten. Men du blev rädd. Rädd och stack. Sluta låtsas att du inte förstår. Det var ju hur tydligt som helst!

– Men kära Ifemelu, jag förstår verkligen inte. Vad hände?

Hans röst är mjuk men det han säger tränger inte in i henne.

– Kära mig hit och kära mig dit. Sluta med det. Sluta! Jag är inte din kära och var tydligen aldrig det då heller. Och ingen annans heller. Aldrig någonsin har jag varit någons kära. Inte på riktigt, bara spel för galleriet hela tiden. Du lurade mig. Lurade mig länge, men efter din brytning förstod jag. Inte heller *dina* ord gick att lita på. Snacka om blå dunster ...

Hon känner näsborrarna vidgas och sluts, om och om igen. Ögonen bränner. Till slut kan hon inte hejda gråten utan den väller upp ur henne. Johannes lämnar fönstret och drar fram den lediga köksstolen intill hennes, sätter sig och försöker lägga armen om henne men hon värjer sig och vänder sig mot väggen och gömmer ansiktet i sina händer. Samtidigt som hon skäms för sitt bölande kan hon inte sluta. Gråten känns bottenlös och tycks aldrig kunna ta slut. Till sist gör den ändå det. Hennes kropp fortsätter ännu en stund med ryckningar i axlarna då och då. Vad hade hon sagt till honom egentligen? Sanningen? Jo, det var sanningen men inte inlindad över huvud taget. Inte vänligt, inte för att förklara. Bara för att göra honom illa. Som han gjorde henne ... den hösten.

– Klara, vad händer? Berätta för mig.

Hans röst är nu mild och vädjande. Att han använder hennes ursprungliga namn minner om förr och det lugnar.

– Kära Klara, aldrig att jag flydde från dig. Aldrig någonsin. Jag trodde du var på väg bort och jag ... jag ... ville nog inte passivt se det hända. I stället ryckte jag av plåstret.

Åter försöker han lägga armen om henne och nu låter hon det ske. Ingen av dem säger något utan de sitter bara där, stilla. Efter en stund lutar hon sig mot honom och känner att hans arm håller henne något lite fastare. Tanken hoppar från det ena till det andra: konserter för länge sedan, gemensamma stunder vid flygeln, kinden han kysst, tempo giusto, mötet på tåget, samvaron i Nürnberg, "Mon cœur s'ouvre à ta voix". Som vore den en vandrare som tar sig över ett klapperstensfält där varje sten är ett minne från deras kärleksrelation. Omöjligt att förutse vägen och först när man landat på ett stenblock, syns nästa. Som en enda lång associationskedja. Ändå finns ett mål i fjärran, skogsbrynet på andra sidan fältet, dit hon försöker ta sig. Där en ärlig och uppriktig relation väntar. Kommer minnena att räcka till för att nå dit? tänker hon.

Ska hon berätta om Robert och vad som hände den dagen? Den svarta dagen. Nej, inte än men inte för att hon är rädd längre för öppenhet, utan att skuldkänslor skulle kunna sätta press på honom. Hon vill att han med fritt sinne kommer henne till mötes till vad det nu än blir mellan dem.

Ifemelu hör det spola i toaletten i hallen och efter en stund står Claudia i dörren in till köket.

– Vad har hänt? Jag hörde röster och gråt. Har ni bråkat?

Hon ser på Johannes med höjda ögonbryn. Han nickar långsamt. Claudias blick växlar mellan de båda.

– Vad har hänt, säger hon igen.

Ifemelu flyttar sin stol en bit ifrån Johannes och berättar. Om hur hennes historia åter kommit ikapp och att hennes fantasier dragit iväg med henne. Om den svartsjuka hon känt.

– Ska sanningen fram, blev jag sotis på er i går. Kände mig helt utanför. Ni kom hem så sent och verkade ha haft så roligt tillsammans, och när du sa att Johannes var så trevlig kunde jag inte hejda mina tankar. En oskyldig kommentar från honom nu på morgonen och tiden från uppbrottet välde över mig. Jag kunde inte kontrollera det.

Claudia kommer fram till dem och lägger en hand på var och en av deras axlar.

– Vet du vad Johannes pratade om allra mest i går?

Ifemelu ruskar på huvudet.

– Om dig och om er relation från förr. Hur mycket du betydde för honom. Men också att hans liv ljusnat nu i sommar, särskilt under Die Blaue Nacht. Även om jag *försökt* lägga beslag på honom hade det inte lyckats. För honom finns bara du, även om han inte visste hur er relation kommer att se ut framgent. Eller hur?

Hon ser på Johannes och han nickar instämmande. Ifemelu reser sig och lägger armarna om Claudia i en stilla omfamning.

– Förlåt Claudia. Förlåt. Mitt förstånd litar förstås på dig men ...

Johannes hade också rest sig upp och står lite handfallen bredvid dem med armarna hängande nerför sidorna. Ifemelu släpper taget om Claudia och lägger handen på hans arm.

– Förlåt även till dig.

Han ruskar långsamt på huvudet.

– Inget som måste förlåtas. Du uppfyllde bara det vi pratade om i Nürnberg.

– Vadå?

– Att säga som det är, att göra det på riktigt.

12

Spänningen efter den dramatiska morgonen finns ännu kvar i henne men det är som om hon befriat sig själv från några av de bördor hon burit på. Claudia hade lämnat dem för sitt tandläkarbesök efter frukosten. Senare på dagen skulle de mötas vid Marienplatz.

Under promenaden in till Altstadt när de passerar bron över Isar, stannar Ifemelu till.

– Vet du vad jag tror triggade min ilska i morse, förutom svartsjukan gentemot Claudia?

Han skakar på huvudet.

– Du använde exakt samma ord som när vi bröt upp för länge sedan. Fast då skrev du dem.

– Vilka då?

– *Okej, got the message.* När du sa dem i morse igen, var de som en elektrisk stöt. Pang, och jag kunde inte stoppa det. Allt kom tillbaka.

Utan att säga något erbjuder han sin arm som hon krokar i, när de fortsätter promenaden. När de kommer fram till rådhuset är Claudia redan på plats. De går alla tre långsamt till Viktualienmarkt, äter lunch och pratar om morgonens händelse. Ifemelu ber åter Claudia om ursäkt för sitt gränslösa beteende.

Då det är varmt och soligt bestämmer de sig för att besöka den engelska parken som följer Isar norrut. Johannes tar fram sin telefon, ser på den en stund och vänder sig till Claudia.

– Om vi tar U-bahn till Dietlindenstraße så skulle vi kunna promenera genom parken och sedan hem till dig. Det är kanske en fem, sex kilometer.

Han visar telefonen för henne och hon nickar entusiastiskt.

*

Under promenaden genom parken med sina öppna fält och gångvägar som slingrar sig mellan träden, känner Ifemelu hur spänningen från morgonen sakta släpper taget. Hon lyssnar på Johannes och Claudia som pratar om vardagliga saker, även om sådant som de kan se men inte hon och märker att hon inte längre känner någon svartsjuka. Istället fylls hon av tacksamhet över att vara här, i detta ögonblick, med dessa människor. Men då och då krokar hon i hans arm.

Vid middagstid når de Max-Weber-Platz efter att ha korsat Luitpoldbrücke och fortsatt genom Maximiliansanlagen-parken. När Claudia säger att hon ska handla något till middagen vill Johannes i stället bjuda på middag. På Ifemelus förslag väljer de den ölstuga som samma morgon indirekt orsakat hennes utbrott. Kyparen visar dem till ett bord på uteserveringen.

*

Tidigt nästa morgon följer Ifemelu med Johannes till järnvägsstationen. De är ute i god tid och sätter sig på en bänk vid den perrong hans tåg ska avgå ifrån. Ifemelu tar fram två äpplen ur sin ryggsäck och räcker över det ena till honom. Han synar det noggrant innan han tar en tugga.

– Hur kommer det sig att du bytt namn?

– Mitt ursprung förstås.

Hon börjar också äta på sitt äpple och mellan tuggorna berättar hon vidare.

– Anna började intressera sig för släktforskning några år efter att vi bröt upp. Det resulterade i ett litet häfte på ett trettiotal sidor som handlade om min sida av släkten. Jessica och Julia fick varsitt när de tog studenten.

– Kul idé! Jag skulle gärna veta mer om mina förfäder.

– Båda flickorna uppskattade den mycket, även om släkten på Roberts sida inte fanns med.

– Hur hänger det ihop med namnbytet?

– Hon behövde foton till historiken och letade bland våra föräldrars kvarlåtenskap. Där fanns en kartong, vi alltid trott bara innehöll bilder på människor vi knappt visste vilka de var. Ett skokartongs-album, om du känner till det begreppet.

– Jag har också ett sådant i källaren från mina föräldrar. En enda stor röra, som kortspelet "Finns i sjön".

Ifemelu nickar igenkännande.

– I alla fall fanns där också en liten plastmapp som visade sig innehålla våra adoptivdokument.

– Spännande.

Ifemelu reser sig, går fram till en papperskorg i närheten och kastar sin äppelskrott. När hon kommer tillbaka, säger hon:

– I plastmappen fanns, förutom ett rätt otydligt foto på oss tre systrar tillsammans, också ett handskrivet dokument med namn på både våra föräldrar och oss systrar, där det framgick att adoptionen var godkänd.

– På vilket språk då?

– Först på igbo och sedan, med en helt annan stil, på engelska, som är det officiella språket i Nigeria. Så någon hade översatt det. Det var underskrivet av en "Aunt Chikaima". Kanske en släkting till någon av mina föräldrar. Dokumentet hade en stämpel i nedre högra hörnet som tydde på någon sorts legitimitet.

– Ska inte adoptioner vara mer strikta än så?

– Inte då. Det fanns många privatpersoner som ordnade adoptioner på den tiden. Det ändrades ju sedan både med kontroll av de mottagande personerna och att allt gått rätt till i ursprungslandet.

– Så nu vet ni allt om ert ursprung.

– Det stod inte jättemycket om hur våra föräldrar dog, och det fanns tyvärr inga födelsedata på någon av oss. Så jag vet inte exakt hur gammal jag är. Mor och far gav oss sedan födelsedatum utifrån släktingar som betytt mycket för dem och den ålder de gissade att vi var. Däremot stod det inom parentes efter vart och ett av namnen på oss döttrar, rangordningen: yngsta, mellersta och äldsta. Det är så jag vet att mitt ursprungliga namn var Ifemelu.

– Jag tycker det är ett fint namn men tänker fortfarande på dig som Klara.

– Jag har kvar det som ett av mina förnamn men Ifemelu har blivit tilltalsnamnet.

– Vad säger dina döttrar?

– De har alltid sagt mamma men tyckte att det var jättespännande. Det ger också dem en liten koppling till sitt afrikanska utseende. De ville till och med att vi skulle hitta smeknamn till dem på igbo, men det har inte blivit av.

– Och dina systrar, har de ändrat sina?

– Anna har lagt till det som ett av sina förnamn men behållit Anna som tilltalsnamn.

– Men du ville ändra?

– Ja.

– Varför?

Ja, varför?

– Jag tror det var ett sätt att fly, fly från mig själv. Jag ville bli en annan person. Hoppades att det skulle frigöra mig ... från dig. Men minnena flöt ändå upp och varje gång försökte jag trycka ner dem. Du vet, som de där grodorna på ett nöjesfält man ska slå ner med en klubba när de poppar upp i ett hål. Han ler lite snett över hennes liknelse.

– Jag är jätteledsen över hur det blev.

– Det är som det är. Nu ser vi framåt.

Hon vill inte berätta om vad som hände den dagen när Johannes bröt upp. Inte än.

När det är dags att åka påminner de varandra om löftet att hålla kontakt.

– Jag släpper dig inte nu, säger han när han går ombord.

Inte jag heller, tänker Ifemelu.

*

Efter middagen en dag senare under veckan lägger sig Ifemelu i soffan i vardagsrummet. Maten och dagens aktiviteter hade gjort henne sömnig, och Claudia hade sagt till henne direkt efter att de ätit att ta en tupplur. Hon skulle ta hand om disken.

Det är oklart hur länge hon slumrat när telefonen väcker henne. Halvsittande i soffan ser hon att det är Julia som ringer. Dotterns röst låter ansträngd när hon säger:

– Hej mamma. När kommer du hem?

– Jag blir nog kvar en vecka till.

– Pappa har blivit sämre. Läkarna tror att han bara har några dagar kvar.

Ifemelu sätter sig upp och hör Julia gråta. Hon vet att inget finns att säga men försöker ändå:

– Såja Julia, du vet att han haft det svårt. Kanske lidandet tar slut för honom. Har du kunnat prata med honom?

– Nej, säger hon hulkande. Han är nästan medvetslös.

– Oj, är det så illa. Jag försöker hitta ett tåg så snart som möjligt. Kanske redan i morgon bitti. I så fall borde jag kunna vara hemma sent i morgon kväll.

– Tack mamma. Jessica är jätteledsen.

– Jag förstår det. Pappa och Jessica har alltid stått varandra nära. Som ler- och långhalm sedan hon var liten. Jag lägger på nu så ska jag leta efter biljetter. Hör av mig så fort jag bokat.

Efter samtalet går hon in till köket där Claudia torkar av spis och köksskåp. Köksfläkten har sett bättre dagar och matoset från deras tidigare matlagning verkar ha satt sig överallt.

– Jag är strax klar.

– Tack. Julia ringde precis och Robert har blivit väldigt mycket sämre. Ligger medvetslös, säger hon och läkaren tror att slutet är nära.

Claudia släpper trasan ner i diskhon och vänder sig mot henne.

– Oj, vad tråkigt att höra. Du måste åka hem, eller hur?

– Ja det är självklart. Julia var helt förstörd och även Jessica vad jag förstod. Jag ska försöka hitta en biljett till i morgon.

– Så ledsamt, jag hade hoppats att du kunnat stanna längre men förstår att det inte finns något val.

– Nej, jag måste åka.

Ifemelu går tillbaka till vardagsrummet och börjar leta biljetter på telefonen. Det tar tid då hon måste zooma in på varje sida. Till slut hittar hon en avgång tidigt nästa morgon även om biljetten var nästan dubbelt så dyr som den för resan ner hit. Sedan meddelar hon både Julia och Jessica.

*

Nästa morgon följer Claudia henne till stationen. Ifemelu har med sig en matsäck som räcker till en lunch, kaffe i en termos och några frukostbröd Claudia bakat kvällen innan.

Innan Ifemelu kliver ombord på tåget kramar de om varandra och Claudia säger:

– Hälsa flickorna att mina tankar är med dem. Skulle Robert vakna till, vill jag att du hälsar honom att även han finns i mina tankar. Jag har ofta tänkt på honom under åren som gått. När allt är över, är ni alla tre välkomna hit när som helst.

13

När det återstår någon timme av tågresan hem ringer Ifemelu till Julia.

– Jag är snart framme.

– Okej. Jag kommer och hämtar dig. Vilket tåg är det?

– Det är det som kommer från Hamburg som ska anlända 22:12. Jag sitter i vagn nummer sex.

– Då hittar jag dig.

Fem över tio kliver hon av tåget. Julia står på plattformen vid vagnsdörren och ser både glad och ledsen ut. Trots den sena timmen är hon klädd i bara T-shirt och shorts.

– Mamma!

Hon kastar sig över Ifemelu och håller henne hårt intill sig. En kvinna bakom henne muttrar något om att de står i vägen så de flyttar sig en bit från vagnsdörren.

– Pappa har varit jättedålig och de flyttade honom till sjukhuset i går kväll. Men hans värden verkar ha förbättrats något sedan dess.

– Är det så illa. Kan vi åka dit nu direkt.

Julia nickar, tar hennes resväska och de går till parkeringen utanför stationen där hennes bil står.

*

Efter att de passerat sjukhusets entré tar Julia täten. Utan att vare sig läsa informationsskyltar eller tveka tar hon dem till hissen bakom receptionen, åker två våningar upp och visar vägen in genom två svängdörrar. Som vore de båda drabbade av situationens allvar säger ingen av dem något. Under promenaden genom den långa, öde korridoren där endast ett svagt nattljus lyser upp vägen, vill Ifemelu inte komma fram till rummet där han finns. I hennes inre växer en bild fram av en dödssjuk man, blek och med ett plågsamt ansiktsuttryck. Slangar och olikfärgade elektriska ledningar fastsatta på kroppen.

Julia öppnar dörren för Ifemelu, men när hon kommer in till sin make ser det ut som om han sover lugnt. Det enda som påminner om en sjukhusmiljö är den syrgasslang som går in genom näsan och en syremätare fastsatt på ett av hans fingrar.

– Det akuta problemet är syresättningen, säger Julia. Sjukdomen verkar ha påverkat lungornas funktion. När han kom in i går hade han ner mot åttio men den har stigit sedan dess. Läkaren sa att beroende hur länge han haft så låga värden, kan det ha skadat övriga inre organ, särskilt njurarna.

Ifemelu ser på monitorn som hänger på en ställning bredvid sängen. Med stora, gröna siffror visar den att syrenivån är på nittiotvå procent. Hon går fram till honom och förutom syrgasslangen, är det inget som tyder på hans allvarliga situation. Andningen är långsam och ytlig, händerna vilar lugnt på magen. Det är som om han sover, men när hon kramar om hans händer reagerar han inte.

– Han är i princip medvetslös eller kanske i väldigt djup sömn, säger Julia. Läkaren är osäker. Vi kan åka hit i morgon så du får prata med honom direkt. Han är inte särskilt hoppfull och tror att det kan vara över rätt snart.

Ifemelu nickar och tar bort handen.

– Hur mår Jessica?

– Hon är jätteledsen men det verkar som om hon accepterat att det snart är över. Hon har varit här hela dagen i dag. De drar fram varsin stol och sätter sig på var sida om Robert. En sköterska kommer in och hälsar innan hon tittar på displayen med syremättnad, rättar till syrgasslangen och kontrollerar mätaren på fingret.

– Han har varit stabil sedan syret gått upp, säger hon. Sköterskan lämnar rummet och de blir kvar där en stund innan Julia skjutsar hem Ifemelu. I bilen säger hon:

– Jag kollar med dem när läkaren har tid för ett möte. Jag kan hämta upp dig då och pratar med Jessica om hon kan följa med.

– Tack.

Innan Ifemelu kliver ur bilen säger Julia:

– Jag vattnade både inne och ute i trädgården igår så det är inget som behöver göras i kväll.

– Vad skulle jag göra utan dig.

– Det är ingen fara, både jag och Oscar gillar ju praktiskt arbete. Säg till om du vill ha hjälp med att rensa ogräs. Det verkar också trivas.

Hon kramar om dottern innan de skils åt och går in i det nästan helt nedsläckta Körsbärshuset. Endast lampan vid entrén är tänd och lyser på hennes händer med ett kallt, blåvitt sken när hon stoppar nyckeln i dörren.

*

Morgonen dagen efter överväger hon att ringa Johannes men bestämmer sig för att vänta tills hon pratat med läkaren. Hon skickar bara ett meddelande till honom att hon är hemma igen. Julia ringer vid tio och berättar att läkaren kan träffa dem sent samma eftermiddag.

Vid tretiden möter de Jessica vid sjukhusentrén och hon kramar om sin mamma.

– Stackars pappa. Fast han lever än, saknar jag honom så otroligt mycket.

Med sina tummar torkar Ifemelu bort tårarna från Jessicas kinder och stryker henne sakta över ryggen utan att säga något.

I samtalet med läkaren, en tunnhårig man i fyrtioårsåldern, får de inte veta så mycket mer än att, precis som Julia sagt dagen innan, syrebristen sannolikt orsakat skador på de inre organen. Att det inte fanns något hopp visste de ju redan när han för länge sedan diagnosticerats. Jessica säger till honom:

– Hur länge?

– Det är ofta svårt att fastställa en exakt tidpunkt i detta skede, men mina erfarenheter som läkare säger mig att det kan röra sig om några veckor.

Ifemelu ser Jessica sjunka ihop och är så långt ifrån den kraftfulla gestalt hon uppvisar när hon spelar golf. Till slut frågar Jessica läkaren om vad de kan göra.

– Inget mer än det vi gör nu, extra syre och smärtlindring. Det kan göras på hans boende också, men vi tror att han skulle få bättre hjälp på ett hospice, så ni bör överväga detta.

De går in till Robert innan de åker hem. Jessica sätter sig på sängkanten och stryker honom sakta över kinden och tar därefter hans hand som ligger slappt på sidan om kroppen.

Jessica följer dem hem och när Julia svänger in till Körsbärshuset plingar Ifemelus telefon till. Det är ett meddelande från Johannes med en bifogad musiklänk.

Välkommen hem!

Du måste bara lyssna på detta stycke!

Johannes

Medan döttrarna lagar middagen sitter Ifemelu en stund vid flygeln. Hon provar Duetto men den sitter inte längre i fingrarna.

Efter måltiden går de ut på terrassen. Uppenbart är att Jessica är den som tar det hårdast, tänker Ifemelu.

– Pappa har lärt mig allt jag kan. Så sent som för några veckor sedan när jag berättade om en tävling där jag misslyckats kapitalt, kom han med goda råd. Han visste precis vilken bana det var och vilka av hålen som hade de största svårigheterna.

Ifemelu hade aldrig förstått deras fascination för golf. En sport där mycket av tiden verkar gå till väntan och transport mellan de olika hålen. Det var dock tydligt att far och dotter delade ett stort intresse för sporten. Så pass mycket att Jessica nu kunde försörja sig på den. Kanske var den skälet till att hon inte skaffat någon familj. Pojkvänner hade kommit och gått, men ingen hade blivit kvar. Ifemelu visste inte om det berodde på Jessica eller dem men att hon som trettioplussare ännu var singel, kändes lite sorgligt.

– Jag tror att hans sätt att tänka när det gäller golf, och kanske även annat, kommer du alltid att ha med dig. På det sättet lever han vidare, säger Ifemelu.

Jessica ser på henne med blanka ögon.

– Du har nog rätt i det, mamma. Han är verkligen med mig när jag spelar. Jag kan till och med känna hans kroppsrörelser i mina. Vi hade så himla roligt när jag började spela som barn och jag kände mig aldrig pressad.

Julia ser på henne med ett snett leende.

– Jag var avundsjuk då men tyckte golfen var jättetråkig. Det hände ju inget. Matte var roligare.

Ifemelu frågar om deras tankar kring hospiceförslaget.

– Det blir så definitivt. Som att allt hopp är ute, säger Jessica.

– Jag tycker inte heller om det, men helt krasst vet vi ju att det är så. Det finns bara en väg ut.

– Är du inte ledsen mamma? säger Jessica och ser fundersamt på henne och sedan på systern.

Frågan är relevant och en hustru borde väl visa mer sorg, tänker Ifemelu.

– Jo, det är klart jag är. Samtidigt har vi ju vetat hur det skulle bli under så många år. På ett hospice kan han få bättre hjälp än där han bor nu. Får han ont eller kanske ångest, beroende på vad han kan uppfatta, vet de bättre vad man kan göra. Vi kan ju fortfarande besöka honom där.

Jessica nickar långsamt och ser på Julia.

– Även om han verkar helt borta så vet vi inte vad han känner och märker. På ett hospice har de bättre förutsättningar, precis som mamma säger. Jag tycker vi följer läkarens råd.

Jessica nickar snabbt några gånger till slut.

– Okej, säger Ifemelu. Jag tar tag i det i morgon.

14

När de tillsammans dukat av, diskat upp och döttrarna åkt hem till sig känner Ifemelu ingen sorg utan bara en väldig tomhet. Länge sitter hon i soffan i vardagsrummet och tänker tillbaka. Många gånger under de senaste åren hade Robert bett henne om hjälp till en avslutning, men hon hade vägrat. Förutom att det var olagligt, hade hon tänkt att han är mina döttrars far. Sorgen hade i stället drabbat henne i samma stund som hans sjukdom blivit diagnosticerad. Trots allt hade de levt samman under många år och även om hon inte älskat honom under en lång tid, fanns en stark känsla för honom som familjefar. För att barnen älskade honom förstås. Kanske det drabbat henne värst, att se sina döttrar långsamt och bit för bit förlora sin pappa. Att hon själv samtidigt förlorat kärleken till Johannes hade förstås blivit en ytterligare börda. Vissa stunder under den hösten hade hennes liv känts fullkomligt meningslöst. Döttrarna, och Roberts tilltagande hjälplöshet hade hållit henne vid liv.

Så minns hon musiklänken Johannes skickat henne och tar upp telefonen och klickar på den. Elgars cellokonsert ljuder genom telefonens något skrapiga högtalare. Videon är svartvit med Jaquline du Pre som solist. Hennes dåvarande make dirigerar. Det är ett vemodigt stycke men cellons toner fyller tomheten. När hon lyssnat klart vill hon tala med Johannes och skickar ett meddelande till honom:

Kan jag ringa dig?

En stund senare ringer han.

– Välkommen hem!

– Tack.

– Har du hunnit lyssna på Elgar?

– Ja, jag har precis lyssnat klart. Underbart vackert och vemodigt stycke. Du Pre var ju en lysande cellist.

– Var det hon som fick ALS?

– Nej, hon led av MS. Multipel skleros. Men hon gick bort i rätt unga år i alla fall. Runt fyrtio tror jag.

– Aha.

– Du kan inte fatta hur rätt i tiden det var som du skickade det till mig.

– Jaså, varför då?

Så berättar hon om makens situation och att slutet är nära. Därefter om den svarta hösten.

OMKRING FEMTON ÅR TIDIGARE

Tiden efter lunchen med Johannes hade varit kaotisk. Ifemelu lämnade kontoret redan vid två utan att hinna meddela honom att kvällens planer gått om intet. Makens besked när hon efter lunchen återvänt till sitt skrivbord hade nästan förlamat henne. Den förväntan hon känt att få spela på Johannes flygel i hans nya hus hade ersatts av förtvivlan. Med sprängande huvudvärk körde hon bilen söderut och svängde till slut in på den långa infarten till Körsbärshuset.

Robert var hemma och satt overksam i soffan. Döttrarna var fortfarande i skolan men skulle senare behöva skjuts – Julia till tennisen och Jessica till golfen.

Ifemelu gick fram till honom och sa helt kort:

– Jag tänker inte lämna dig nu.

Robert såg upp på henne med blanka ögon och sträckte ut handen men hon ruskade på huvudet.

För bara några veckor sedan hade hon berättat om Johannes och sagt att hon ville skiljas, även om hon kunde tänka sig att bo kvar tills yngsta dottern fyllt arton. Nu hade allt förändrats.

– Jag tänker inte lämna dig, upprepade hon, men jag kommer att fortsätta träffa Johannes och leva med honom när varken du eller flickorna, särskilt Julia, behöver mig.

Roberts hand som hängt i luften tog han ner och strök sig över axeln innan han lät den falla slappt på sitt lår.

– Vad sa läkaren mer exakt?

Robert berättade att han diagnostiserats med progressiv spinal muskelatrofi, den ovanligare form av ALS och som utvecklas långsammare. Det fanns ingen bot, men vissa mediciner och en strikt diet kunde bromsa sjukdomsförloppet. Läkaren hade sagt att det fanns exempel på personer som levt länge. I normalfallet kunde man dock inte räkna med så många år.

Under tiden Robert berättade satte hon sig ner bredvid honom. När hon la sin arm om hans axlar såg han upp med en mycket allvarlig min innan han omfamnade henne. Fylld av motstridiga känslor besvarade hon omfamningen men utan att hålla honom särskilt nära. Hon ville trösta utan att skapa förväntningar.

Hon hatade honom inte, det var bara det att hon inte älskade honom längre. Inte hade älskat honom på mycket länge. Känslorna för döttrarnas far hade försvunnit någon tid efter det att Julia fötts och långt innan hon träffat Johannes. Äktenskapet hade därefter bara varit ett praktiskt arrangemang, framför allt för Julia och Jessica. Anledningen hade hon inte funderat så mycket över mer än att hon känt sig övergiven, lämnad med huvudansvaret för både hemmet och flickorna. Förvisso hade han hjälpt till mer när de blivit så stora att det varit dags för olika aktiviteter och han ställde verkligen upp för dem då.

Makens oförmåga att stötta henne under cancerbehandlingen hade dödat de sista resterna av kärleken, även om hon funnit det rörande att han nästan betett sig som ett barn som varit rädd att mista sin mamma. Rädd för att bli övergiven om det värsta skulle hända. Lika ömklig var han nu när hon anade en stilla gråt i sin famn. Åter blev hon väldigt berörd av hans situation, berörd av barnet i honom och visste att hon inte kunde överge honom nu. Hur skulle hon kunna se in i döttrarnas ögon om hon gjorde det? En svart tung skugga la sig över hennes liv där endast Johannes kunde skapa flikar av ljus. Tar aldrig detta mörker slut? Som om hennes liv varit dömt på förhand ända sedan hennes biologiska föräldrar mött sitt ohyggliga öde.

Hur ska hon kunna berätta för Johannes att hon nu var fast under överskådlig tid? Hon hade inte lovat honom något men när det befarade canceråterfallet visat sig vara falskt, bestämt sig för att leva med honom så snart Julia tagit studenten. Öppet inför alla.

Resten av kvällen gick åt till skjutsningar och matlagning och de hade inte pratat mer om hans situation. Nästa morgon vid frukostbordet öppnade han sig och släppte fram sin oro och några svaga förhoppningar om att diagnosen kunde vara fel. Grät av och till och Ifemelu stannade hemma tills han lugnat sig.

När hon sent omsider anlände till jobbet blev hon irriterad över Johannes frågor. Himlen hade nästan bokstavligen ramlat ner över hennes familj och han ifrågasatte både hennes sena ankomst och varför hon inte sagt något när hon gått hem dagen innan. Hon blev arg men hade aldrig kunnat förutse konsekvenserna av sitt, insåg hon senare, arroganta svar.

Senare under hösten hade hon flera gånger velat ge upp och överlämna sig till det eviga, men makens allt större behov och ansvaret för döttrarna fick henne att fortsätta.

NUTID

När hon berättat klart är Johannes tyst i telefonen. Till slut säger hon:

– Hallå, är du kvar?

– Ja, jag är kvar. Jag visste inte ... en sådan otrolig sorg för din familj.

– Ja, jag var helt chockad men hade inte tänkt låta det gå ut över oss mer än nödvändigt. Då var jag övertygad om att du skulle förstå.

– Min skuldbörda gentemot din man blir inte lättare att bära direkt.

– Du har ingen skuld i detta. Han drabbades av en oerhört allvarlig sjukdom något som varken du eller jag orsakat eller ens kunnat påverka.

– Hur började det?

Hon tänker tillbaka på de första symtomen utan att de då förstått vad det handlat om.

– Han ramlade oförklarligt några gånger under en golfturnering som om han snavat, fast det var på platt mark mellan två hål. Några veckor senare föll han ner från en stege när han målade ett fönster. Då började vi misstänka något allvarligt, kanske hjärncancer, och bokade en läkartid. Efter många vändor till vården fick han till slut diagnosen.

– Hur länge bodde han hemma?

– Han har varit drygt två år på gruppboendet, så fram tills dess. I början skötte jag honom hemma, men när hans tal försämrades och behövde hjälp dygnet runt accepterade jag till slut att han flyttade.

– Du menar att *han* accepterade?

– Nej, jag. Han hade velat flytta dit långt tidigare, men jag ansåg det vara min plikt som hustru att ta hand om honom särskilt när inte du ...

Det skrapar till i telefonen. Kanske han lagt den sitt knä, men åter hörs hans röst:

– Varför sa du inget om att du i praktiken redan skilt dig?

– Jag vet, det var otroligt dumt. Kanske trodde jag att du ändå förstått det. Eller så var jag rädd för vad det skulle kunna innebära. Hade jag berättat som det var, kunde jag inte ha backat.

Åter är det tyst i telefonen och till slut säger hon:

– Är du där?

– Jag är kvar. Jag måste också erkänna något. När jag började tvivla på att du någonsin skulle lämna din man, hade jag kunnat krävt att du måste välja. Men ... jag kunde inte ta det steget för jag kunde inte utsätta den jag älskade för ett ultimatum. En annan sak också ... under vår tid uppstod ju flera, hur ska jag säga ... kontroverser. Jag började bli rädd för dem. Om du skulle skilja dig och vi levde tillsammans, skulle de fortsätta?

– Jag kan förstå det. Vår relation var väldigt utsatt, hemlig som den var och det bidrog säkert. Om vi levt tillsammans då ... jag vet inte om just den delen skulle ha förändrats. Då stängde jag bara in känslor jag inte tyckte om. Skulle jag känt mig oönskad hade jag nog inte sagt något. Bara gömt mig.

– Det är svårt att veta men om vi levt tillsammans kanske vi kunnat hantera dem och prata öppet på riktigt som nu. Att du var gift gjorde som sagt ont i mig hela tiden. Både av svartsjuka och dåligt samvete.

– Jag hade också dåligt samvete även om det lättade under den sommaren sedan jag berättat om oss för Robert.

– Så ... om jag inte brutit med dig, hade vi då kunnat börja umgås helt öppet?

– Först hade jag velat prata med flickorna och mina systrar. Men efter det, ja. Varken då eller nu bryr jag mig om vad andra tycker.

Johannes är tyst en lång stund innan han säger:

– Jag har levt själv sedan dess. Haft några kortare relationer men de har inte funkat alls. Inte ens haft någon större lust till sex. Det är så förknippat med känslor för personen ifråga. Utan det blir det bara obehagligt. Självbefläckelse räcker i så fall.

"Självbefläckelse"! Ifemelu hoppar till av både hans öppenhet och ålderdomliga uttryck. Hon känner också ett visst obehag av tanken på att Johannes legat med någon okänd kvinna. Sex vet hon själv knappt vad det är längre även om hon minns de ljuva upptäckter hon gjort den sista sommaren med Johannes. Den abrupta brytningen gjorde att de också blev som en klimax på deras relation.

– Jag har ju inte varit ensam men inte heller haft något samliv med Robert sedan Julia föddes. Efter att jag träffat dig, har jag inte ens pussat honom.

Under en lång stund hörs bara lite skrap då och då från andra sidan av telefonlinjen.

– Att leva i en relation ... ja ... den delen av mitt liv är nog över, säger han till slut.

Ett visst vemod fyller henne trots att det var länge sedan hon känt någon fysisk längtan efter en man. Åren av omsorg om Robert hade förstås påverkat det. Precis som Johannes verkat ha gjort, hade hon också stängt av.

– Så är det nog för mig också. Ändå minns jag tempo giusto. Gör du?

Det är tyst i telefonen på nytt.

– Ja, men jag tror inte det finns någon väg tillbaka dit.

– Det är inte det jag menar. Mer som ett vackert minne, jag tycker om att tänka på det nu. Vi var så nära då, på alla plan.

Ifemelu förvånas över sig själv, men det känns så lättsamt att säga som det är, utan att behöva tänka sig för.

– Det känns tragiskt. Som om vi förslösat de senaste femton åren, eller hur länge det nu är.

– Ja, något sådant.

Hon tar ner telefonen tillfälligt för att torka sitt svettiga öra. En timme och trettiosju minuter har de pratat. När hon för telefonen till örat igen hör hon hans röst:

– ... inte ska slösa bort dem.

– Förlåt, jag missade vad du sa.

– Ingen fara. Hur länge har vi pratat tro?

– En timme och trettiosju minuter.

– Du kanske vill avsluta?

– Nej, jag såg det bara när jag tog ner telefonen. Vad var det du sa?

– Att vi, eller jag i alla fall, får se till att ta vara på resten av livet. Att se till att man gillar det man gör. Inte förslösa det på saker som inte är meningsfulla.

– Under tiden Robert bodde hemma och jag skötte om både honom och hemmet hade jag inga såna tankar alls. Bara gjorde jobbet. Det fanns inget val och därmed inget att fundera på. Men när han flyttade till gruppboendet började jag lyfta blicken. Det var också därför jag åkte till München och Wien.

– Min situation har varit enklare förstås. Bara haft mig själv att tänka på. Hjälpt Cecilia med en del saker förstås, men det har ju inte påverkat mitt liv nämnvärt. Hennes grabb är ju stor nu och snart klar med lumpen.

– Så vad har du gjort i stället? Särskilt sedan du slutat jobba.

– Jag blev kvar på jobbet några år efter att ha fyllt pension, fast bara på deltid. Pluggat tyska som jag nämnde i Hamburg, men den mesta tiden har gått till geologi och jag har gått några ytterligare kurser. Har också rest en del till intressanta geologiska platser. Bland annat den med hexagonala basaltpelare på norra Irland.

Hon skrattar lite.

– Platsen för jättarnas slagsmål eller hur? Så intressant. Jag drömde verkligen om att få åka dit med dig. Hur var det att se dem i verkligheten?

– Magiskt att matematiken visar sig så tydligt i naturen.

– Vi pratade ju om det. Även om mina ögon sviker mig kanske vi ändå kan göra en liknade resa. Har du några obesökta geologiska resmål kvar?

Han skrattar högt i telefonen.

– Om jag har. Just nu är Mount St. Helens i Oregon, västra USA, högst på min lista. Skulle du vilja hänga med dit?

– Var det den som hade haft ett våldsamt utbrott?

– Ja, precis den. En halv bergssida kollapsade.

– Jag vill, men kan inte bestämma något nu. Vi får se hur det går med Robert först. Läkaren har gett honom max några veckor. Känns cyniskt att tänka på vad jag vill göra efteråt. Just nu vill jag göra vad jag kan för att lindra hans lidande om det nu ens går, och stödja flickorna i deras sorg. Vi kan väl prata om det när allt är över.

– Jag förstår att det är mycket för dig nu. Det var inget konkret förslag. Men jag skulle vilja göra den resan innan mina ben lägger av.

Han nämnde sina ben igen men hon vill inte fråga ytterligare om det. Hon hör en illa dold gäspning från andra sidan linjen.

– Börjar du bli trött? Ska vi avsluta?

Hon tittar på telefonen igen. Snart två timmar.

– Ja lite, vi kan prata mer senare. Håll mig uppdaterad.

– Det ska jag. Vi hörs framöver.

Efter samtalet tar hon en dusch och när hon tvålar in sig minns hon hans händer som tvättat hennes kropp i duschen i hans källarvåning.

15

Varför svarar han inte? Hon suckar, kopplar ner samtalet och öppnar hans kontakt. Nej, han har inga andra telefonnummer. Ska hon leta upp Cecilia? Fast det är egentligen ingen brådska. Begravningen kommer troligen inte att ske så snart.

Redan efter någon vecka efter sjukhusbesöket hade Robert flyttat till ett hospice. Sommaren hade varit upp och ner och hon hade tillbringat många dagar vid hans säng, ibland även nätter, då läkaren vid några tillfällen sagt att slutet var nära. På något märkligt sätt hade han fortsatt att kämpa.

De förberedelser hon gjort med att så frön och sätta plantor hade nästan gått om intet. Julia hade hjälpt henne flera gånger, men en trädgård kräver oftast daglig omsorg, särskilt under heta, soliga sommardagar. Det gjorde henne inget, det kommer en ny vår, hade hon tänkt. Trots allt ville hon göra vad hon kunde för Robert även om han mestadels varit okontaktbar. Vid några tillfällen hade han öppnat ögonen och de i någon mening kommunicerat. Då hade hon berättat om resan till München, konserten i Wien och att Claudia hälsat så gott till honom. Men inte att hon träffat Johannes igen.

Efter samtalet med Johannes om läkarens besked hade de bara haft sporadisk kontakt och i form av meddelanden. Han skickade musik, förstås, och erbjudit sin hjälp flera gånger, men hon hade avböjt. Det här var något hon måste göra själv tillsammans med sina barn. Ändå var det skönt att veta att han fanns för henne. Hon hade också skrivit att hon gärna ville träffa honom när allt var över.

Hon går tillbaka in till Robert och ser på när personalen tvättar honom. Det var något hon borde ha gjort själv, tänker hon, men sedan han kommit till hospicet var det som om det ansvaret lyfts från henne.

Personalen flyttar över honom till en hög bår på hjul och när de stannar till vid henne på väg ut, tar hon hans hand som sticker fram under lakanet de täckt honom med. Den är obehagligt kall.

Hans bortgång var förväntad – fast ändå inte. Han hade levt på övertid länge. Läkarens prognos på några veckor, hade inte stämt. Först nu, nästan på dagen två månader senare är han död. Hon känner ingen sorg nu heller utan bara en lättnad både för sin egen och hans skull.

Hon provar att ringa Johannes igen. Signalerna går fram länge även denna gång men just när hon är på väg att ge upp, svarar han, andfådd:

– Hej ... Ifemelu, jag var ute i trädgården och lämnade telefonen inne med flit.

– Nu är det slut, säger hon. Han gick bort i natt.

– Oj! Jag beklagar sorgen.

– Tack.

– Vad händer nu?

– Vi ska kontakta en begravningsbyrå och planera för begravningen.

– Jag förstår. Hur känner du dig?

– Vet inte riktigt. Det har hänt så nyss. Lättnad kanske, mest för hans skull. Han har knappt varit kontaktbar under sommaren.

– Och dina barn?

– Både är väldigt ledsna förstås, men det är Jessica som tar det hårdast.

– Så jobbigt för dem. Jag kanske ska låta dig vara ifred. Tack för att du berättade vad som hänt.

– Ja, jag ska åka hem strax och träffa Jessica och Julia. Tack för att du finns.

– Okej, vi kan höras senare när det lugnat ner sig.

– Ja, jag hör av mig. Förresten, vad gjorde du för spännande ute i trädgården? Och varför lämnade du telefonen inne med flit?

– Det sista först. Jag försöker vänja mig av med den. Den stjäl för mycket av min tid och jag blir stillasittande. Jag behöver röra på mig.

– Och i trädgården?

– Inget spännande alls, klippt gräset och rensat lite ogräs.

– Det skulle jag också behöva göra.

– Jag kan hjälpa dig om du vill.

Varför skulle hon säga det? Nu känner han sig säkert tvungen till det.

– Nej, det behöver du inte. Du har ju fullt upp med din trädgård.

– Som sagt, behöver jag röra på mig. Så det gör jag gärna.

Hon blir alldeles varm av att han förklär sin omtanke. Självklart vill hon att han skulle komma men inte för hjälpens skull.

– Är du säker?

– Absolut.

*

Några dagar senare står Ifemelu inne i köket och lagar middag medan hon hör Johannes dra runt med gräsklipparen ute i körsbärsträdgården. Solen skiner, men luften är kylig. För första gången på många år ska de sitta i hennes kök, eller på terrassen, och äta tillsammans.

När maten är klar går hon ut och vinkar till honom för att överrösta bullret från klipparen. De väljer att äta i köket, den kyliga luften gör det för kallt att sitta ute.

Johannes börjar äta och säger efter en stund:

– Jag lyssnade på Barbers Adagio när jag klippte gräset. Så märkligt hur musik kan påverka ens sinnesstämning.

– Ja, det är ett otroligt tungt och sorgligt verk.

– Vad har ni valt för musik till begravningen?

– Vi har inte bestämt någon än.

– Du kanske vill spela något själv?

– Nej det går inte, jag ser för dåligt. Dessutom är begravningen på fredag om knappt två veckor så det är ont om tid.

Hans blick växlar mellan henne och tallriken.

– Om du kunde, vad skulle du vilja spela då?

Ifemelu tänker efter. Robert var inte särskilt förtjust i klassisk musik även om han några gånger kommenterat stycken hon spelat och sagt att det lät riktigt bra. Vad var det för stycken? Hon letar i minnet. Jo, det var något av Bach. Just det, adagiot ur hans d-moll konsert för oboe. Det ska finnas ett pianoarrangemang någonstans bland hennes noter.

– Robert var ingen älskare av klassisk musik men gillade faktiskt ett stycke av Bach jag spelade förr.

– Vilket då?

Ifemelu går ut till vardagsrummet och letar i den låga bokhyllan som står intill flygeln. Men hennes syn räcker inte till så hon ropar till Johannes:

– Vill du komma hit? Jag ser inte.

När han står bredvid henne pekar hon på hyllan.

– Det ska finnas ett blått häfte med konserter av Bach.

Han bläddrar bland noterna och tar till slut fram ett häfte och visar henne. Längst upp på framsidan står det BACH med stora versaler. Det borde även jag kunnat hitta, tänker hon.

– Vill du leta upp konserten i d-moll också?

– Hm få se nu. Jag har glömt, vilka förtecken är det?

– Bara ett b.

Han bläddrar en stund och räcker sedan fram häftet till henne.

– BWV974, är det den?

– Just det, adagiot.

Han bläddrar några blad till.

– Om du vill höra hur den låter kan jag leta upp en inspelning på nätet.

Det vet hon förstås, men innan hon hinner svara har han börjat söka i sin telefon. Efter en stund hör hon de sex första ensamma tonerna i det vemodiga men ändå hoppfulla stycke som avslutas i dur.

Det var länge sedan hon spelade det men när de lyssnat klart sätter hon sig ändå vid flygeln och lyfter locket över klaviaturen. Johannes står bredvid och tycks parallellt läsa noterna medan hon spelar men hon kommer inte långt. Han placerar häftet på notstället. Hon försöker läsa dem och flyttar huvudet fram och tillbaka, kisar med ögonen.

– Nej, det är för smått.

– Har du pratat med Julia om en bildskärm.

– Nej, det har varit för mycket i sommar.

– Ja det är klart. Hur stora behöver noterna vara?

Hon pekar på Bach-häftet.

– Minst dubbelt så stora som de här.

– Runt A3 i så fall. Cecilia har en sån skrivare, jag kollar med henne.

– Nej, det blir för stort besvär.

– Det är bara tre sidor.

– *Tre långa sidor*, säger hon och ser upp på honom.

De skrattar högt båda två och Johannes säger:

– Men nu är det jag som är pianofröken. Hämnd! Skämt åsido, det kändes väl bra när du spelade på dubbelbegravningen för länge sedan. Din svåger och ... kusin väl?

– Ja, kusin, Claudias syster.

– Aha, jag förstår. Men varför begravdes hon här?

– Anna flyttade hit när hon gifte sig, precis som pappa hade gjort innan.

– Anna?

– Ja, Claudias syster har samma namn som min syster. Men jag tror inte att det var med avsikt av våra respektive föräldrar.

– Har hon fler syskon?

– Ja, en bror som vi hälsade på i somras.

Små, små taggar sticker till i bröstet när han visar intresse för Claudia, men hon säger inget. I stället försöker hon förstå om det skulle vara möjligt att spela på makens begravning. Johannes har rätt, det skulle kännas bra. Ett sätt att hedra Robert som familjefar, även om hon undrar om det mest är för att lindra sitt eget dåliga samvete.

Samtidigt väcker stunden med Bach en stark längtan efter att spela något nytt. Tänk så roligt det skulle vara om Johannes kunde komma hem till henne några gånger innan begravningen och ge återkoppling på hennes spel. Hon minns sin starka tilltro till hans förmåga att bedöma ett framförande.

– Om jag bara kunde läsa noterna här hemma borde jag hinna öva in det igen. Det är inte jättesvårt.

Johannes tar fram sin telefon igen och ringer.

– Hej gumman ... är du hemma? ... bra. Jag skulle behöva använda din A3-skrivare ... toppen. Jag är där inom en halvtimme.

Han lägger upp noterna på köksbordet och ber Ifemelu hålla i hörnen av uppslagen. Därefter tar han med hjälp av telefonen ett foto av var och en av de tre sidorna och går mot dörren.

– Strax tillbaka.

Hon ser på deras tallrikar, där rester av maten fortfarande ligger kvar.

– Ska vi inte äta klart?

– Just det.

De sätter sig igen och han tuggar snabbt i sig den nu rätt kalla maten och går iväg.

– Strax tillbaka, säger han igen, och försvinner ut genom ytterdörren.

Vi är som barn, tänker hon.

*

En timme senare ringer det på dörren och Ifemelu möter en lätt andfådd Johannes. De tre stora notbladen i hans hand fladdrar till i korsdraget som uppstått när hon öppnat dörren.

– Redan tillbaka?

– Måste ju passa på innan du hinner ångra dig.

De går in till vardagsrummet, där han placerar det första arket på notstället. Det viker sig genast och glider ner på golvet. Han tar upp det och håller i det den här gången, ovanför notstället.

– Sätt dig och prova om du kan läsa det.

Ifemelu sätter sig så nära som möjligt utan att det blir obekvämt att spela, och då ser hon faktiskt noterna. Inte helt tydligt men tillräckligt.

– Jag ska prata med flickorna, men jag vill spela det här stycket. Det skulle passa så bra som avslutningsmusik då det innehåller partier som går i dur. Även slutackordet är i dur. Lite ljus i mörkret.

– Perfekt. Då lämnar jag dig i fred så du kan öva.

Så snart? tänker hon.

– Du kan sitta kvar och lyssna om du vill.

– Det vore roligt men jag har ett möte med amatörgeologerna.

– Spännande, du får berätta om det sedan. Och du, tack för att du övertygade mig om att prova.

Han säger inget men ser väldigt nöjd ut när hon följer med honom ut till hallen.

*

Kvällen därpå kommer Julia och Jessica hem till henne för att prata om begravningen. De sitter i vardagsrummet när Ifemelu berättar att hon vill spela något under ceremonin.

– Vilket då? säger Jessica.

– Ett stycke av Bach som pappa gillade. Jag har börjat öva lite på det.

Julia ser tvivlande ut.

– Men kan du se tillräckligt bra?

– Jag har noter i A3-format och de fungerar. Jag har ju kunnat stycket tidigare.

Ifemelu sätter sig vid flygeln och spelar adagiot så långt hon hunnit öva in.

Båda döttrarna kommer fram och lägger varsin hand på henne.

– Den blir jättefin, säger Jessica.

– Jag har också funderat på lite annan musik. Inte något jag ska spela själv men kanske kantorn kan. Ett stycke av Samuel Barber. Rätt tungt och sorgligt.

Hon spelar upp en orgelversion av Barbers Adagio för stråkar på sin telefon.

Jessica säger med väldigt rörd röst:

– Så otroligt sorgligt. Det går rakt in i själen. Jag vill verkligen höra det under begravningen.

Ifemelu ser på Julia som nickar instämmande.

– Ska vi säga det då? Jag pratar med kantorn och begravningsbyrån.

Båda döttrarna ser nöjda ut.

När de är på väg ut, kommer Julia fram till flygeln och ser på noterna i A3 format.

– Hur har du fått tag på så stora utskrifter?

Ifemelu, som ännu inte vill berätta om Johannes, säger:

– En vän har hjälpt mig.

Julia ser en stund på henne men tycks förstå att hon inte ska ställa fler frågor trots att hon sannolikt vet att Ifemelu saknar egentliga vänner.

16

Ända sedan hon pratat med kantorn om musikvalet för begravningen, övade hon på adagiot flera timmar varje dag. Stycket sitter nu i fingrarna och hon kan fokusera på frasering, betoning och finslipning. Hon hade kommit överens med Johannes om att han kunde komma till henne den här dagen och vara en kritisk lyssnare. När hon hör hans bil ute på gården, går hon och öppnar. Han har just stängt bildörren och är på väg mot entrén och vinkar glatt när han får syn på henne.

– Välkommen!

– Tack, säger han, kramar om henne lite tafatt och hänger av sig.

– Hur går det med övandet? Eller är det instudering?

– Både och. Jag försöker göra musik av tonerna.

– Du menar den som blir till i ...

– ... mellanrummen, haha. Precis så. Allvarligt talat så är inte adagiot så tekniskt svårt ... drillarna kanske. Men det betyder inte att det är enkelt. Bachs musik är ju ganska stram så det är lätt att det bara blir ett mekaniskt staplande av toner.

– Ska bli kul att höra dina framsteg.

De går till flygeln och sätter sig, han på en stol intill.

– Jag spelar först igenom hela stycket utan avbrott och sedan en gång till. Men då kan du avbryta om det är något du tycker låter konstigt.

– Okej.

Hon börjar spela. Det är ett kort stycke, men då det är ett adagio, tar det ändå några minuter. Hon låter slutackordet klinga ut helt innan hon släpper forte-pedalen. Johannes ögon är slutna men han öppnar dem efter en stund.

– Det är ett väldigt fint stycke. Vemodigt och, vad ska jag säga, ändå positivt. Tröstande på något vis. Får jag komma med en kommentar.

Behöver hon svara på det? Hon ler bara stillsamt mot honom och blinkar bekräftande.

– Jag skulle vilja ha mer pianissimo i början. Kanske så man knappt hör.

Hon spelar de första takterna igen, ännu tystare.

– Så här?

– Ja, jag tycker att adagiot ska smyga sig på. Spela lite längre så får jag höra.

Nu spelar hon halva första sidan och ser sedan på honom.

– Ja, mycket bättre. Sedan, ha inte så bråttom till drillarna. Ge dem tid.

– Du menar rubatera det?

– Jo jag vet, det är Bach. Men prova lite.

Hon spelar igen och tycker hans idé förstärker drillen och ger den en egen karaktär.

– Du har så bra synpunkter.

– Det är amatörens tankar, jag har ingen verklig kunskap, bara hur jag känner och upplever när jag hör det.

– Hur skulle man kunna göra på något annat sätt? Musikteori är väl egentligen bara ett formellt sätt att beskriva det kompositören vill att lyssnaren ska känna.

– Ja, kanske. Men du får nog ändå ta mina synpunkter för vad de är: en amatörs lyssnande.

– Inte vilken som helst.

En tanke väcks hos henne. Det skulle vara så skönt att veta att han fanns där. Är det att begära för mycket? Nej, jag frågar! Det är helt okej om han inte vill.

– Jag kanske ber om för mycket men ... men jag skulle vilja fråga dig om en sak.

Han ser överraskat på henne.

– Javisst.

– Det skulle kännas otroligt skönt om jag visste att du fanns i närheten när jag spelar på min konsert. Kan du ... skulle du kunna tänka dig att vara med på begravningen?

Han reser sig upp och ställer sig vid flygelns inbuktning. Ena handen stryker han över det uppfällda locket och ser intensivt på henne.

– Nej, det passar sig väl inte. Jag har inte ens träffat dina döttrar sedan de ... de överraskade oss för länge sedan. Och inte resten av din släkt heller. Sedan, din man ... nej.

– Jag menar att du skulle vara där inkognito utan att du träffar min familj direkt. Bara att du är någonstans i kyrkan. Som ett moraliskt stöd.

– Vilken kyrka är det?

– Där vi testade flygeln en gång om du minns.

– Det är klart jag gör.

– Mina systrar och döttrar kommer förstås att vara med. Kanske några av Roberts tidigare vänner och före detta kollegor, jag vet inte.

– Alla kommer ju att se att jag inte tillhör någon av dem. Du tror inte jag kommer att sticka ut?

– Nej det kommer du inte att göra. Begravningen är allmän, så vem som helst kan komma. Senare har jag tänkt presentera dig som min allra bästa vän för flickorna och även mina systrar.

Hon inser att det inte bara är för musiken hon behöver honom där. Som änka i kyrkan kommer hon att bli så tydligt ensam och exponerad. Vet hon att han sitter där någonstans skulle hon känna sig mindre övergiven.

– Jag behöver fundera på det. Det är inte helt enkelt att närvara på en begravning av en person man bedragit och det mitt bland dem som älskade honom. Han var ju ingen dålig människa om jag har förstått det rätt.

– Nej, det var han verkligen inte. Bara att jag inte älskade honom.

Hon ställer sig upp och går intill Johannes, där han ännu lutar sig mot flygeln och lägger handen på hans arm.

– Jag kanske ber om för mycket?

– Om det underlättar för dig är det inte för mycket, men jag behöver sätta mig in i vad det kan innebära.

Han stryker henne på överarmen flera gånger upp och ner.

– Får jag tänka på det ett tag?

– Det är klart du får det.

De fortsätter med pianot ett tag till innan Johannes behöver åka till sin dotter för att hjälpa henne med något.

*

Två dagar innan begravningen frågar hon honom om han vill komma för att lyssna på den färdiga versionen.

– Ja det är klart. När då?

– Så snart som möjligt. I kväll kommer Julia och Jessica hit, så innan dess. Kanske nu direkt om du inte är upptagen. Det är inget måste.

– Jag har inget särskilt för mig. Kan vara där inom en halvtimme.

– Du kan få lunch här.

– Det ordnar sig.

En knapp timme senare öppnar han ytterdörren, utan att ringa på. Så bra, tänker hon. De går in till vardagsrummet och innan hon sätter sig vid flygeln, säger hon.

– Har du funderat något på om du kan tänka dig vara en grå eminens på begravningen?

– Om det är viktigt för dig, kommer jag.

– Tack.

Hon sätter sig ner och ber honom sätta sig en bit bort. Kanske i soffan? När han satt sig på anvisad plats börjar hon spela. Efter att dur-ackordet klingat ut kommer han fram till henne.

– Det låter fantastiskt. Förstår inte hur du hunnit öva in det så bra på så kort tid.

– Jag har tillgång till min tid nu.

– En sak jag tänkte på är att du kanske har lite för bråttom. Inte att du spelar för snabbt utan som om du redan är vid nästa ton, när du spelar nuvarande. Man kanske måste det om man spelar men jag fick en känsla av att du var stressad.

– Jag kände mig inte stressad.

– Kanske du ska försöka vara mer i musiken och hålla tillbaka lite. Fermater? Nej, jag vet inte. Det är verkligen bra som det är.

Hon försöker förstå hur han menar och spelar det igen, mer återhållet, fördröjer drillarna en aning mer. Lyssnar in det hon spelar. Växlar lite i styrka.

– Ja, kanske, säger hon sedan. Jag ska låta Julia och Jessica också lyssna i kväll.

– En helt annan sak som inte stör mig men du gillar det ju inte. Du vaggar lite med överkroppen.

– Nej! Det gillar jag inte. Jag vill spela mer strikt.

Hon spelar det igen med en nästan stel rygg men känner att hon behöver röra sig lite till Bach envetna basstämma. Tam-tam-tam-tam-tam-tam, tram-tram-tram-tram-tram-tram ...

– Ska vi ge oss? säger hon när hon är klar. Jag ska öva lite mer i dag. Men låta det vila i morgon. Fredagsmorgon kör jag ett genrep.

– Låter klokt. Minns att jag gjorde så inför tentor på universitetet. Skippade allt plugg dagarna innan. Därefter en kort repetition samma dag som tentan. Jag ville ha lust att lösa uppgifterna. Vilan tog fram den.

– Har inte tänkt på det, men det kanske gäller pianomusik också. Övar man för mycket blir det tråkigt. Vill du äta något förresten? Tjejerna kommer inte förrän senare i eftermiddag.

– Nej, det är bra. Jag ska åka. Har du berättat för dem om att jag kommer på fredag?

– Inte än. Jag vill vänta tills efter begravningen.

– Okej. Då ska jag dra. Vi ses då. I alla fall på håll.

Hon följer honom till dörren och lägger handen på hans arm.

– Tack Johannes, det betyder mycket för mig. Just det, har glömt att säga det men Claudia kommer hit i morgon för att vara med på begravningen och stannar till söndag.

– Det känns väl bra?

– Jo, hon är viktig för mig.

17

Julia har hämtat upp Claudia på flygplatsen och de anländer till Körsbärshuset sent på eftermiddagen.

– Liebe Ifemelu, säger Claudia med ett medlidsamt leende när Ifemelu öppnar dörren. Hur mår du?

– Jag är okej. Gruvar mig lite inför begravningen. Vet inte hur jag kommer att reagera.

Julia lämnar dem och Ifemelu visar Claudia gästrummet. En liten resväska och en ryggsäck är allt hon har med sig. Medan Claudia packar upp lagar Ifemelu middag.

När de sitter vid bordet berättar Ifemelu om minikonserten hon förbereder och att Johannes hjälpt henne mycket med den.

– Han är en god lyssnare, har varit här när jag övat och gett väldigt bra återkoppling.

– Varför vill du spela något?

Ja, varför? Var det Johannes som övertalat henne? Nej hon ville det själv också.

– Jag tänker att det är ett sätt visa att han varit en bra pappa till våra barn.

– Vad blir det?

– Ett av de få klassiska verk han gillat. Ett kort stycke av Bach. Jag kan spela det för dig senare.

De hjälps åt att duka av och när Ifemelu sköljer en av tallrikarna säger hon:

– Jag bad honom också vara med på begravningen som ett slags musikstöd.

– Vem? Menar du Johannes?

Ifemelu nickar.

– Oj! Har du berättat det för flickorna?

– Nej, inte än. Jag tänkte berätta när allt har lugnat ner sig.

Claudia sätter sig vid köksbordet och rätar till bordsduken som om det vore millimeterprecision att den ligger precis mitt på bordet. När duken ligger som den ska ser hon upp på Ifemelu.

– Det låter inte så klokt. Hur kommer de att reagera när de träffar honom där?

– Han kommer att vara med inkognito och de vet ju inte heller vem han är.

– Är det svårt att berätta det redan nu?

– Det blir för mycket för dem. Jag tror det är viktigt att de först får ta farväl av sin pappa innan jag berättar om Johannes. Även om jag inte är stolt över det som hände, ångrar jag det inte heller. Jag övertygad om att de kommer att förstå när de får träffa honom senare.

Ifemelu torkar av sina händer på kökshandduken som hänger över handtaget till ugnsluckan och sätter sig också vid köksbordet. Claudia ser på henne, håller andan en stund och säger därefter:

– Kommer han hit igen? Jag menar, ska ni fortsätta att ses?

– Vi har inte träffats så mycket sedan Tyskland. Bara några gånger sedan Robert gick bort. Men när allt är över kommer vi fortsätta att ses. "Jag släpper dig inte nu", sa han också när vi skildes åt i München och jag tycker så mycket om att vara med honom.

– Du bör nog berätta det för flickorna innan de själva upptäcker det.

Ifemelu nickar eftertänksamt och undrar om det var dumt att be honom komma. Men ingen mer än hon själv och Claudia kommer att veta vem han är och så snart begravningen är över ska hon bjuda hem döttrarna och berätta ... allt. Kanske kan hon göra det tillsammans med Johannes?

*

Den vita blomsterprydda kistan står ensam framme vid koret och är det första Ifemelu ser när hon kommer in i kyrkan. Hennes blick sveper över de gotiska valven och hoppas att Johannes kommer att hålla sitt löfte trots att han inte synts till utanför kyrkan. Bakom henne följer Jessica och Julia med sin sambo och längst bak hennes systrar, Claudia samt några av Roberts släktingar. Övriga gäster skulle gå in sist.

Ifemelu sätter sig på högra sidan, längst ut till vänster på den andra bänkraden, ensam i rollen som den sörjande änkan. Den röda rosen placerar hon på psalmbokshyllan framför sig. Hon känner sig som om hon vore på en scen, dit allas blickar är riktade. Jessica sitter intill henne, sedan Julia och hennes Oscar. På raden bakom sitter Claudia och Ifemelus systrar. När alla satt sig vänder Ifemelu sig om och anar Johannes karakteristiska grå kalufs längre bak bland de fåtalet gästerna. Hon känner sig inte lika utsatt längre.

Hon har varit kluven inför att ha en religiös begravning men Robert hade velat ha det så. Han var inte heller troende men mer traditionell än hon.

Prästen, en kvinna, kommer ut genom en sidodörr vid altaret och stannar till vid Ifemelu med ett milt leende innan hon fortsätter fram till mikrofonen bredvid kistan. Hon öppnar en bibel och inleder begravningsakten med att läsa ur den. Då och då ser hon på Ifemelu med vänliga, varma ögon.

Under ceremonin gestaltar prästen vid ett tillfälle ett fiktivt samtal mellan Gud och Robert.

– Jag har sett dina svårigheter och har länge gått vid din sida,
säger Gud.
– Men varför övergav du mig?
– Jag har inte övergivit dig.
– Men när jag såg fotspåren efter oss slutade ditt och endast mitt
ensamma spår syntes. Jag vandrade själv sedan du lämnat mig.
– Nej, jag lämnade dig inte. Det var mina fotspår du såg då jag
bar dig i min famn.

Prästens ord, riktade till Robert och hans sjukdomsbörda,
väcker Ifemelus egen smärta. Sorgen över makens lidande
blandas med minnet av den tunga perioden när Johannes
samtidigt brutit med henne. Smärtan i maggropen får henne
att gråta, nästan hulka. Ifemelu tänker att hon också behövt bli
buren under den svåra tiden men kanske var det något, någon
som burit henne trots allt? Hon hade aldrig gett upp och till
slut kommit igenom det. Hon känner Jessicas hand på sin
arm.

I slutet av ceremonin är det dags för avsked vid kistan.
Kantorn spelar stycket av Barber och det fyller Ifemelu med
ett vemod som nästan går att ta på. Så hör hon att Jessica
gråter och kramar hennes hand innan hon själv, följd av
döttrarna, går fram till kistan. Hon lägger sin ros snett över
kistlocket och säger mycket tyst:

– Tack för att du alltid varit en god far för Jessica och Julia.
Jag vet att de älskat dig över allt annat och jag är mycket
ledsen över att jag inte har förmått det.

Hon står kvar en stund och går sedan tillbaka till sin plats
och betraktar de övriga när de går fram för att ta farväl. Först
resten av släkten därefter alla andra men hon kan inte se att
Johannes är bland dem. Först när de allra sista står bredvid
kistan passerar han Ifemelu. Som den siste står han vid kistan
en stund innan han återvänder till sin plats, utan att möta
Ifemelus blick.

*

Prästen går fram till mikrofonen och berättar att Roberts hustru vill framföra en sista hyllning till maken genom att spela det stycke han älskat allra mest. Det sista, tänker Ifemelu, var en förskönande omskrivning hon själv använt när hon presenterat sin idé för prästen.

Den lilla Steinwayflygeln stod till vänster om kistan med locket uppfällt i sitt högsta läge. Ett ögonblick sitter hon kvar, som för att samla sig. Sedan reser hon sig och känner Jessicas hand på sin arm. När hon passerar kistan stannar hon till en kort stund och vänder sig mot den. Hon motstår impulsen att söka efter Johannes bland gästerna och fokuserar i stället på det bruna instrumentet.

En stund sitter hon vid klaviaturen med händerna vilande på låren. Stycket har hon övat in noggrant och känner ingen oro över det tekniska. Däremot är hon osäker på om hennes känslor kommer att övermanna henne och omintetgöra fortsatt spel. För att minimera risken tränger hon bort tanken på Robert. I stället föreställer hon sig att det bara är Johannes som lyssnar, som han gjorde när hon sista gången spelat stycket för honom. Det är bara Bach – inget annat.

Hon påminner sig om hans ord, tillräckligt långsamt men med tilltagande styrka. Ändå återhållet. Vad var det han sagt? Tam-tam-tam-tam-tam-tam. Det ensamma, repetitiva d:et följs av ett lätt dissonant sekund-intervall. Kyrkan, kistan och gästerna bleknar. Bara hon och Bach är närvarande. Nästan felfritt når hon det avslutande dur-ackordet. Bara en av drillarna hade hon missat. När hon åter vilar händerna på låren blir det så tydligt att en ny fas i livet har börjat. En fas i dur.

Hon återvänder till sin plats men innan hon sätter sig ner, ser hon ut över begravningsgästerna och hittar direkt Johannes. En kort bugning från honom bekräftar hennes framförande.

*

Efter begravningen är alla gäster inbjudna till gravöl i församlingsgården, en modern byggnad i rött tegel, i kontrast till den medeltida kyrkan. Begravningsbyrån hade ombesörjt förtäringen: smörgåstårta med dryck, kaffe och småkakor. När hon kommer in är allt redan dukat. Tillsammans med Jessica och Julia går hon fram till kortändan av ett bord i mitten. Hon ser Johannes komma in genom dörren och tycks se sig oroligt omkring. Ifemelu går ner till honom.

– Tack för att du kom, säger hon och stryker kort över hans kavajärm.

– Det var en fin akt som avslutades perfekt. Du spelade fantastiskt.

Hans varma leende samtidigt som han ruskar långsamt på huvudet, gör hans omdöme trovärdigt och hon känner sig glad att han varit där. Inte bara som stöd. De kan också dela upplevelsen senare.

– Tack, men jag missade en drill.

– Jag märkte det, men det är nog bara för att jag vet hur stycket ska låta.

– Visste att du skulle höra det, säger hon och skrattar till.

– Var ska *ni* sitta? säger han och ser sig omkring.

Hon pekar mot platsen där Jessica och Julia står.

– Nära kortändan där borta.

– Då sätter jag mig så långt bort som möjlig. Jag kanske inte borde vara här alls?

– Det är klart du ska vara här. Jag vill att du är här.

Ifemelu är på väg tillbaka när Jessica kommer fram till dem och säger till Ifemelu:

– Ska vi sätta oss?

Ifemelu tvekar innan hon säger:

– Jessica, det här är Johannes, en god vän. Johannes, det här är Jessica, min äldsta dotter.

De tar i hand och utbyter artighetsfraser men Jessica ser skeptisk ut.

– Ska vi sätta oss, säger hon igen.

På väg till bordet säger Jessica lågt:

– Johannes? Var det inte så han hette?

– Vad menar du?

– Du berättade en gång om en kollega du brukade prata musik med. Det var innan pappa blev sjuk tror jag.

Ifemelu inser nu att hon inte borde ha pratat med Johannes här.

– Jo, det är samme man.

– Som du hade ett förhållande med, eller hur. Vad gör han här?

Hur visste Jessica det? Ifemelu blir helt ställd men säger som det är.

– Ja, det stämmer. Men det tog slut när pappa blev sjuk. Hur visste du det?

– Vet och vet. Jag läste av misstag ett av dina sms en gång. Din telefon låg på köksbordet och plingade till så jag tog upp den och kollade men såg bara början där det stod: "jag kysser dig". Jag tänkte att det inte kunde vara pappa då han satt i arbetsrummet utan misstänkte din kollega.

– Varför sa du inget till mig?

– Hur säger man sånt till sin mamma? Men varför är han här? Du sa ju att det var avslutat. Jag gillar det inte.

Jessica lämnar henne och går ner till dörren där Johannes ännu står och säger något till honom. Hon fäktar med armarna och efter en stund lämnar han lokalen. Jessica återvänder.

– Jag sa till honom att det inte passar sig att en före detta älskare är med på den bedragnes begravning.

– Du sa vadå?

– Att han skulle gå.

Hennes telefon plingar till och hon ser snabbt på meddelandet. Det är från Johannes förstås och innehåller bara:
Det var ingen bra idé att komma. Jag åker hem till mig nu.
J

Vad ska hon göra nu? Hon tänker igenom alternativen. Hon kan inte lämna gravölet, då skämmer hon ut både sig själv och framför allt familjen. Ska hon ringa honom och be honom komma tillbaka? Det kommer han aldrig att acceptera. Hon går åt sidan och skriver ett meddelande till honom.
Jessica berättade vad som hänt. Jag kommer att prata med henne och Julia. Ingen av dem kan bestämma vem jag umgås med. Var inte ledsen. Jag vill prata med Dig sedan jag rett ut det med flickorna.
Ifemelu

Claudia kommer fram till henne.
– Vad har hänt, du ser alldeles förskräckt ut.
Ifemelu berättar om Jessicas utbrott och att Johannes åkt hem.
– Jag förstår henne. Du får nog prata med dem rätt snart. Och även med Johannes förstås.
Hon sätter sig vid bordet med Julia och Jessica på varsin sida. Hon viskar till Jessica:
– Jag hade bett honom komma.
Hon svarar inte utan tar för sig av smörgåstårtan med ryckiga, stressade rörelser. Julia ser omväxlande på dem en stund och säger med låg röst:
– Har det hänt något?
– Vi får prata om det sedan.
Ifemelu inser att hon borde ha involverat döttrarna innan hon bjudit in Johannes. Så snart hon är hemma igen måste hon prata med dem. Jessicas nära band med pappan känner hon till förstås men inte tänkt att det kunde få denna konsekvens.

Prästen avbryter hennes tankar när hon hälsar alla välkomna och uppmanar gästerna att dela minnen eller anekdoter om Robert.

Under den dryga timmen av samvaro är det några som reser sig upp och säger några ord. En av Roberts förra kollegor och även Roberts bror. Jessica ser på Ifemelu och hon förstår att hon borde säga något men det skulle kännas förljuget så hon avstår. Under en lång stund är det enda som hörs de lågmälda samtalen mellan gästerna.

Jessica ser sig plötsligt om och reser sig.

– Jag vill också säga några ord. Pappa betydde allt för mig. När han blev sjuk, blev nästan jag det också. Jag minns så väl när han tog med mig till driving rangen första gången och lät mig prova golf. Vet inte hur gammal jag var då. Tio kanske?

Hon ser på Ifemelu som nickar nästan osynligt.

– Ja, tio. Han lånade klubbor för barn, men ni som provat golf vet kanske att det inte är enkelt att ens träffa bollen. Tålmodigt visade han mig gång på gång hur jag skulle göra, trots att jag missade bollen hela tiden. Jag blev allt argare och ville till slut slunga iväg klubban i stället. Trots min ilska och alla blickar från andra spelare, var pappa kolugn. Till slut ställde han sig bakom mig. Höll mina händer i sina och svingade klubban fram och tillbaka men vid sidan om bollen. Efter en stund sa han: "nu provar vi på bollen". Med en inte alltför stor sving, lyckades vi få iväg den eländiga bollen en bit ut på det öppna fältet. "Bra" sa han. Nu belönar vi oss med en fika!". Min ilska hade försvunnit iväg med bollen och pappa och jag gick hand i hand till golfklubbens café där han beställde min favoritbakelse till oss båda. Önskar ibland att jag haft hans tålamod. Det är helt och hållet hans förtjänst att jag är där jag är i dag.

– Mammas också förstås, tillägger hon och lägger handen på Ifemelus axel.

Ifemelu tänker på Roberts tålamod och påminns om bristen på sitt eget. Vad som än hände brusade han sällan upp. Hon själv, i alla fall på den tiden, hade inte alls varit på det viset. Mörkret flöt upp då och då. Och ilskan. Är jag annorlunda nu? undrar hon.

*

Efter gravölet när de flesta lämnat lokalen går Ifemelu fram till Julia och berättar helt kort vad som hänt. Att en man hon haft ett förhållande med under några år innan Robert blev sjuk hade deltagit på begravningen på hennes önskan. Att Jessica var upprörd över det.

– Men vi kan inte prata om det här.

Jessica kommer fram till dem och Julia säger:

– Oscar och Claudia har redan gått till bilen. Vill du ha skjuts Jessica?

Hon nickar några gånger. När de är på väg till bilen säger Ifemelu:

– Jag vill att ni kommer hem till mig morgon om det passar. Jag vill reda ut detta så snart det bara går.

De kommer överens om lördagseftermiddag och sätter sig i bilen där Claudia sitter bakom Oscar.

*

Direkt när Ifemelu och Claudia kommer innanför dörren på Körsbärshuset, tar de av sig de strikta begravningskläderna och sätter på sig bekväma innekläder. Ifemelu T-shirt och mjukisbyxor, Claudia en luftig blus och bomullsbyxor. Den mäktiga smörgåstårtan känns ännu tung i magen för dem båda så de sätter sig i vardagsrummet.

– Du spelade väldigt fint. Över huvud taget var det väl genomtänkt musik. Barbers Adagio är så vemodigt vackert.

– Det var Johannes som föreslog den.

– Hann aldrig prata med honom. Hälsade bara på honom utanför kyrkan när vi gick ut efter ceremonin. Svarade han på ditt meddelande?

– Nej, inte än. Jag får ta tag i det efter att jag pratat med Jessica och Julia. Jag bjöd hit dem i morgon.

– Vill du prata med dem själv?

– Ja, helst. *Jag* har inget emot att du är med. Tvärtom skulle det kännas skönt. Men de vågar kanske inte säga sina hjärtans mening om du lyssnar. Den vill jag höra.

– Klokt. Jag kan åka till syrrans grav under tiden. Visst kan jag ta bussen dit?

Ifemelu förklarar hur hon ska åka.

18

Klumpen i magen växer inför döttrarnas ankomst dagen efter begravningen. Hon oroar sig särskilt för Jessicas reaktion. När hon sent på eftermiddagen öppnar dörren för de båda, ser Jessica rätt trött ut. De går in till vardagsrummet och sätter sig. Ifemelu i en fåtölj och flickorna nära varandra i soffan.

– Jag borde ha berättat för er men tänkte att ni hade tillräckligt med själva begravningen.

– Jag vill inte se honom här i pappas hus, säger Jessica direkt.

– Han har faktiskt redan varit här några gånger. Både för länge sedan och även för bara några dagar sedan.

– Det här blir värre och värre.

Jessica drar med båda händerna häftigt över låren och armarna. Hon stryker sig över ansiktet innan hon ser upp på sin mamma. Julia ser på henne med uppspärrade ögon. Ifemelu väntar ett tag men säger sedan så lugnt hon kan:

– Kära Jessica, jag vet att du och pappa stod verkligt nära varandra, och det är något som glatt mig. Det har varit så gott att se hur roligt ni haft det tillsammans. Men låt mig berätta först så kan vi prata om vad ni känner sedan. Är det okej?

Julia nickar, Jessica först efter en stund.

Ifemelu börjar berätta nästan allt. Om hur Johannes under en period tyckts vara avogt inställd till henne. Nästan misstänksam. När de av en slump pratat om musik och att den fört dem samman som goda vänner. Att hon rätt snart börjat få känslor för honom men att Johannes inte verkat känna något liknande.

– *Så ingen skugga ska falla på honom*, säger hon med eftertryck.

Hon ser på de båda döttrarna och fortsätter:

– Det var jag som till slut bjöd honom hit när ni var uppe i norr med pappa.

Jessica sätter sig upp i soffan och ser på Ifemelu.

– Så när han satt vid pianot när vi kom hem lite tidigare en sommar, då hittade ni bara på att han var din pianoelev? Så otroligt falskt! Men jag kände redan då att det var något skumt. Varför tog han med sig dina noter? De hade ju legat hur länge som helst på flygeln.

Jessica lutar sig tillbaka och sitter med armarna i kors och stirrar på Julia, men hon är tyst.

– När ni såg honom var det första sommaren han var här. Men du har helt rätt, jag hittade på att vi hade pianolektion. Jag kan inte ursäkta det med något annat än att pappa och jag under en lång tid inte haft ett verkligt äktenskap. Ni var båda i de lägre tonåren så jag ville inte skilja mig av den anledningen. Det var ett förfärligt beteende av mig, jag vet, men bara mig. Det var också nära att jag bröt med Johannes då av just det skälet. Han berättade när vi möttes i Tyskland att han ständigt hade dåligt samvete gentemot pappa under den tiden.

– Så han var här under flera somrar när vi semestrade med pappa? I så fall var det ju inte bara ditt ansvar. Han accepterade ju faktiskt att komma hit, eller hur.

Kanske försöker jag bara urskulda honom för att få dem att acceptera honom? tänker Ifemelu.

– Jo visst är det så. Men utan min inbjudan hade han aldrig kommit hit.

– Så det var därför du aldrig ville följa med oss på semestern?

– Inte bara. Jag hade ju inte följt med er tidigare heller. Sedan jag inlett en relation med Johannes uppstod en möjlighet att få lära känna honom på riktigt. Men när pappa blev sjuk upphörde relationen med Johannes.

Jessica verkar inte kunna sitta still utan vänder och vrider på kroppen. Till slut säger hon med en röst hon har svårt att kontrollera:

– Hur kunde du göra så mot pappa? Och oss!

Hon reser sig hastigt ur soffan och går ut i köket. Ifemelu hör vattenkranen och efter en stund står Jessica i dörren in till vardagsrummet med ett glas vatten i handen. Ifemelu försöker prata så lugnt hon kan.

– Som jag sa hade jag och pappa ingen kärleksrelation. Vi var nog egentligen aldrig gjorda för varandra. Vi var för olika.

Hon ser på Julia och fortsätter:

– Sedan Julia fötts hade vi inte heller något samliv. Äktenskapet blev bara en praktisk angelägenhet. Pappa var en mycket bra människa, och en bra far! Men det betyder inte att det är självklart för mig att kunna älska honom. Jag tror egentligen att jag aldrig gjort det.

– Så varför gifte ni er då?

Jessicas frågor är högst relevanta men Ifemelu har inga bra svar då hon inte själv vet. Robert var en bra man och i början hade de roligt tillsammans med olika aktiviteter men nästan alltid inom hans intressen. Den där närheten uppstod aldrig. Det fanns alltid ett avstånd och hon kunde sällan visa sig som den hon var, innerst inne. Aldrig riktigt ge sig hän i den fysiska kärleken. Inte som hon upplevt det med Johannes under de två somrarna.

– Jag har inget bra svar på det annat än att han var en bra människa. Hederlig och ansvarstagande. Snäll.

– Jag vill i alla fall inte träffa din älskare igen. Kommer han hit när jag är här, går jag, säger Jessica, nu något mer dämpat.

Hon dricker upp vattnet och försvinner ut till köket igen men kommer strax tillbaka och sätter sig åter bredvid Julia. Hon ser ner på sina händer och vrider dem om varandra i knät.

– Jag tror att ni kommer att uppskatta Johannes om ni får träffa honom i ett annat sammanhang. Men jag kan förstås inte tvinga någon av er till det.

Julia har suttit tyst hela tiden. Ifemelu vänder sig till henne och säger:

– Vad tänker du Julia?

Hon ser upp och möter Ifemelus blick.

– Jag visste ingenting alls om detta. Såg inte att du pratade med någon speciell i går heller. Hade inte aning om att du haft en relation till en annan man när du var gift.

– Det är inget jag är stolt över. Ändå hände det. Men hur känner du? Kan *du* tänka dig att träffa honom.

– Är ni tillsammans på riktigt nu?

– Nej, vi kommer inte att ha en sån relation. Blir vi goda vänner så är jag nöjd med det.

Julia rynkar med ögonbrynen.

– Hur kom det sig att han dök upp just nu? Relationen var ju avslutad.

– Av en oerhört märklig slump hade han, mig ovetandes, råkat bokat plats precis bredvid min när jag åkte till Tyskland i juni. Helt osannolikt. Då, i stunden vill jag inte ha något alls med honom att göra. Men en tågresa tar ju tid och på något sätt återuppstod det varma tankeutbytet vi hade för länge sedan. Vi kom dock fram till att det vi kände då, inte finns riktigt längre. Däremot vill jag mycket gärna ha honom som vän.

– Så det var han som fixade noterna till dig, säger Julia, och nu ler hon lite snett.

– Ja, det var han.

– Jag har nog inget emot att träffa honom. Det som har varit har varit. Du är ju ensam nu och kanske känt dig ensam länge. Kära Julia. Hennes besked får henne nästan att gråta och Jessica ser överraskat på Julia.

– Tack Julia. Ni behöver förstås inte tycka om honom, men jag skulle uppskatta om ni kunde acceptera honom som min vän.

Julia nickar men inte Jessica. Istället ser hon Ifemelu rakt i ögonen.

– Varför tog det slut?

– Av flera skäl. Det främsta var att han bröt med mig för att han inte stod ut med att jag var gift. Så sa han i alla fall till mig nu i början av sommaren. Då, när det hände, trodde jag att han tröttnat på mig. Pappas sjukdom gjorde att jag under en lång tid inte hade någon ork att ta reda på varför. Därefter var det som om det hade passerat förbi mig. Ett avslutat kapitel.

– Så det var inte du som avslutade?

– Nej.

Jessica suckar djupt flera gånger och säger:

– Det förklarar inte varför han nödvändigtvis måste komma på pappas begravning.

– Jag ville ha honom där. Som någon sorts stöd. Det får jag förstås från er också men jag kan inte riktigt dela er relation till er pappa.

Ingen av dem ser på henne. Julia tar upp en kulspetspenna som ligger på rumsbordet och knäpper med den några gånger innan hon lägger tillbaka den. Jessica ser ut genom fönstret bakom flygeln. Ifemelu fortsätter:

– Jag är ledsen att behöva berätta allt detta för er. Eller rättare sagt att ha utsatt er för det. Men nu är det som det är.

Ni får försöka smälta det så kan vi träffas igen och fortsätta prata om det. När ni vill och så länge ni vill.

Ifemelu vänder sig till Jessica.

– Låt mig också få veta om och när du skulle kunna tänka dig att träffa Johannes.

När de senare lämnar Körsbärshuset kramar hon om dem båda men Jessica är stel i sin omfamning. Hon behöver tid, tänker Ifemelu.

*

Hon går in i vardagsrummet igen och tankarna fylls av samtalet med döttrarna. Även om Julia står henne närmast kan hon se sina egenskaper i dem båda. Analytiskt tänkande men ändå känslostyrd, så ser hon på sig själv. Även Roberts tycks ha fortplantat sig i dem, hans praktiska sidor men också den lugna optimistiska, som såg möjligheter i stället för problem. Tänkande var hans svaga sida. Julia är både praktisk och smart eftertänksam. Tar inga förhastade beslut, blir sällan upprörd. Jessica lät ofta känslorna dra iväg med sig. Ändå har hon förmågan att se sig som vinnare när hon spelar golf. Lite av sportidiot som sin far. Lite märkligt, tänker hon. Roberts och mina olikheter gick inte att förena i ett äktenskap men de samlas i var och en av döttrarna. Kan det ha varit så att det inte var olikheterna som var kärlekslöshetens orsak? Johannes och hon är ju också olika, ändå hade hon blivit djupt förälskad i honom. Inte bara förälskad förresten, älskat honom på riktigt. Kanske handlar allt om kemi och feromoner, det som slagit henne under tågresan i Tyskland. Hjälp, tänker hon, är vi bara viljelösa kemistyrda offer? Hon skrattar lite för sig själv åt sina funderingar men tänker sedan att det inte är lika roligt hur hon ska hantera Jessicas motvilja mot sin nygamle vän även om hon kan förstå hennes reaktion.

*

158

Ifemelu ringer till Claudia och säger att fältet är fritt. De äter middag tillsammans och Ifemelu berättar om samtalet med döttrarna men blir avbruten av telefonen. Det är ett meddelande från Jessica.
Jag går med på att träffa honom.
Jessica.

Mycket lättad inombords säger hon till Claudia:
– Jessica kan tänka sig att träffa honom.

*

Innan hon går och lägger sig meddelar hon Johannes att hon haft ett samtal med både Julia och Jessica.
Johannes,
Jag har nu pratat med flickorna om varför Du kom på begravningen och om både vår gamla och nya relation. De vet nu det mesta. Har Du möjlighet att kommat hit i morgon så vi kan prata om det?
Ifemelu

Just när hon är på väg att somna plingar telefonen till.
Jag tror inte det går längre.
J

Beskedet får henne att ligga sömnlös nästan halva natten. Sista gången hon ser på klockan är den över tre. Hon tar fram telefonen och skickar ytterligare ett meddelande till Johannes med önskan om att ses.

*

Rätt mör i både kropp och själ berättar hon för Claudia under frukosten om Johannes dystra besked.
– Så snart du kan måste du prata med honom. Ju längre tiden går desto större kommer det att bli för honom. Risken är att det blir för stort.

Hon ser på sin klocka.

– Jag borde kanske stanna kvar och hjälpa dig att reda ut det?

– Nej, du har ju ditt. Jag tror det kommer att ordna sig. Claudia ser på henne och tycks inte övertygad. Till slut säger hon:

– Jag bokar av.

*

Efter frukosten ringer Ifemelu honom. Många signaler går fram innan det bryts. Kanske var han ute i trädgården och åter med flit lämnat telefonen inne? Hon provar efter någon timme igen men med samma resultat. Claudia säger att det är bara att försöka igen.

19

Hela måndagen går utan att Johannes hör av sig. Efter middagen föreslår Claudia att hon skriver ett vanligt brev.

– Det vet jag knappt hur man gör längre, säger Ifemelu och skrattar lite generat.

– Man skriver text på ett papper, stoppar in det i ett kuvert som du anger hans adress på. Därefter klistrar du ett frimärke i övre högra hörnet. Sedan stoppar du det i en brevlåda. I alla fall gör vi så i München, haha.

Ifemelu skrattar högt och oron över Johannes lättar ett slag. Även om den vanliga posten nästan upphört fanns ännu blå- eller gula brevlådor på några ställen. Proceduren var förstås likadan här hemma. Hon river ur ett ark från ett kollegieblock och sätter sig vid köksbordet. Tänker och skriver ... tänker och skriver. När det är färdigt läser hon det, översatt till tyska, för Claudia.

Käre Johannes

Om Du inte vill att vi ses mer, förstår jag det. Det var väldigt obetänksamt av mig att utsätta Dig för detta. Självviskt, om jag ska vara helt uppriktig. Jag ville ha Dig där men tänkte aldrig på vare sig Dig eller mina döttrar. Jag hoppas Du kan förlåta mig.

Som jag skrev tidigare pratade jag med Jessica och Julia redan dagen efter begravningen. Trots att Jessica då sa att hon inte ville träffa Dig igen, meddelade hon mig senare att hon kunde tänka sig det. Julia ser mer krasst på det och tycker det är okej om Du och jag umgås. Hon träffar gärna Dig. Jag är övertygad om att om de får möta Dig under andra former, kommer de att få en större förståelse för det som hände för länge sedan. De kommer också att förstå varför Du betyder mycket för mig. På sikt är jag förvissad om att båda kommer att acceptera Dig.

Du har nämnt det flera gånger om det dåliga samvete Du känt gentemot Robert. Får Du träffa flickorna igen och berätta om det som hände, kanske det kan lätta Din börda. Jag tror definitivt att det blir lättare för framför allt Jessica att komma vidare.

Oavsett vad Du vill i fortsättningen, vill jag att vi ses en gång till och pratar öppet, precis som vi kom överens om i Nürnberg. Jag kände då att det var det enda rätta och jag tror att även Du gjorde det.

Om jag ber Dig?

Ifemelu

– Jättebra, säger Claudia. Nu är det bara att posta det.

– Men jag har inga frimärken. Vi måste köpa. Vem säljer sådana nu för tiden tro?

Claudia gnider med pekfingret fram och tillbaka i en djup rynka mellan ögonen, men så skiner hon upp.

– Jag skulle kunna överlämna det personligen och samtidigt prata med honom. Han bor väl inte så långt härifrån?

Även om tanken på Claudia hemma hos Johannes väcker en oro, tycker Ifemelu att det är en bra idé. Hon stoppar brevet i ett kuvert och skriver adressen utanpå. Claudia synar kuvertet, tar upp sin telefon och skriver in adressen där. Innan hon stänger dörren bakom sig med brevet i handen säger hon:

– Du behöver inte oroa dig.

*

Klockan är närmare tio när hon hör ytterdörren öppnas och Claudias röst:

–Hallo, Ich bin zurück.

Ifemelu går ut i hallen och ser en glatt leende kusin.

– Vi hade ett bra samtal.

Claudia berättar utförligt om mötet med Johannes. Hans överraskade min, hur berörd han sett ut när han läst brevet, på gränsen till att gråta, rädslan över att möta Ifemelus döttrar. Att han känt sig så nere sedan begravningen. Det dåliga samvetet mot Robert hade utökats med att inkludera även döttrarna och han visste inte hur han skulle ta sig vidare. Claudia avslutar sin berättelse med att säga:

– Han ville inte ge något besked i dag men troligen redan i morgon kommer han att ringa dig.

– Jag vet inte hur jag ska kunna tacka dig. Du är min allra bästa vän.

Ifemelu går fram till henne och håller om henne länge.

*

Två dagar senare ringer han men är mycket reserverad och kortfattad. Ifemelu påminner igen så vänligt hon kan, om deras deal från Nürnberg om att vara öppna på riktigt, även om hon säger att hon förstår hans reaktion nu. Men hon vill försöka reda ut varje missförstånd. Strunta i all prestige. Han går med på att mötas och de bestämmer tid och plats: ett fik inne i city för att vara på neutral mark.

Lycklig över hans besked säger hon till Claudia.

– Nu kan du boka din hemresa. Du får förstås stanna så länge du vill men jag vet ju att du har annat för dig där hemma.

*

Trots sina bristfälliga ögon känner hon igen honom på långt håll. Det karakteristiska sättet att vila på ena benet, som bar han på ett litet barn på höften, avslöjar honom. När hon är framme lägger hon handen helt kort på hans arm.

– Tack för att du kom.

Han ler vänligt mot henne, öppnar dörren och låter henne gå in först.

– Vad vill du ha? Jag tänkte ta en kopp kaffe och en kanelbulle förstås.

– Så klart! Likadant för mig och kaffe med mjölk.

Medan han går fram till disken letar hon upp ett ledigt bord i kaféet, det hon aldrig besökt tidigare. Johannes hade beskrivit det som "det lilla fiket i jugendstil vid trädgården inne i city". Efter en stund kommer han fram till bordet med en turkosfärgad bricka kantad av en låg spetsliknande sarg i plåt. På brickan står två koppar kaffe och ett fat med kanelbullar. Båda med glasyr.

– Jag tog de lyxigare bullarna.

Ifemelu klämmer på hullet i midjan.

– Någon gång måste man tillåta sig.

Han hinner knappt sätta sig innan han smuttar lite på kaffet och tar en tugga på bullen. Jag tar tag i det direkt, tänker hon.

– Jag har som jag skrivit pratat med både Julia och Jessica. Som du märkte var det Jessica som reagerade mest. Hon var ju också den som var starkast fäst vid sin pappa. Du minns förstås när de överraskade oss. Redan då hade hon misstänkt något. Det var något med noterna. Hon hade sett dem tidigare och tyckte det var underligt att du tog med dem. Dessutom hade hon sett ett sms från dig som innehållit något om en kyss.

– Och Julia?

– Hon verkar ta det otroligt sansat och tycker det är bra om jag har en vän. Jag umgås ju knappt med någon annan än familjen.

Hela tiden har han hållit i sin kanelbulle utan att ta någon ytterligare tugga men verkar syna den noggrant medan hon berättar.

– Jessica, verkade inte acceptera att vi umgås över huvud taget så hur ...

– När jag pratade med dem så berättade jag om mitt äktenskap och att det dött känslomässigt. Om vi möts alla fem och du och jag berättar precis hur det var då, kanske hon kommer att förstå så pass mycket att hon står ut med att du finns i mitt liv. I vår familj till och med.

– Fem? Du menar vi fyra?

– Nej, fem. Jag skulle vilja att din dotter är med också. Hon är ju nästan part i målet. Men framför allt vill jag att också hon ska få veta hur vår relation var då och även hur den ser ut nu. Du berättade i och för sig för henne då, men jag vet inte hur mycket du sa.

– Inte så mycket. Att musiken drog oss till varandra. Att du var gift och skulle skilja dig. Det var i alla fall vad jag trodde då.

Hon sträcker sig fram och stryker honom ner över armen och låter den vila en stund på hans handrygg.

– Förlåt, jag borde ha berättat för dig. Men jag var rädd att lova för mycket.

Han ser upp på henne.

– Jag känner mig nästan skärrad att möta Jessica igen.

– Förstår det. Jag var själv orolig inför mötet jag hade med dem efter begravningen. Jessica är en stark kvinna även om hon också är väldigt känslig. Men hon vill ingen illa. Hennes upprördhet gällde sveket hon tyckte både du och jag utsatt hennes pappa för. Särskilt som han inte finns längre vill hon troligen föra hans sak.

AL FINE

– Det hon sa till mig i församlingshemmet stämmer ju också. Att vi båda lurat hennes pappa. Hon sa ...
Han tystnade.
– Sa vadå?
– Hon sa ... "du kanske till och med knullade mamma i deras dubbelsäng när vi var hos farmor och farfar?".
Ifemelu hoppar till. Kunde Jessica uttrycka sig så vulgärt? Inte undra på att han blev skrämd.
Hon smekte honom åter över armen.
– Hennes ord gick rakt in och jag var inte beredd. Jag kunde inte säga någonting och lämnade henne och gick till bilen. Hela kroppen skakade och jag visste inte om jag var i stånd att köra.
– Om du kan tänka dig ett möte med dem, kan vi, ja du, ta upp just det. Vi säger precis som det är. Att vi älskade i just vår dubbelsäng var inte så mycket värre än att vi faktiskt gjorde det, oaktat var.
För ett ögonblick växer en bild fram, som ett foto i en framkallningsvätska, allt tydligare. Som en fluga på väggen ser hon ner på sängen där deras ljusa och mörka kroppar förenas.
– Varför ler du?
– Tänkte tillbaka på ... dubbelsängen. Det är så otroligt tragiskt att vi aldrig ... men nu är vi här. Så hur känner du inför att möta dem?
Han tar den sista tuggan av kanelbullen och en del av glasyren faller ner i hans knä som han omsorgsfullt plockar upp och stoppar i munnen. Därefter ser han med en klar blick rakt in i hennes.
– Jo, jag kan tänka mig det. Cecilia får sitta intill mig. Kanske hon kommer att ha en lugnande verkan, inte bara på mig. Var ska vi mötas? Neutral plats eller hemma hos någon av oss?
– Vi skulle kunna ses hos dig men eftersom Jessica sa något i stil med att "jag vill inte se honom i det här huset" är det

kanske bättre i Körsbärshuset hos mig. Så hon får vänja sig.
Ska vi föreslå att alla tre kommer till mig på söndag? Eller
lördag om det passar dem bättre. Då kan vi först prata och
sedan äta middag tillsammans.

– Vad händer om samtalet slutar i en krasch?

– Då kanske lite mat kan lugna känslorna. Vi borde nog inte
ha någon alkohol. Inte ens öl. Eller vad tror du?

– Jag dricker sällan, så för mig är det okej förstås.

20

U nder natten innan mötet med barnen, hade vinden friskat i. Ute på terrassen yr löven omkring när Ifemelu huttrande brygger sitt kaffe. Termometern vid altandörren visar arton grader inomhus och endast fem ute. Hon tar på sig yllekoftan, går in till tvättstugan där elpannan står och ställer om den till vinterläge, trots att det bara är i mitten av september.

I dag ska det alltså avgöras, tänker hon när hon sätter sig vid köksbordet och låter händerna omsluta den varma kaffekoppen. Hon vet inte riktigt vad hon förväntar sig av dagen och har heller inte förberett sig på vad som skulle kunna ske. Krascha, sa Johannes men vad betyder det? Det är mest Jessica hon oroar sig för. Eller bara, egentligen. Att hon helt sonika lämnar huset i ett upprört tillstånd. Alternativt skäller ut Johannes. Kanske båda delarna. Men vore det en katastrof? Hon minns sitt eget utbrott i München och hur lättad hon känt sig efteråt. Att Jessica vetat om relationen med Johannes är kanske något hon burit på utan att kunna artikulera. Hennes kraftiga reaktion under gravölet tyder på att vad hon än bär på, behöver komma ut. Det allra sämsta är nog om hon inte säger något alls.

Ovädret tilltar under dagen och när hon städat det nödvändigaste och förberett maten så långt det var möjligt, har svarta moln tornat upp sig. Det dröjer inte länge förrän det börjar regna och till slut öser det ner. Hon ökar temperaturen i huset till tjugotvå grader i god tid innan gästerna kommer. Det sista hon gör är att bädda rent i sängen i gästrummet efter Claudia. Det rum hon använt efter att ha gett Robert separationsbeskedet tills dess han flyttat till gruppboendet.

*

Klockan är nästan på slaget fyra när det ringer på dörren. Johannes, tänker hon, punktlig som alltid. När hon öppnar är det inte Johannes utan en obekant, medelålders kvinna som står under skärmtaket.

– Hej Ifemelu, pappa kommer strax, han glömde mobilen i bilen, säger kvinnan och sträcker fram handen och de hälsar på varandra.

Det tar några sekunder innan Ifemelu fattar.

– Åh, Cecilia! Jag kände inte igen dig. Välkommen! Kom in i värmen.

Innan hon kliver in försöker hon borsta bort en del av vätan från sin jacka.

– Tack. Vilket väder!

Medan hon hänger av sig säger hon:

– Uttalade jag ditt namn rätt förresten?

– Jadå, med betoning på första e:et.

– Så bra. Pappa gav mig tydliga instruktioner på väg hit, haha.

– Så noga är det inte. Roligt att du kunde komma.

Ifemelu är på väg att stänga dörren när hon ser Johannes komma springande och inväntar honom trots att kylan strömmar in i huset.

När hon ser far och dotter tillsammans i hallen ser hon vad lika de är. Både utseendemässigt och hur de rör sig. Det blonda håret som har grånat hos Johannes men lika vildvuxet på dem båda som hennes eget är krulligt. Hur de vilar på ena höften. Att se Cecilias förändring från den unga kvinna hon minns när hon träffat henne första och enda gången, till en mogen kvinna får henne att tänka på sitt eget åldrande. Vad var det Johannes sagt när Ifemelu berättat om ALS-beskedet? Att inte slösa bort livet på saker som inte ger livet mening. När Johannes hängt av sig och kramar om henne, tänker hon: att förnimma hans doft och känna det halvt orakade ansiktet sticka till på sina kinder, ger hennes liv mening.

De går in till vardagsrummet. Cecilia ser sig om och stryker över det stängda locket på Bösendorfern.

– Så fint du har det här. Spelar du ofta?

– Jag hoppas det blir mer nu. Har inte Johannes berättat?

– Om vadå?

– Att han lånade din skrivare för att skriva ut stora noter då jag ser dåligt. Det fick mig att spela på begravningen och det som startade den händelsekedja som ledde till att vi träffas i dag.

– Aj då, så det är min skrivare som roten till allt ont, haha.

Ifemelu skrattar med och känner genast sympati för Cecilia.

– Nej, allt faller på mig. Jag borde ha berättat för Jessica och Julia om din pappa innan begravningen. Vi kan prata mer om det när de kommer.

Johannes och Cecilia sätter sig tillsammans i soffan. Ifemelu hör det skramla till i ytterdörren, går ut i hallen och möter döttrarna. Julia ser som vanligt kolugn ut men Jessica har något spänt över anletsdragen och det är också hon som säger något:

– Har de kommit?

*

Regnet har upphört, men det gråmulna vädret lämnar vardagsrummet i ett halvdunkel. Ifemelu sitter i en av fåtöljerna,

Jessica i den andra. I soffan mittemot dem sitter Johannes mellan Cecilia och Julia. Ingen säger något. Ifemelu reser sig, tänder några lampor och säger innan hon sätter sig igen:

– Tack för att ni ville komma. Johannes och jag vill berätta om allt som hände då för femton år sedan och som är orsaken till att vi sitter här tillsammans.

Ifemelu ser på Johannes med en blick som uppmanar honom att börja. Innan han säger något bryter Jessica in och vänder sig direkt till honom. Hon knycker till med axlarna och säger:

– Hur kunde du vara så fräck att du kom till begravningen?

– För att Ifemelu bad mig.

– Skyll inte på henne.

– Han ville inte först, säger Ifemelu så vänligt hon kan.

Hon ser på Ifemelu.

– Kanske inte, men likväl var han där!

Sedan stirrar hon stint på Johannes igen men kastar ett öga då och då på Cecilia.

– Men du satt inte bara där, du hade mage att gå fram till kistan också. Vilket hyckleri.

– Jag … jag ville vara ett stöd för din mamma, då hon valt att spela något under ceremonin.

– Då hade du väl kunnat sitta kvar i bänken och inte skämma ut pappa vid kistan.

– Det var också min plan.

– Och varför höll du dig inte till den?

– Ja, jag vet inte men det var inte många gäster där. Hade jag suttit ensam kvar när alla andra gick fram tror jag folk undrat.

– Fast jag undrade ändå.

Johannes ser trots allt samlad ut men så stryker han sig om hakan och hans läppar darrar när han säger:

– Framme vid kistan … sa jag … bad jag honom om ursäkt för mitt bedrägliga beteende.

Jessica tycks inte imponerad.

– Det var så dags då.

– Jag ...

Men det kommer inget mer och han gömmer ansiktet i händerna. Cecilia lägger handen på hans arm.

– Varken jag eller Johannes ville er pappa något ont. Men vi kunde inte stoppa undan det vi kände trots att vi försökte flera gånger. Det var som om livet skulle upphöra. Eller hur Johannes?

Han ser upp på henne och nickar långsamt. Ifemelu berättar nu hela den långa historien.

Trots att Johannes tyckts vara avogt inställd till henne hade hon nästan omedelbart fattat tycke för sin nya kollega. Både för hans profession och hans vänliga, hjälpsamma sätt. Aldrig att han tyckt en fråga varit för korkad. Det hade också varit väldigt naturligt att berätta om cancern för honom. Musiken hade blivit deras sätt att samtala när hon återvänt till jobbet efter behandlingarna. Hur roligt det varit att dela musiklänkar och diskutera olika framföranden. När han delat sina kunskaper om litteratur och poesi hade hon blivit förälskad men länge skjutit undan alla sådana tankar. Ingen av dem hade med akt och mening velat hitta en ny partner med tanke på sina fasta relationer. Det hade bara blivit så.

Medan hon berättar tittar Jessica hela tiden på henne och ser ibland förvånad ut, ibland rörd. När Ifemelu nämner den första kyssen i bilen, säger Jessica knappt hörbart:

– Herregud!

Cecilia som suttit tyst säger nu:

– Så romantiskt. Inte visste jag att du var sådan.

Hon ser på Johannes och skrattar lite.

– Efter den kyssen fanns det bara Johannes för mig och sommaren efter, när ni åkte norrut, bjöd jag in honom att bo med mig en vecka.

– Och då sov du i pappas säng?

Jessica ser på Johannes som verkar mycket skuldmedveten.

– Ja ... men det var inget som var lätt för mig. Ändå tänkte jag att just det inte gjorde saken så mycket värre. Men jag låg på Ifemelus sida av sängen.

Jessica ruskar på huvudet och muttrar åter ett:

– Herregud!

– Hur underligt det än kan låta tyckte jag att Johannes var min man under den veckan. Våra vanor sammanföll också i så hög grad. De brukar annars ställa till det för personer i medelåldern som hunnit skaffat sig vanor. Vi byggde växthuset tillsammans utan problem.

– Pappa sa en gång till mig att han var imponerad att du hade gjort det helt själv, säger Julia. Men han visste ju att du hemskt gärna velat ha ett. Det står ju ännu pall så ni gjorde ett bra jobb tydligen.

Julia ler mot Johannes och frågar honom:

– Hur länge var ni tillsammans? Efter kyssen i bilen?

Han ser forskande på Ifemelu och säger sedan:

– Drygt två år om jag minns rätt. Tre om man ska räkna in tiden sedan du kom tillbaka efter cancerbehandlingen. Det året var som ett förspel.

Oj, tänker Ifemelu, det var vågat. Jessica ser på honom med uppspärrade ögon innan hon till slut kostar på sig ett snett leende.

– Hur gammal var jag då? Efter *förspelet*, säger Julia och ler.

Ifemelu minns det mycket väl.

– När jag körde hem efter kyssen, tänkte jag, tre år tills dess du skulle ta studenten. Sedan skulle jag vara fri. Så du var femton.

Julia ser på Jessica och säger:

– Jag hade nog klarat av en skilsmässa då, tror jag.

Jessica säger inget men ser på Julia och Ifemelu om vart annat.

– Svårt att veta, säger Ifemelu. När man är femton är man i en känslig period i livet.

– Ifemelu sa till mig vid ett tillfälle att hon ville vänta tills framför allt du blev äldre och jag hade full förståelse för det. Det som gjorde det svårt för mig var att jag till slut inte trodde på att hon skulle lämna er pappa.

– Vi pratade ofta om att vara öppna men var det aldrig på riktigt. Jag borde ha berättat om hur jag tänkte om det. Sedan gjorde ju pappas sjukdom det svårare. Visste inte vad jag kunde lova Johannes.

– Pappa kunde ju inte rå för att han blev sjuk! säger Jessica.

– Självklart inte och jag skyller inte på honom förstås. Det är mera ett faktum bara. Att han blev sjuk gjorde att jag inte kunde lämna honom vind för våg. Men han visste om min relation till Johannes några månader innan ALS-diagnosen. Så vi hade pratat om separation. Jag ville bara att hans yrsel skulle bli utredd först.

– Ingen lätt situation för någon av er tre, säger Cecilia. Främst tänker jag på Robert som får en dödsdom och samtidigt vill hans hustru lämna honom. Men hela situationen var ju tuff för er alla. Tråkigt att det slutade som det gjorde. Pappa berättade inte så mycket om vad som hänt. Bara att ni slutat umgås. Men jag såg hur nedtyngd han var hela hösten. Först till jul blev han lite mer normal och på nyåret fortsatte han med sina kvällskurser i geologi.

Med en mycket låg röst säger Johannes och ser samtidigt på Ifemelu:

– Men det tog aldrig slut … och nu sitter vi här tillsammans … med våra barn.

Ifemelu blir så rörd att hon går och ställer sig bakom soffan där Johannes sitter och stryker honom över axlarna. Både Julia och Cecilia ler varmt mot dem båda. Jessicas blick ser inte lika vass ut längre och Ifemelu känner att samtalet har gått precis så väl som man kunnat önska.

Hon berättar nu också om det förunderliga mötet på tåget till Hamburg och att de under Tysklands-vistelsen fått nya insikter.

*

En svag doft av Jansson fyller köket och genom köksfönstret ser Ifemelu att solen brutit igenom molntäcket och skapar ljusa och mörka partier på stenbeläggningen. Hon sneglar på Julia som slagit sig ner på kortsidan närmast köksbänken. Själv sitter hon bredvid Johannes på ena långsidan, med Jessica och Cecilia mittemot. Jessica väljer platsen längst bort från Johannes, nästan demonstrativt, tänker Ifemelu. Trots det lyckade mötet känner hon sig märkligt dränerad på energi. Tacksamt hade hon accepterat Julias erbjudande om att fixa det sista med maten.

– Varsågoda! säger Julia och pekar på formen med Jansson och grönsalladen som står mitt på köksbordet.

Jessica och Cecilia är mitt uppe i ett samtal om golf när de tar för sig av maten. Cecilia säger till henne:

– Din pappa tycks ha lyckats mycket bättre än min. Han försökte länge få mig att spela piano men det fick motsatt effekt. Kanske var han för entusiastisk? Det slutade med att jag tyckte det var urtråkigt.

– Jag var nog en för usel pianolärare, flikar Johannes in.

Jessica kisar med ögonen på honom en lång stund som om hon försöker förstå vilken sorts person han är.

– Pappa var inte alls sådan, han tyckte golf var roligt och berättade mycket om känslan när man får en bra träff. Det rena ljudet av tillslaget och av hur bollen viner iväg i luften.

– Jag har en kollega i Cern som säger precis det, säger Cecilia. Petter, min grabb, har också sagt något liknande.

– Spelar han också?

– Provat någon gång bara. Varken jag eller hans pappa har något intresse.

– Det är något visst över det. I början blev jag bara arg när bolleländet vägrade flyga dit jag ville. Pappa hade dock ett outsinligt tålamod, har jag förstått senare. Om och om igen visade han hur överkroppen ska svinga klubban och hur man träffar bollen. Aldrig att han blev arg eller ens irriterad när jag misslyckats med nästan allt.

Cecilia skrattar till och säger.

– Du kanske har lättare för att ta till dig råd än jag. Jag har alltid velat göra saker på mitt sätt. Eller hur pappa?

– Det ska gudarna veta.

– Klokast är nog att inte göra alla erfarenheter själv utan lyssna på andra. Jag har blivit bättre med åren får jag säga till mitt försvar.

Jessica nickar, fäster blicken en lång stund på sin mamma och sedan på Johannes.

– Var du verkligen så otålig med din dotter?

– Nej, det var jag nog inte. Jag har också bra tålamod. Det var nog precis som Cecilia säger, jag var för entusiastisk. Det blev för viktigt att spela piano. Så när hon skulle välja till både gymnasiet och universitetet la jag mig inte i. Hon fick komma till mig om hon ville ha råd. Det stämmer väl Cecilia?

– Ja. Då kände jag aldrig någon press från dig, eller mamma för den delen. Senare har jag tänkt att ditt naturvetenskapliga intresse påverkade mig. Redan i sjuan visste jag att det var naturvetenskap jag ville läsa.

Ifemelu följer samtalet och märker att Jessica då och då låter blicken svepa över Johannes och henne, som om hon försöker förstå relationen mellan dem.

Jessica vänder sig till Cecilia.

– Vad har du pluggat?

– Naturlinjen på gymnasiet och sedan blev det rymdfysik på universitetet.

– Så din pappa är intresserad av sådant. Mamma är det också. Och Julia, men varken jag eller pappa. Han hade väl pluggat historia, eller hur mamma?

Ifemelu nickar bekräftande och Jessica ser igen på både Ifemelu och Johannes. Kanske kommer hon att förstå, tänker Ifemelu.

– Så det var inte bara klassisk musik som fick er att bed… att … ja, göra det ni gjorde?

Ifemelu lägger försiktigt handen på Johannes axel och säger mjukt:

– Nej, det fanns många vägar mellan oss. Musiken var bara en. Geologi en annan.

Julia, som dittills inte deltagit i samtalet, lyfte plötsligt blicken.

– Geologi?

– Han pluggade geologi på kvällstid när vi började umgås lite mer och jag tyckte det var jätteintressant. Han kunde också så mycket mer om litteratur och poesi än jag. Du ska få läsa en text sedan som han skrev till mig. Den ser ut att handla om geologi men vibrerar av något helt annat.

– Du menar när jag skrev "Att närma sig en vulkan" eller vad jag nu kallade den?

Ifemelu nickar och ler mot honom.

– Men du fick mig att förstå klassisk musik på riktigt. Jag lärde mig otroligt mycket av dig. Sedan fick du mig att se saker hos mig själv jag aldrig sett tidigare. Att jag hade något att erbjuda.

Ifemelu lägger sin hand en kort stund på hans och kramar den. Cecilia vänder sig till Jessica och Julia.

– Jag förstår verkligen att det måste kännas svårt att sitta vid samma bord med en man som bedragit ens pappa. Men när jag hör dem nu förstår jag att de drogs till varandra. De är olika till viss del men verkar annars väldigt lika varandra. Ska jag vara helt uppriktig tycker jag det är en väldigt berörande historia.

–Det är okej, säger Jessica.

Johannes harklar sig.

– Jag måste också berätta en annan sak som kanske är underlig. Perioden innan Ifemelu fick cancer, kände jag mig väldigt utsatt av henne. Fick för mig att hon inte ville mig väl och att hon försökte avslöja mina svaga sidor. Där finns det en del att välja bland. Så när hon berättade för mig att hon fått bröstcancer, blev jag helt förbluffad. En sådan sak säger man ju inte till vem som helst och särskilt inte till en person man vill något illa. Jag fick omvärdera min inställning till henne. Mina fantasier förstärkta med att det bara var mina prestationer som gav mig värde, hade gjort att jag kört i diket vad gäller Ifemelu.

Johannes vänder sig mot Ifemelu och ser på henne med en varm blick. Jessica ser skuldmedveten ut och säger till slut:

– Jag ... jag visste inte. Jag måste nog be om ursäkt över mitt beteende efter begravningen. Visst, jag tycker inte det var snyggt av er, men jag förstår bättre nu.

Johannes försöker säga något men lyckas inte utan förblir tyst. Ifemelu går och ställer sig bakom sina döttrar och lägger armarna om dem.

– Tack!

Jessica tar tag i Ifemelus hand och kramar den hårt.

*

Efter att de ätit klart fortsätter samtalen. Cecilia och Jessica, trots de olika bakgrunderna, tycks ha funnit varandra och Ifemelu känner sig otroligt nöjd med att hon föreslagit att även Cecilia skulle bjudas in. Klockan är närmare sju när Julia sträcker på sig och säger sig behöva åka och vill börja duka av och diska.

– Nej, nej, det tar jag hand om, säger Ifemelu.

– Jag ska också röra på mig, säger Jessica.

Alla reser sig och tar med sin tallrik och bestick. Johannes erbjuder sig att hjälpa Ifemelu och säger sedan till Cecilia att han promenerar hem, då vädret blivit bättre.

När Jessica är på väg ut, säger hon till Johannes och Ifemelu.

– Så ni är tillsammans igen nu då?

Ifemelu ser på Johannes och skrattar lite. Efter en viss tvekan säger han:

– Nej, inte på det sättet som då. Ifemelu och jag pratade om det i Tyskland. Jag tror vi kan bli goda vänner men det stannar nog där. Jag kommer inte att flytta in här och Ifemelu inte till mig.

– Särbo, alltså.

Både Ifemelu och Johannes skrattar igen.

– Nej, inte ens det, säger Ifemelu. Goda vänner som han sa.

När de tre döttrarna åkt och de röjt klart i köket säger hon:

– Nu är det tillåtet med alkohol. Ska vi ta ett glas vin? Men mer än så tål jag nog inte.

*

De sitter länge i soffan i vardagsrummet och pratar. Om det lyckade mötet till att börja med. Allt eftersom kommer de in på musik och sitter till slut tillsammans vid flygeln. Letar noter på nätet. Lyssnar på musikvideos som Ifemelu försöker spela.

Klockan är närmare elva när hon ser på den första gången sedan de blivit ensamma.

– Det blir sent för dig att gå hem nu.

– Vad är klockan?

– Elva. Du kan sova över här om du vill.

Johannes rynkar med ögonbrynen.

– Det är renbäddat i gästrummet.

– Jag har inget ombyte med mig ... och ingen tandborste heller.

Ifemelu tvekar först men föreslår sedan att han kan använda kläder inköpta till Robert men som blivit kvar oanvända i sina förpackningar. Bland annat underkläder och T-shirts.

– Hm, det känns inte så lockande. Är det säkert att de är helt oanvända?

Hon nickar.

– Det finns nya tandborstar också.

Han kliar sig över bröstet och ser besvärad ut men accepterar till slut.

– Om du har något du behöver ha gjort i trädgården kanske vi kan hjälpas åt med det i morgon?

– Det är inget jag behöver hjälp med, men hemskt gärna. Då kan vi rensa hjärnan på den senaste tidens händelser med lite praktisk arbete.

Johannes går mot gästrummet men vänder sig om halvvägs och är på väg att säga något, men Ifemelu hinner före.

– Just ja, jag hämtar underkläder, en sovtröja och tandborste till dig.

– Tack. Handduk?

– Och handduk.

21

K lockradion visar bara tre minuter efter halvsju men av ljuden inifrån köket att döma förstår hon att Johannes redan är uppe. Hon har åter en man i sitt hem och när hon kommer in till köket sitter han vid bordet med en kaffekopp, fullt påklädd.

– Vill du ha kaffe?

Hon nickar långsamt och sätter sig mittemot honom. Natten dröjer sig kvar i henne och hon förmår bara att betrakta hans rörelser när han hämtar en kopp till henne och sakta häller i kaffe men utan att fylla den ända upp.

– Mjölk, eller hur?

Utan att vänta på svaret, fyller han resten av koppen med mjölk. Medan hon läppjar på kaffet ser hon ut på terrassen. Gårdagens vind har mojnat men ännu rör sig träden och får de första solstrålarna som tränger igenom dem att dansa på stenplattorna.

– Du verkar inte redo för en arbetsdag i trädgården.

Han skruvar på sig och gör en ansats att resa sig.

– Jodå, jag har bara inte vaknat ännu. Sov rätt djupt men inte tillräckligt länge.

– Det har varit mycket för dig den senaste tiden, och nu har du fått mig på halsen. Jag borde kanske åka hem.

– Nej, gör inte det. Visst påverkar det mig att du är i mitt liv igen och att det tar ut sin rätt. Men jag håller inte på att dö, vad jag vet i alla fall. Jag tycker om att du är här. Precis som att jag tyckte om att umgås med dig i Nürnberg.

Johannes lutar sig tillbaka i stolen och betraktar henne.

– Okej, men vi kanske ska ta det lite lugnt då? Vi kan gå ut och se vad som behöver göras men utan att sätta igång direkt. Vi kan göra en plan! Min kloke vän. Hon vet själv inte vad som behöver göras. Det som återstår var bara att städa upp bland landen. Klippa gräset och kanske ta ner några buskar.

– Ja, vi tar det lugnt. Det är inget alls som brådskar därute.

*

Ifemelu krattar löv. Då och då stannar hon upp och betraktar Johannes där han klädd i hennes fars arbetskläder står på knä i växthuset och med en sekatör klipper ner de fåtal perenner hon har där. Det gamla ska bort så att nytt kan växa ut till våren, hade hon sagt till honom. När hon passerar den bortre delen av trädgården med sin kratta, minns hon att Julia tidigare i sommar nämnt att päronträdet sett ledset ut. Hon går och ställer sig vid växthusets skjutdörr. Johannes ser upp på henne och säger glatt:

– Vill du ta en paus?

– Nej, jag är okej. Julia tycker att päronträdet behöver lite omsorg. Det borde beskäras och det fixar jag inte så lätt själv.

Han reser sig upp i knästående.

– Päronträdet? Men dog inte det efter flytten? Vi byggde ju ett växthus där det stått.

Ifemelu ser på den bortre delen av trädgården och säger sedan som det är:

– Robert klagade på mig för att jag flyttat det. Precis som Anna sa var det helt fel tid på året och även platsen. Den han sett ut var mycket bättre. Ett tag efter att han fått diagnosen köpte han ett nytt och planterade det på samma ställe som det första.

Johannes ställer sig upp och tycks med blicken noggrant undersöka hennes ansikte. Medan han stryker med handen över hakan som om han kontrollerade skäggtillväxten, säger han:

– Jag förstår. Så trädet ... nej jag vet inte.

– Jo, säg!

Han biter sig i läppen några gånger. Öppnar och stänger sekatören.

– Trädet, gåvan från din man, frodades på platsen han valt. Vi flyttade det och jag tänkte länge på det som vårt. Vårt kärleksträd.

Det darrar till i hans mungipor innan han fortsätter.

– Men det överlevde inte på den nya platsen och efter att jag ...

Han är tyst en stund.

– Han planterade ett nytt på det ursprungliga stället, och det är ännu vid liv.

Hon ställer sig intill och slår armarna om honom.

– Men vår kärlek dog inte den hösten. Det var bron mellan oss som brast.

Varsamt lägger han sina händer ovanpå hennes höfter men håller dem på avstånd.

– Om jag bara vetat ... jag trodde ju ... förlåt ...

Hon lägger handen försiktigt över hans mun.

– Säg inget mer. Du var förlåten redan i Tyskland. Och det var inte bara ditt fel.

En stund står de stilla och omfamnar varandra innan de går ner till den bortre delen av trädgården där päronträdet står.

– Det ser lite bortglömt ut, säger han.

Bortglömt, är nog en för mild beskrivning. Det är snarare misskött, tänker hon när hon ser det med Johannes ögon. Det borde ha tagits om hand för länge sedan.

– Jag har inte gjort något åt det på många år.
– Törs vi verkligen ge oss på det igen? Det gick ju inte så bra sist.

Hon tar hans hand.

– Oroa dig inte. Men vi behöver något att klättra på. Det ska finnas en trappstege i garaget.

Johannes hämtar den och säger när han kommer tillbaka:

– Just det, har du rödsprit?

– Rödsprit? Varför behöver du det?

Han pekar på en halvmurken gren i nedre delen av trädet.

– Om det är en sjukdom som orsakat det, ska vi inte sprida det till andra delar av trädet. Sekatören måste desinficeras mellan klippen.

– Vad du kan.

– Jag har ju själv fruktträd så jag har läst på.

Hon går in och letar rödsprit men hittar ingen. Så kommer hon på att det i badrummet finns överbliven, sjuttio procentig handsprit sedan pandemin och kommer ut med den.

– Det är okej, den borde desinficera lika bra, säger han.

Johannes sköter sekatören och Ifemelu står bredvid med en skål handsprit. Mellan varje snitt doppar han verktyget i spriten. Först tar han de lägre, murkna grenarna. På en del av dem finns några förvridna och hoprullade löv, som vore de angripna av sjukdom. Längre upp i trädet kapar han grenar som växt in mot stammen och tycks hota trädets kärna. Varje snitt lägger han någon centimeter ovanför ett utåtriktad öga eller gren. För att nå toppen av trädet fäller han ut trappstegen. Ifemelu håller stadigt i den när han med vingliga ben klättrar upp. Ett efter ett faller vattenskotten ner till marken. Då och då skickar han ner sekatören till henne för desinficering.

Den allt glesare kronan släpper in mer och mer ljus i trädet och hennes mentala trötthet från morgonen lättar. Varje gång ett skott knipsas av biter han sig om läpparna och tycks vara både sammanbiten och målmedveten. Efter ytterligare ett antal knips, ser han ner på henne där hon krampaktigt håller i de två stegbenen.

– Så där, nu kanske det räcker. Vad tror du?

– Kom ner så kan vi se det från sidan.

De ställer sig en bit ifrån med det gula huset i ryggen och betraktar amputationen av det som förhindrat trädets livskraft.

– Kanske jag kapat för mycket. Tänk om det dör igen.

Hon tar hans arm.

– Det har fört en tynande tillvaro och hade inget riktigt liv. Det har inte heller burit mycket frukt de senaste åren. Så det här var nödvändigt och det ska bli spännande att se hur det kommer att möta våren.

– Vi har i alla fall gjort det under JAS-perioden.

– JAS? Låter som ett gammalt stridsflygplan.

– Juli, augusti, september.

De sätter sig på den solbelysta terrassen och hon känner sig tillfreds. Inte bara för att det stackars päronträdet fått en pånyttfödelse, hon har själv fått en. Robert har gått till sista vilan, något han önskat under en lång tid utan att hon kunnat hjälpa honom. Kontroversen med döttrarna, egentligen bara Jessica, har de lagt bakom sig. Johannes finns i hennes liv och hon känner sig fri. Blicken kan riktas mot horisonten och kanske kan hon hitta nya vägar framåt.

Efter att ha bytt om och är på väg hem, säger han:

– Skulle du ha lust … kanske jag kan få bjuda dig på middag någon gång när det passar? Så får du se hur jag har det numera.

– Gärna. När?

– Hm, vad sägs om nu på lördag? Vid fem?

Hon nickar bekräftande och efter att ha kramats vid entrén, följer hon honom med blicken när han försvinner upp mot stora vägen.

22

Trots att det är lite kyligt i luften är hon varm på gränsen till att svettas när hon kommer fram. Järngrinden står inbjudande på glänt. Direkt får hon syn på stenen i granit borta vid schersminen och går förstås dit. Stenen med den släta, graverade framsidan och den skrovliga baksidan. På några ställen verkar en grönaktig mossa ha fått fäste. Hon smeker den först på den släta framsidan och därefter på baksidan. Men, vänta nu, den har också ett slätt område och hon går runt stenen och ser att även där finns ett polerat område med text. Hon går ner på knä och läser med viss möda. En haiku som slutar med *ett hjärta av sten*.

Någonstans ifrån hörs pianomusik men hon lyckas varken lokalisera eller identifiera den. Den slutar tvärt och efter en stund öppnas en av glasverandans pardörrar.

– Är du redan här? Välkommen!

– Tack. Ja, det gick fortare att gå hit än vad jag trodde så jag passade på att se mig om lite. Du har kvar din kluvna sten?

– Det är klart den är kvar.

Han tar de få trappstegen ner till gräsmattan och kommer fram till henne. Klädd i mörkgröna chinos och en kortärmad beige skjorta ser han mer somrig ut än vad årstiden tillåter.

– När gjorde du om baksidan?

Hennes röst låter mer anklagande än hon avsett. Hon tar hans arm och fortsätter:

– Det är inget jag förebrår dig, jag bara undrar.

Med ena foten för han några vildvuxna grässtrån framför stenens baksida åt sidan.

– Jag minns inte exakt men under sommaren efter att ...

Uppbrottet är uppenbart laddat för dem båda och svårt att nämna vid namn.

– Får jag föreslå en sak?

Han nickar.

– I din oavslutade mening fattades det ett "... jag bröt med dig", eller hur?

Han nickar igen.

– Vi borde avdramatisera det. Det är rätt länge sedan och även om det gör lite ont i mig när jag tänker på vad som hände då och kanske framför allt vad som aldrig blev, kan vi inte använda de rätta orden för att beskriva det?

Han tar sig om de bara armarna och huttrar till.

– Ska vi gå in? Jag går och öppnar ytterdörren.

Innan hon hinner fram dit, har den öppnats och Johannes står där, leende. När hon sätter på sig tofflorna säger han:

– Ja, jag vill också det. Försöka prata om det som hände precis som det var. Det känns fortfarande när jag tänker på det. Oavsett vad du säger var det jag som gjorde dig illa. Jag skrev en text då under hösten. Vill du höra?

– Det är klart jag vill höra.

Han tar upp telefonen, letar efter något och deklamerar sedan mycket långsamt. Då och då ser han upp på henne.

Aldrig någonsin har jag upplevt
att någon kunde vara
så genuint intresserad,
av mig.
Aldrig någonsin har jag varit
så genuint intresserad,

av Dig.
De defekter Du hatade,
bekymrade mig mycket
men skymde aldrig vägen
för min kärlek.
Ditt blotta väsen var mitt allt.
Det var mina egna defekter
jag aldrig kunde hantera.

Hon blir så rörd att hon nästan vill gråta, ställer sig intill honom och lägger armarna runt hans midja. Långsamt andas hon in som för att insupa hans väsen. När hans händer vilar på baksidan av hennes höfter kan hon inte stoppa gråten.

– Så, så, säger han och stryker henne samtidigt över ryggen.

Till slut stillnar hon och de släpper taget om varandra.

– Men nu är vi här, säger han och ler med slutna läppar och en medlidsam blick under höjda ögonbryn. Ska vi sätta igång med maten? Den är förberedd, ska bara in i ugnen i fyrtio, femtio minuter.

– Spännande, vad blir det?

– Inte så upphetsande. Lasagne.

– Låter gott.

*

Hon minns inte när hon senast gjort en lasagne. Robert tyckte inte om vitlök och utan den, blir inte rätten detsamma, tycker hon. Den som Johannes tillagat har en rik smak av vitlök och örtkryddor. Ostsåsen är len i munnen men har en frisk beska.

– Vilken sorts ost har du använt?

– Västerbotten. Tycker det blir bäst med den.

Något hennes mor lärt henne, hade varit att alltid använda bra råvaror. Det är nyckeln till både god och hälsosam mat, hade hon menat. Det är inte alltid lätt att hålla fast vid det. Åren hemma med Robert hade tärt på ekonomin och bra råvaror är för det mesta dyrare. Efter att han flyttat till boendet och hon bara lagat till sig själv hade hon ofta fuskat med måltiderna. Många gånger hade det blivit färdiga enportionsrätter. Makens bortgång hade dramatiskt ändrat hennes ekonomiska situation och hon har nu råd att unna sig även om skuldkänslorna förhindrar alltför vidlyftigt leverne. Åren med knapphet hade också blivit en vana, svår att ändra på. Nu kan hon i alla fall använda Västerbottensost när ett recept så kräver.

– Din lasagne är jättegod. Du är nog en bättre matkock än jag.

– Janssonen med flickorna var perfekt tycker jag.

– Tack, säger hon och ler mot honom där han mumsar på lasagnen.

*

Efter att de hjälpts åt med disken går de in till vardagsrummet. Det är första gången hon ser hans flygel. Det är en mindre variant som kanske är en och en halv meter lång. Locket över klaviaturen är uppfällt och även det som normalt täcker notstället. Hon provar några av tangenterna och försöker identifiera vilka noter som är uppställda.

– Är det adagiot från Bachs oboekonsert?

– Ja. Jag klinkade på det innan du kom.

– Men hade du inte givit upp spelandet sedan … vi bröt med varandra.

Johannes kliar sig i pannan.

– Jag har inte spelat på många år. Sedan *jag* bröt med dig har jag varken rört flygeln eller digitalpianot. Jag kunde inte förmå mig att spela något, inte ens sätta mig och … klinka. Men det är ett så otroligt vackert stycke.

– Visst är det underligt att den allra vackraste musiken finns i de enklaste fraserna. Spela det för mig!

Han sätter sig ner, rättar till noterna och gör en antydan till att spela men avbryter och ser upp på henne där hon står bredvid.

– Känns nervöst. Lite som i början när vi satt i matsalen. Minns du?

Hon ler och nickar och han vänder sig mot noterna igen. Efter en stund hörs de ensliga tonerna i början. Efterhand fylls de ut till kompletta ackord. Den vemodiga melodistämman med sina drillar kommer in. Några gånger stakar han sig och tar om. Alla drillar sitter inte heller perfekt men han spelar med en ljuvligt dröjande stil. Lägger in fermater på några ställen. Efter det sista ackordet, i dur, låter han sina armar hänga vid sidan av kroppen en stund. Utan att se på henne säger han:

– Inte är det som när du spelar, men jag blev så tagen av stycket att jag bara måste försöka lära mig det.

– Du spelar med en sådan känsla. Betonar genom att vänta in. Drillarna kan jag visa hur man kan öva.

– Bachs musik ska väl egentligen spelas väldigt strikt, matematiskt strikt. Så kanske jag tar ut svängarna för mycket.

– Nej, jag tycker inte det. Det kan bli för monotont annars.

– Kan inte du spela det också?

De byter plats och hon försöker härma hans fermater. Under tiden minns hon begravningen och låter det allra sista ackordet i dur vänta, nästan för länge. När det till slut kommer, är det som en suck av behag över att Johannes åter finns i hennes liv.

– Du spelar det så mycket bättre än jag. Har du hört hela konserten?

– Jo, fast adagiot är det som fastnat.

– Jag lyssnade på en inspelning av den med David Huang. Jag gillar hans sätt att spela det. Ska se om jag kan hitta det.

Han letar i telefonen och de sätter sig under tiden i varsin fåtölj som står intill hans stora bokhylla. Snart visas videon på en stor bildskärm som hänger på den motsatta väggen. Det är som förr, men ändå inte, tänker hon när hon lyssnar till Huangs toner och försöker uppfatta hans händer som rör sig över klaviaturen.

23

I femelu går ner i källaren för att leta upp kartongen där adventsljusstakarna, både de elektriska och de som är avsedda för levande ljus, finns. Först minns hon inte var kartongen är och står en stund direkt nedanför källartrappan och tänker efter. Inte sedan Robert flyttat till gruppboendet hade hon brytt sig om att dekorera sitt hem inför de stora helgerna och nästan alltid tillbringat dem hos Julia och hennes man. Pynta hade varit Roberts uppdrag så kanske kartongen står i verkstaden. När hon kommer in där inser hon att hon inte varit där på många år. Verkstaden tillhörde Roberts domäner och hon lägger handen på arbetsbänken där hennes cykel blivit reparerad några gånger. På en hylla ovanför den står mycket riktigt kartongen på vilken det står ADVENT med versaler. Med en viss möda lyfter hon ner den. Det första hon ser när hon öppnar den är en trasig adventsstjärna av papper. Under den, men ovanpå kartongerna med de elektriska ljusstakarna, ligger Lisa Larssons luciatåg, var och en av de små figurerna slarvigt omlindad med silkespapper. Det är lite tidigt för lucia men de fyra figurerna kan mycket väl användas som adventsstake. Hon lägger dem på arbetsbänken, för att ta med dem upp. Johannes tycker om klassiska konstföremål så kanske han kommer att uppskatta dem när han kommer dagen därpå för att fira första advent med henne.

Trots att de umgåtts flitigt under hösten, då och då sovit över hos varandra i respektive gästrum, känner hon en pirrande förväntan inför hans besök. Som om det vore rituellt: placera ut de elektriska ljusstakarna och leta förlängningssladdar, trassla med trasiga lampor innan de fungerar. Han skulle ta med reservlampor, hade han sagt. Hon ler för sig själv när hon tänker på hans praktiska sidor, förmågan att förutse problem som skulle kunna uppstå, stort som smått. På eftermiddagen när det hunnit bli mörkt skulle de släcka ner all belysning och tända det första ljuset. Hon stoppar ner luciatåget i kartongen igen och tar med alltihop upp. Kanske finns det mer hon vill använda, eller något Johannes gillar.

Ända sedan Johannes brutit med henne hade hon känt sig ensam i världen. När maken flyttat och ingen annan funnits i huset längre, hade det blivit så påtagligt. Den gamla villan hade bokstavligen blivit en ensam plats och inte tyckts vilja bli påmint om de familjesammankomster som förknippas med den kristna högtiden. Nu fylls hon av en märklig lust att låta huset få uppleva den tillsammans med de två ateisterna, hon och Johannes.

Tänk om han kunde flytta in här? Julia skulle förstås acceptera det och kanske även Jessica till slut. Under hösten hade hon ofta ringt och velat prata. Mest om vad som hände under åren med Johannes men även varit nyfiken på honom som person. Ifemelu hade svarat så sanningsenligt hon förmått och efter varje samtal fått en känsla av att Jessica alltmer accepterat honom.

*

Efter att ha hängt av sig sin jacka och tagit på sig tofflor kramar han om henne. Ur sin ryggsäck plockar han upp en liten påse med glödlampor och fyra digitala tidur.

– Så slipper du tända och släcka varje dag.

– Så upptaget är inte mitt liv längre, säger hon och skrattar.

– Ändå rätt praktiskt och lite magiskt när de tänds av sig själva. De känner till solens upp- och nedgång så man kan ställa in dem att tändas när solen går ner, släcka vid en viss tidpunkt och tvärtom på morgonen.

– Vet inte om jag klarar av att ställa in dem.

– Det behövs inte, de har redan den inställningen. Släcks vid elva på kvällen och tänds vid sex på morgonen. Jag har haft dem så tidigare år.

Under hösten har mer och mer av hans saker hamnat i Körsbärshuset. Tidigt tog han med en del av sina noter. Sedan böcker, de han läste men också böcker man bläddrar i ibland: essäer, konstböcker och diktsamlingar bland annat. Och nu, hans tidur.

– Men då har ju inte du några? Ska inte du ta fram adventsprydnader?

– Jo, men jag tänkte köpa nya som man kan koppla till telefonen. Då behöver man knappt ställa in något.

Ska jag fråga honom nu? tänker hon. Under hösten hade han blivit allt viktigare för henne. Huset hade känts öde varje gång han återvänt till sig.

– Vet inte hur du ställer dig till det men …

– Till vadå?

– Vi har ju umgåtts rätt mycket i höst. Skulle inte du kunna … flytta hit?

Han ser på henne med halvöppen mun och blicken växlar mellan hennes ögon och mun. Till slut säger han:

– Ska vi sätta oss i vardagsrummet?

De går in och sätter sig i varsin fåtölj. Han lägger både tidur och reservlampor på soffbordet framför dem.

– Jag … direkt efter att jag åkt hem till mig eller när du gör det, har jag haft svårt att ta mig för något. Sätter mig vid flygeln men tröttnar rätt snart. Det är som om kontakten åkt ut ur vägguttaget. Känt mig strömlös.

– Jag känner likadant.

– Fast efter ett tag så har jag återgått till mitt liv, som jag också trivs med. Jag har ju sällan känt mig ensam även om jag de facto varit det. Gillar att poa på själv.

– Det är inget som hindrar att du gör det här.

– Ett annat problem ... eller problem men ... alla mina saker har jag ju i mitt hus. Det är inga märkvärdigheter i sig. Men alla böcker, vissa möbler, gamla foton från när Cecilia var barn till exempel. Det händer att jag tar fram dem. Trädgården behöver skötas om, i alla fall under sommaren. En del porslin, glas och koppar tycker jag om att använda. Har också en del arvegods som dukar och gardiner min mor gjort som är fina. Som sagt inget märkvärdigt men de bildar ... bildar någon sorts bas ... eller fundament i mitt liv.

– Jag förstår. Verkligen förstår. Du kan ta med allt hit som du tycker ger dig den stabiliteten.

Han ser sig omkring i rummet.

– Det är ju inte direkt tomma ytor här.

– Jag borde rensa. Sedan Robert gick bort har jag velat städa ur alla hans saker. Kanske flickorna vill ha något men annars tänker jag kasta eller skänka bort. Det har inte med min fråga till dig att göra utan det är för att känna att det är jag som bor här. Under tiden han var på gruppboendet var allt fruset. Jag ändrade inte på någonting. Jag såg häromdagen att det satt en lapp på kylskåpet Robert satt upp innan han flyttade ut: "Julia tennisträning, torsdag kl 18!!!" stod det på den. Nu vill jag komma vidare.

Johannes satt tyst och pillrade med sina händer. Med ena handens tumme och pekfinger grep han i tur och ordning tag i fingertopparna på den andra. Som om han räknade dem. Efter en stund såg han upp på henne.

– Det är en ganska stor grej … jag vill nog inte sälja huset.
Jag behöver fundera på det ett tag.

– Självklart måste du göra det. Det är ju ingen brådska alls.
Viktigast är att vi kan vara samman närhelst vi vill.

– Jag tror inte jag vill att … ja, det vi pratade om i Nürnberg.
Den delen av livet är förbi.

Hon ler inombords när hon hör hans förbehåll och hon
tänker likadant. Det är skönt att hålla om honom men det är
svårt att föreställa sig att de ens skulle kunna kyssas. En puss
kan hon tänka sig men därifrån till … nej. Det är förbi även för
henne. Eller finns det en rädsla där? Kanske även hos honom?
Att det inte får bli för … starkt?

– Jag känner som du. Väljer du att flytta hit blir gästrummet
"Johannes rum".

*

Några dagar senare får Ifemelu ett meddelande från Johannes.

Kära Ifemelu,

*Jag har funderat mycket fram och tillbaka men vågar nog inte ta
det steget. Vi kan ses så ofta som vi gjort under hösten men jag
behöver ha egen tid också. Dessutom trivs jag med att vara själv
ibland. Åren som solitär har kanske satt för djupa spår?*

Johannes

Efter att ha läst meddelandet lägger hon ner telefonen på
köksbordet och går och sätter sig vid flygeln. Spelar de första
tonerna ur Bach-adagiot men det blir inget mer. Jag är fri att
göra vad jag vill och trivs också med mig själv, tänker hon. Jag
behöver inte honom. Inte alls. Hon drar en djup suck och
ställer sig vid fönstret. Men när hon ser ut över den grå träd-
gården de tillsammans vintrade, minns hon Nürnberg-
överenskommelsen. Innan hon hinner ångra sig ringer hon
honom. När han svarar frågar hon honom rakt på sak.

– Läste just ditt meddelande. Är du säker på att du vill ha en relation med mig?

– Ja, det är klart jag är.

– Så det var inte ett sätt för dig att dra dig tillbaka?

– Nej. Nej, verkligen inte. Men jag är nog inte beredd att flytta ihop, som jag skrev.

– Det är inte jätteviktigt förstås, det är bara så skönt när du är här.

– Jag tycker också det och är så otroligt glad över att vi träffats igen.

Han låter övertygande och det får upp henne ur diket.

– Tack, och det är ju jag också. Mitt erbjudande står i alla fall kvar, så om du skulle vilja så … ja.

Han är tyst en stund och säger sedan:

– Jag skulle kunna bo hos dig över julen.

24

N är hon kommer in till köket på julaftonens morgon har Johannes redan dukat upp frukost. Julfrukost. På köksbordet, täckt av hans mors julduk, ligger två av hans assietter från Gustavsberg – de med en kant i blått och guld som han tyckte hörde ihop med julen. På ett större fat finns uppskuren skinka, den de förberett dagen innan, tillsammans med tunnbröd och något med messmör han kallade "blanna". Hennes kaffekoppar med fat står också där. Vörtbrödet, hon bakat till Lucia men frusit in, hade han hittat och placerat på köksbänken utan att skära upp det.

– Godmorgon min vän, säger han. Kaffet är strax klart.

Hon går fram till honom och drar med handen över hans ena axel.

– God jul. När klev du upp?

– Vaknade vid fem och försökte somna om men gav upp vid halvsju. Läste lite innan jag började förbereda vår första julfrukost.

– Så fint du gjort.

Hon sätter sig ner och gnuggar sig i ögonen, dels för att få bort sömnen ur dem, dels som för att försäkra sig om att det hon upplever är verkligt. Att Johannes, om än bara under julen, är hennes man. Inte som make utan den som kompletterar henne och står vid hennes sida. Precis som när han bott hos henne under några sommarveckor för länge sedan.

Efter frukosten förbereder de julfirandet inför gästernas ankomst senare under dagen. Alla tre döttrarna med familjer hade tackat ja till den inbjudan de fått i form av ett julkort med ett foto på det gula Körsbärshuset och budskapet:

Tvenne familjer,
efter turbulenta år,
möts hos oss i jul.

Varmt välkomna till Körsbärshuset klockan 14:30 på Julafton.
Ifemelu och Johannes

De blir åtta personer och förlänger därför matsalsbordet i vardagsrummet. Stolarna från köket plus några de hämtat i källaren ställer de runt bordet och dukar.

Julgran har ingen av dem haft på många år men sedan Johannes lovat bo hos henne under julen vill de båda ha en, särskilt som döttrarna skulle fira med dem. En i sig rätt obetydlig sak men det var som ett sätt att stadfästa deras relation. Efter instruktioner från henne hade han letat upp den julgran hon sett sommaren innan, i den vilda delen av den stora körsbärstomten.

Dagen innan hade de klätt julgranen och Johannes hade förstås tänt den för första gången när han vaknat denna morgon. Något annat var inte att tänka på hade han skrattande sagt kvällen innan.

*

Ett långt, smalt paket med julklappspapper sticker upp ur den papperskasse Jessica håller i famnen. Den skymmer en del av hennes ansikte när hon ruskar på huvudet och säger:

– Handtagen gick sönder när jag klev på bussen. Tur att det inte var så mycket folk. God jul, förresten.

Hon kramar om Ifemelu och hälsar på Johannes, som just kommit ut från gästrummet. Medan hon hänger av sig ytterkläderna låter hon blicken växla mellan dem och säger med ett lätt roat leende:

– Så ni blev sambos till slut?

– Inte riktigt, bara under julen. Och jag har eget rum.

– Jag kan inte säga att jag förstår vilken relation ni har, men ni verkar trivas så allt är väl frid och fröjd.

Ifemelu ler mot henne.

– Ja, nu är allt frid och fröjd.

Johannes lägger armen om Ifemelu och drar henne mjukt intill sig.

– Jag kan hjälpa dig med kassen, säger han sedan till Jessica. Antar att det är julklappar, vi har lagt dem vid granen i vardagsrummet.

– Tack! Har ni gran? Det var länge sedan.

Hon vänder sig till Ifemelu.

– Är den på samma plats som ... som när vi var barn?

Hennes blick ser förbi Ifemelu och landar på Johannes. Ifemelu tvekar ett ögonblick, osäker på om Jessica bara är nostalgisk eller om det finns något mer i hennes fråga.

– Du får se när du kommer in, säger hon med ett mjukt leende och nickar mot vardagsrummet.

De går in dit och Jessica börjar berätta om resan hem men hinner inte långt innan det ringer på dörren.

– Det måste vara Cecilia, säger Johannes och går för att öppna. En stund senare står Cecilia i dörren till vardagsrummet.

– God jul!

Ifemelu går fram och kramar om henne. Marcus och Petter kommer in i rummet och Cecilia presenterar dem. Petter, lång och gänglig, ser ut som om han blivit tvingad att följa med. Johannes som står bakom honom säger:

– Så vad tror du tomten kommer med i dag?

– Äh, sluta larva dig morfar, säger han men kan inte låta bli att le.

Johannes hade tidigare under dagen berättat att den lille gossen fyllt tjugo och det blir tydligt för henne hur lång tid som passerat sedan uppbrottet. Petter var väl bara några år då?

– God jul i stugan, hörs Julias röst från hallen.

Ifemelu och Johannes möter henne vid dörren där hon står med armarna fulla av papperskassar. Efter en snabb kram viskar Julia något till Johannes, som ler generat. Hon räcker över en folieklädd form till Ifemelu.

– Vad är det?

– Charlotte russe.

Johannes lyfter försiktigt på folien i ena kanten och ler.

– Åh, det var länge sedan. Mamma brukade alltid göra den till jul.

– Receptet är från min farmor, säger Oscar när han just stängt ytterdörren.

Ifemelu känner en tyngd i bröstet och undrar vilka traditioner som hörde till hennes egen biologiska familj. Den hon aldrig fått lära känna. En sorg över det förlorade tränger sig på, ett tomrum hon aldrig kan fylla.

– Jag har aldrig hört talas om … charlotte russe, säger hon tyst, nästan för sig själv.

Johannes ser på henne, hans blick är varm.

– Man klär en skål med skivor av rulltårta och fyller den med en kräm vars ursprung faktiskt är där du har dina rötter.

Ifemelu rycker till, förvånad.

– Från Nigeria?

Johannes lägger armen om henne och skakar på huvudet med ett litet leende.

– Nej, de du har i Bayern. Det är en bayersk kräm. Och i en äkta charlotte russe ska man använda savoiardikex, inte rulltårta, om man följer det ursprungliga franska receptet.

Ifemelu lutar sig mot honom. Ett ögonblick stannar hon där, känner hans närhet. Tyngden lättar. Han ser mig, tänker hon.

Ifrån vardagsrummet hörs Petter ropa:

– Nu börjar det!

De ansluter till resten av gästerna för att uppfylla jultraditionen, den som börjar med en timmes tecknad film. Johannes sätter sig bredvid Petter och lägger armen om honom. Ifemelus ögon räcker inte till teve-tittande längre och går ut i köket för att duka fram julmaten.

*

Ifemelu står i köksdörren och ser på sin numera stora familj. Lugna och eftertänksamma Julia med praktiske Oscar. Hetlevrade Jessica. Jo, hon är faktiskt hetlevrad och har ännu inte funnit sin livspartner. Hennes humör ställer antagligen till det för henne. Johannes, den man hon älskar, fast inte på samma sätt som då. Eller är det *bara* vänskap? Nej, det är kärlek för hon vill ofta röra vid honom även om det inte finns någon längtan efter mer. Sist kloka Cecilia med sin nästan vuxne son och Marcus. De tre vill jag lära känna bättre.

När alla börjar röra på sig förstår hon att den tecknade timmen är slut och det blivit dags för julbordet.

– Buffén är framdukad i köket så ta med en tallrik från rumsbordet, säger hon till sina gäster.

– Är det bordsplacering? säger Jessica.

Både Ifemelu och Johannes kommer fram till henne och det är Johannes som svarar:

– Nej, men kanske Ifemelu och jag vill sitta närmast köket om något behöver hämtas. En charlotte russe till exempel.

– Jag är usel på att baka, min syster är så mycket bättre. Men jag gillar bakverk.

– Precis som jag gör. Har du någon favorit?

– Ända sedan jag var barn har jag älskat budapestbakelser. Pappa …

Hon tvekar lite och ser på Ifemelu.

– … pappa köpte alltid en sådan när vi var på golfbanan.

– Budapestbakelser är en av mina svaga sidor. Ni verkar ha haft det roligt tillsammans där?

– Ja särskilt när jag blev lite äldre. Hans tålamod med mig … och när jag ser det i backspegeln … jag var nog inte så lätt att ha att göra med som barn … heller.

Jessica ser omväxlande på sin mamma och Johannes. Hon verkar ha självkännedom, tänker Ifemelu.

– Vi har alla goda och mindre goda sidor.

– Jag har fortfarande dåligt samvete över hur jag betedde mig på begravningen.

Hon ser upp på Johannes som säger:

– Med vad du visste då, var väl inte din reaktion så konstig. Det som hände för länge sedan är inget jag är stolt över direkt, men det gick bara inte att stoppa.

– Förlåt ändå.

– Det är inget du behöver be om förlåtelse för. Även om det var rätt jobbigt när du körde iväg mig. Men efter samtalet vi hade kunde jag lägga det bakom mig.

– Tack, säger Jessica.

– Ska vi ta för oss av maten? säger Ifemelu.

De andra är redan i köket. Ifemelu, Johannes och Jessica tar varsin tallrik från rumsbordet och går in till dem.

*

Efter maten sätter sig alla runt soffbordet. De som inte får plats i soffan eller i någon av fåtöljerna, tar en stol från matbordet. Cecilia tar på sig rollen som tomte men utan någon annan utstyrsel än en röd tomteluva. Julklapparna hade placerats under och intill granen som står bredvid flygeln.

– Då ska vi se, säger hon och tar fram det långsmala paketet Jessica haft med sig.

Hon synar adresslappen noggrant och säger sedan:

– Paketet är från Jessica till Petter och här står ett julrim.

Hon läser det högt:

När våren är green,
vi tar en sväng med en sving.
Tror du ej blir putt.

– Nu får du gissa, säger hon sedan.

Ifemelu upprepar julrimmet för sig själv och inser att det är skrivet som en haiku. Kan Jessica sådant?

Petter klämmer på det avlånga paketet och ruskar på huvudet. Till slut avlägsnar han julpappret och visar upp en leksaks-golfklubba. Han ser på Jessica med en frågande blick.

– Läs pappret som är virat runt skaftet, säger hon och skrattar lite nervöst.

Petter synar det och hittar pappret, lossar det och läser tyst för sig själv. Efter en stund utbrister han:

– Wow!

– Vad står det? säger Johannes som sitter intill Petter.

– Det är en introduktionskurs i golf med Jessica som instruktör.

Han vänder sig till Jessica.

– Hur kunde du veta att jag varit lite sugen på det? En kompis spelar och har frågat mig flera gånger om jag vill hänga med. Men tack!

– Din mamma nämnde det tidigare i höst. Men då ska vi boka in något så snart banorna öppnar i vår.

Hon ser alltså framför sig ett umgänge med Johannes familj, tänker Ifemelu när Cecilia fortsätter julklappsutdelningen. Av Ifemelu får Johannes två biljetter till en av Tosca-föreställningarna i januari.

– Åh, tack. Jag kan aldrig se mig mätt på den operan. Varje gång hoppas jag att kulorna verkligen ska vara lösa. Marios sång till livet blir så oerhört tragisk att lyssna till när man vet vad som kommer att hända.

– Tänk om han klarar sig den här gången, säger Ifemelu.

– Vi kanske ska lämna föreställningen när han sjungit klart. Då kan Tosca och Mario leva lyckliga i resten av sina liv.

Ifemelu sträcker ut handen och smeker honom över kinden. I ögonvrån anar hon att Jessica betraktar dem. Cecilia fortsätter att tomta.

– Till kära Ifemelu, säger Cecilia och håller upp ett lackförseglat brev. Det står ingen avsändare? Kan det vara pappa?

Johannes nickar. Ifemelu tar emot brevet och öppnar det genom att försiktigt bryta förseglingen. Inuti brevet finns ett kort med en teckning av något som ser ut som en teve. Inunder den står det bara:

God Jul min kära!

Johannes

– En teve?

– Kom, säger Johannes och reser sig upp och sträcker ut handen till henne.

De går ut till hallen och in till gästrummet. Vid ena sänggaveln står ett stort men smalt paket omslaget med brunt omslagspapper.

– Vad är det?

– Öppna!

Försiktigt avlägsnar hon omslagspapperet och först förstår hon inte men sedan anar hon syftet.

– En skärm för noter?

– Precis. Den är specialdesignad. Har samma funktioner som de vanliga plattorna musiker brukar ha numera, men den här är större. Den effektiva ytan är något större än A3 så jag hoppas den kommer att fungera för dig.

AL FINE

Han öppnar garderoben och tar fram ett mindre paket utan omslagspapper. Bilden utanpå visar en fotpedal med två knappar.

– Du kan använda den för att växla sida om händerna är upptagna. Den är trådlös. Plattan har klämmor på baksidan och ska gå att fästa på notstället *utan träskruv*.

Hon blir alldeles överväldigad av hans gåva. Lägger ner plattan på hans säng och går fram och kramar om honom.

– Den måste ha kostat en förmögenhet.

– Oroa dig inte.

I dörren ut till hallen ser hon de tre döttrarna, en med tomteluva, som nyfiket undrar vad som hänt. Hon släpper taget om honom och pekar på sängen.

– Mina nya noter!

– Noter? säger Julia och går fram till sängen och undersöker plattan.

– Så fyndigt. Ja, de flesta noter finns väl elektroniska numera.

– Den klarar vanliga dokument också, säger Johannes. Skannar man in eller fotar av existerande noter, går de att visa på plattan.

De går därefter i samlad tropp tillbaka till de andra i vardagsrummet och Ifemelu berättar om sitt nya pianotillbehör. Cecilia fortsätter med sin klapputdelning.

Den allra sista julklappen hon tar upp från golvet är till Johannes och innan han får den läser hans dotter julrimmet Jessica skrivit:

Långt västerut finns
resultaten av förtryck,
bland dessa, Helen.

Ifemelu är överraskad över sin äldsta dotters förmåga att formulera sig skriftligt och varje julrim var en haiku i alla fall med avseende på antal stavelser, om hon räknat rätt. Aldrig

tidigare hade hon sett den egenskapen hos henne. Hon kunde dock inte gissa betydelsen. Johannes ser också fundersam ut. Klämmer på paketet och säger:
– En bok, verkar det vara i alla fall. Men ... Helen? Jag känner ingen som heter så och jag ... jag förtrycker väl inte någon?

Han ser oroligt på Ifemelu.
– Nej, jag kan inte gissa, fortsätter han.
– Du får helt enkelt öppna paketet, säger Cecilia.

Ifemelu börjar känna sig nervös över innehållet. Tänk om det är en bok om otrohet. Det visar sig mycket riktigt innehålla en bok men Ifemelu lyckas inte se titeln innan han slår upp den, tycks läsa innehållsförteckningen och ser sedan på Jessica och nästan stammar fram:
– Åh ... hur visste du det? Jag ... jag. Tack ... tack Jessica. Jag har letat så länge efter något liknande. Den här verkar vara precis det jag varit ute efter. Var har du hittat den?

– Under min tour i USA tidigare i höst, så gick jag in på en av Barnes & Nobles butiker i Seattle och fann den. Roligt att du gillar den.

Ifemelu böjer sig fram och viker upp framsidan. Det står "Volcanoes in Oregon and Washington" med röda bokstäver ovan ett foto av en vulkan som liknar den klassiska i Japan, Fuji.

– Det är Mount Rainer, säger Johannes till henne.
– Mamma berättade att du pratat om en vulkan som exploderat. Mount Helen.
– Egentligen Mount St. Helens, förtydligar Johannes.

Han bläddrar i den tjocka boken och säger:
– Varje vulkan verkar ha ett eget kapitel både om dess historia, geologi och även hur man kan ta sig till dem. Förslag på rutter. Den här blir perfekt. Fyndigt julrim också. Vulkanerna orsakas ju av att en kontinentalplatta trycker på en oceanplatta under sig. Hur visste du det?

– Jag var tvungen att läsa på lite, säger hon och kan inte riktigt dölja sin glädje över den lyckade klappen.

Johannes vänder sig till Ifemelu.

– När åker vi?

Plötsligt ser han så ung ut. Till och med yngre än hon minns honom från förr. Nästan som den oskuldsfulle pojke som kunde anas bakom den då medelålders mannen. Ögonen glittrar och rynkorna runt dem bara orsakade av hans till hälften dolda leende, inte hans ålder. Den ibland lite krumma ryggen är nu spikrak och ger intryck av att han är på väg upp ur fåtöljen. Som om hans utsaga skulle tas bokstavligt. Inte ens hans kalufs tycks grå längre. Jag älskar honom, tänker hon.

*

Julia och Oscar är de sista som bryter upp och när de är på väg att öppna ytterdörren vänder sig Julia om och ser på Ifemelu med en hemlighetsfull blick.

– Jag ... vi ...

Hon vänder sig mot Oscar och när han med en lång blinkning bekräftar henne, fortsätter hon.

– Vi ska ha barn. I slutet av maj om allt går väl.

Barn! Ifemelu vet inte vart hon ska ta vägen, så glad blir hon. Det är som om livet plötsligt ler mot henne. Som om alla svarta dagar tagit slut. Hon kan först inte säga någonting alls. Sedan går hon fram till de båda och försöker krama om dem samtidigt. Hennes röst bär inte riktigt när hon mumlar fram:

– Så otroligt glad jag blir.

Johannes kommer också fram till dem och säger lite tafatt:

– Grattis eller vad man nu säger.

– Det är ju rätt tidigt så vi hade inte tänkt säga något än men jag ville att du skulle få veta det ändå.

– Ja, ni båda förstås. Jag har inte berättat för Jessica än, så säg inget. Jag tänkte göra det på annandagen då vi träffar henne igen.

25

När även Julia och Oscar lämnat Körsbärshuset och Ifemelu och Johannes röjt efter sina gäster sätter de sig i varsin fåtölj i vardagsrummet.

– Jag kan inte förstå hur allt vänt sig i mitt liv sedan jag … sedan i somras. Det är som om allt bara faller på plats och samtidigt oroar det mig. Vad är det som väntar bakom kröken?

– Cecilia sa till mig en gång att ta ut glädjeämnen i förskott. Inträffar de blir det dubbel glädje. Inträffar de inte så har du i alla fall glatt dig en gång. Tvärtom när det gäller potentiella katastrofer. Ta inte ut dem i förskott. Händer de blir det också dubbelt. Jag tyckte det var klokt. Så var bara glad åt det som sker och oroa dig inte i onödan.

– Ja, du har rätt men det är inte så lätt. Jag pratade med Claudia om det i somras. Att jag var otursförföljd. Men hon menade, förstås, att det inte finns något som heter otur. Saker händer. En del rår man för själv, andra bara händer ändå.

– Slumpen är en stark kraft. Vem hade för ett halvår sedan trott att vi skulle vara tillsammans?

Ifemelu skrattar och ruskar samtidigt på huvudet.

– Nej, det är helt osannolikt. Och nu ska jag bli mormor och du nästan morfar. Igen, för morfar är du ju redan.

– Bonusmorfar kanske. Det verkar också som om Jessica accepterat mig. Vad tror du? Boken jag fick var inte bara en bok. Det var också en mycket varm tanke bakom.

– Ja, jag tror hon har gjort det. Hon har pratat mycket med mig under hösten om vad som hände då och vem du är.

– Som jag sa till henne tidigare förstår jag hennes reaktion under begravningen. En okänd man dyker upp när pappan går till den sista vilan. Sedan visar det sig att han legat med hennes mamma.

– Hon kommer att acceptera dig fullt ut. Klappen visar att hon troligen kommer att gilla dig också. Vem gör inte det förresten?

Hon sträcker sig mot honom och smeker honom över kinden.

– Jag gör det inte alltid.

– Kära du. Tänk inte för mycket. Alla tycker om dig. Din dotter ser på dig med sådan värme och jag märker att Julia också börjat gilla dig. Vad var det hon viskade till dig när hon kom förresten?

– Att hon var glad för att jag fanns för dig. Jag blev väldigt berörd.

– Jag visste att hon gillar dig. Ska vi leka med julklapparna. Hon går in till Johannes rum, hämtar plattan och pedalen.

– Vi måste ladda upp noter till den. Vet du hur man gör?

– Japp och jag har laddat upp några. Låtar från förr.

– Du menar Duetto, ... Sucken, ... Intermezzot, ... vad mer?

– Preludiet förstås! Alla fyra finns där. Men dem kanske du kan utantill.

– Under en lång period efter uppbrottet kunde jag inte förmå mig att spela dem. Det har ändrats i höst, men jag hade behövt noter jag kan läsa.

Johannes tar plattan och fäster den på notstället Ifemelu fällt upp. Han visar henne hur man startar den, väljer noter bland de redan uppladdade och hur man gör för att byta sida.

Direkt väljer hon stycket av Mendelssohn då det varit deras signaturmelodi. Den stora skärmen gör att hon kan läsa dem, precis som Bach-noterna Johannes ordnat inför begravningen. Inte helt perfekt men det fungerar. När Johannes ökar ljusstyrkan på skärmen blir det ännu bättre. Måtte hennes ögon hålla ännu en tid. Hon tänker på alla stycken hon nu vill studera in. Hon börjar spela och märker att delar av Duetto ännu sitter i fingrarna men att noterna är ett nödvändigt komplement.

– Vill du prova pedalen också? säger han när hon spelat klart.

Hon är lycklig och nickar utan att säga något medan han ordnar med pedalens trådlösa anslutning och placerar den till vänster om flygelns vanliga pedaler.

– Det är väl mest din högra som är upptagen med de rätta pedalerna?

Hon nickar igen och provar med sin vänstra fot på pedalen att byta sida på noterna. Det var inte helt lätt att träffa rätt knapp för fram- och tillbaka och hon tar av sig toffeln. Med stortån kan hon därefter byta sida utan att behöva se ner på sin fot men förstår att det krävs övning. Det är lättare och mer naturligt att använda handen på plattans skärm. Det är nog en vanesak, tänker hon.

– Nu vill jag spela allt.

– Det är klart du vill. Allt!

Är jag för mycket i fokus och tar allt utrymme, tänker hon.

– Går du fortfarande kurser i geologi? Nu i höst har du väl inte pluggat något vad jag märkt. Vi kanske kan läsa någon geologikurs tillsammans?

Så hör hon vad hon säger och minns krascherna. Hon ser på honom och förstår att han tänker på samma sak.

– Vad hände då? säger han.

Hon berättar för honom om parkeringsincidenten.

OMKRING FEMTON ÅR TIDIGARE

Varför skyllde han på henne? Det var en stor P-skylt där! Ifemelu ville ignorera mannens klagomål men Johannes gav upp direkt, utan diskussion. Mannen som klagat på hennes parkering hade varken identifierat sig eller visat att han hade med saken att göra. Ändå höll Johannes med honom och dessutom skyllde på henne som sagt. Ilskan bubblade upp och innan hon han stoppa sig själv sa hon vasst:

– Nu slipper du parkera där.

Utan att vänta på svar vände hon sig om och gick raskt tillbaka till bilen. Med spända käkar körde hon till den avgiftsbelagda parkeringen intill föreläsningssalen. Johannes satt tyst bredvid. Tankarna malde. Just nu hatade hon honom och kände sig sviken. Vilken ynkrygg som inte kunde stå upp för henne. Tönt! Föraktet växte. Helst ville hon bara åka hem och strunta i alltihop. När han kom med parkeringsbiljetten, tänkte hon: "Så lätt ska du inte komma undan" och sträckte fram en sedel, men den vägrade han ta emot.

Utan att säga något gick hon in till föreläsningssalen och satte sig på den vanliga platsen. Johannes kom lommande efter och satte sig bredvid. Under föreläsningen stirrade hon bara rakt fram och reagerade inte på hans försök till samtal genom att viska något till henne.

Normalt brukade hon skjutsa honom till busstationen efter föreläsningarna, men i dag ville hon inte. Ändå, när hon reste sig efter föreläsningen, sa hon irriterat:

– Ska du med, eller?

På väg ut såg hon föreläsaren prata med några andra elever och stannade till vid dem. Var det för att samtalet intresserade henne – eller ville hon bara skjuta fram tidpunkten när Johannes skulle sitta bredvid henne i bilen?

Johannes passerade dem och lämnade lokalen och hon hoppades att han tog sig hem på egen hand. När hon till slut gick ut till bilen och upptäckte att han inte var där, tänkte hon: skönt, och körde iväg med en rivstart. Telefonsamtalet från honom struntade hon i, förresten hade hon ingen handsfree i bilen. Föraktet över hans mesighet gjorde att hon inte ville ha något med honom att göra, allra minst prata. Men innan hon hunnit hem hade en känsla av obehag av ett annat slag växt i hennes bröst. Efter att ha parkerat bilen vid Körsbärshuset blev hon kvar en stund. Hon kände sig övergiven och saknade bubblandet om dagens ämne de alltid haft efter föreläsningarna. Känslan av skam som trängde sig på, sköt hon undan. Nu ville hon bara komma in till sin familj.

Under de kommande dagarna försökte hon hålla sig sysselsatt – jobbet, barnen, allt som kunde få henne att sluta tänka på honom. Locket över flygelns klaviatur förblev stängd. Den privata mejlen öppnade hon inte. Hon förmådde inte ens lyssna på musik, och en besvärande tyngd fanns hela tiden i henne.

På morgonen, dagen för nästa föreläsning, bestämde hon sig för att hoppa av kursen. Hon kunde omöjligt erbjuda honom skjuts och *parkera*. Men allteftersom dagen gick avtog hennes avsky för honom och hon måste till slut erkänna att han haft en poäng. Visst, han hade inte försvarat henne, men insåg att hon själv skulle bli irriterad om en okänd person ställt en bil på hennes privata mark, oaktat hur den varit skyltad.

Utan att uttryckligen ha bestämt sig för något, stängde hon ner datorn, åkte själv till musikskolan och parkerade på den avgiftsbelagda parkeringen. När hon kom in till föreläsningssalen satt han där på sin vanliga plats och det fanns något rörande i att se honom plocka upp saker ur sin ryggsäck och sedan placera den på hennes plats.

– Det är klart du får sitta här, säger han som svar på hennes fråga om platsen var ledig.

Hon ville ta hans hand men vågade inte. Kanske var skammen för stor över hur hon behandlat honom tidigare. När han lutade sig närmare och viskade något kort och vänligt till henne, visste hon att det fanns en väg tillbaka. Några dagar senare, när de var på väg till en konsert, tog han hennes hand. Hon var på banan igen.

NUTID

När hon berättat klart säger han:

– Det är fortfarande svårt för mig att förstå din reaktion. Kan jag bidragit till den? Kanske min mesighet triggade din ilska? Men jag förstår inte varför vi inte kunde vara öppna med varandra inom vissa områden trots att det nästan var vår ledstjärna? Jag borde ha frågat dig om vad som hände men var rädd att du skulle försvinna för gott.

Ifemelu vet inte heller men undrar om inte hennes humör gjort det svårt för honom att vara öppen. Det humör som hon i samtalet med Claudia insett orsakats av det inre mörkret. Att hon är svart på utanpå och varit det även inuti. Och det tagit sig uttryck i ilska och slutenhet. Har Jessica samma problem?

– Jo, jag bär en stor skuld där. Men jag har lärt mig nu. Det tog många år men nu vill jag inte vara sådan längre. Men hade du frågat mig rent ut om parkeringsincidenten, inte hade jag lämnat dig.

– Jag borde förstås gjort det. Efter händelsen med Jessica efter begravningen drog jag mig också tillbaka. Ah, det är inte lätt att leva, särskilt inte tillsammans med andra. Kanske därför jag är introvert och solitär?

Hon tar hans hand och smeker den med tummen.

– Vi får göra det bästa av våra brister. Att vara sanna och uppriktiga med varandra är nog det enda vi inte får tumma på längre.

Han nickade långsamt mot henne.

*

Hon hör något i rummet och ser på klockan. Halvtolv. En mörk gestalt står vid dörren och en tyst viskning hörs:
– Kan jag få sova hos dig?

Hon minns att Jessica som barn ofta ville sova i föräldrarnas säng om hon vaknat mitt i natten och drömt något otäckt. Ofta hade hon ett gosedjur med sig. Johannes har förstås inget sådant. Han står bara där i sin T-shirt och underkläder.
– Ja det är klart du kan. Men mitt täcke är nog för litet för två.

Han försvinner ut genom dörren och kommer tillbaka med ett bylte i famnen. Hon viker ändå upp sitt täcke och bjuder honom att lägga sig.
– Du är som ett barn som drömt något otäckt.

Han skrattar till.
– Nej, inget sådant förstås. Det var mest att när båda våra familjer var samlade i kväll gjorde att det kändes ensamt att sova själv. Kanske är jag mer social än jag tror.
– Jag kände något liknande innan jag somnade. Sträckte till och med ut handen bara för att känna en tom sänghalva.
– Det ska inte bli en vana utan jag vill bara avsluta julaftonen intill dig.
– När du vill ...

Han lägger sig ner i det som varit Roberts sänghalva och drar sitt täcke över sig. Svagt kan hon skönja hans ansikte i mörkret och smeker honom över kinden. Det pirrar till när han lägger handen på hennes midja.
– Kilpi skriver i en av sina dikter i "En sång om kärlek" om de åldrande parets sviktande kroppar. Hur hennes knölar vilar i hans gropar. Ändå ... ändå, bakom den rynkiga förklädnaden, finns vi kvar. När jag *tittar ut* genom mina ögon känner jag mig som jag alltid gjort. Samme Johannes som den

som lekte med sin bror i sandlådan. Samme Johannes som den unge man han var när han i tonåren första gången mötte en kvinna. Samme Johannes som den som första gången såg sin dotters hjässa komma ut. Samme Johannes men ändå inte. Och nu är vi på den sista sträckan. Han drar henne till sig och de ligger tätt intill varandra. Hennes allt tommare bröst mot hans insjukna. Hans mandom mot hennes liv. Vi låter knölarna fylla groparna, tänker hon. Hon känner hans hjärtas slag och utan att själv vara det minsta sömnig, hör hon att hans andhämtning blir allt tyngre. Till slut förstår hon att han somnat. Ännu dröjer det en stund innan hon själv somnar, lycklig över att ha honom så nära.

*

Roberts sänghalva är tom när hon vaknar och klockan är över nio. Det är helt tyst i huset och när hon kommer ut till köket ser hon en handskriven papperslapp på köksbordet. Texten är med stor stil så hon kan läsa den utan större besvär.

Kära Ifemelu,
Du sov så djupt när jag var på väg hem och jag ville inte väcka dig.
Jag ber om ursäkt för att jag trängde mig på dig i går kväll. Det var en aning ogenomtänkt.
Tack för en ljuvlig julafton men i dag behöver jag tid för mig själv.
Din Johannes.

Har han gått redan? Hon går in till gästrummet men det är tomt och sängen bäddad. Skulle han inte bo här över julen? Den slutar väl inte på juldagen? Besviken sätter hon sig ned och överväger att ringa honom. Först vill jag ha kaffe, tänker hon. Under tiden det blir klart sätter hon sig vid flygeln för att prova den nya plattan och ser boken om vulkaner ligga på rumsbordet.

Senare under dagen ringer Johannes och ber åter om ursäkt för att han trängt sig in i hennes sovrum, som han uttrycker det. På hennes raka fråga om han inte vill ha en närmare relation än den de har, säger han:

– Jag vet inte. Uppriktigt sagt är jag ganska förvirrad. Är det okej om jag är för mig själv några dagar?

– Är du på väg bort?

Hans svar kommer direkt.

– Nej. Det är nästan ...

– Nästan, vadå?

– Vet inte. Jag behöver tid för mig själv.

– Det är okej. När kan vi ses igen?

– I alla fall innan nyår.

– Du glömde din Oregon bok här.

– Jag vet.

26

Inte förrän på nyårsafton får hon träffa sin vän igen. De firar in det nya året själva och efter tolvslaget sover de i varsitt rum. Under en promenad på nyårsdagen samtalar de om vad som hände på julnatten. Han hade vaknat redan vid fyratiden och någon timme senare bestämt sig för att gå hem.

– Så tidigt?

– Jag tror jag var rädd för att bli beroende.

*

Efter middagen sitter de tillsammans i vardagsrummet. Hon vid flygeln med sin nya, stora platta där hon laddat upp en av Schuberts sista sonater, den i A-dur. Han djupt försjunken i boken om vulkaner. När hon gör ett avbrott i spelandet säger han:

– Jag har funderat mycket på det jag sa i julas när jag fick den här av Jessica.

Han håller upp boken.

– Åka till USA?

– Ja. Jag skulle vilja bestiga Mount St. Helens innan det blir försent. Försent av flera orsaker. Dels är vi inte purunga längre, dels är hon en aktiv vulkan och kommer att bli farlig att besöka till slut.

– Inte kan vi bestiga ett berg.

– Det står i boken att det inte är tekniskt svårt och inte särskilt långt heller, en fem, sex kilometer enkelväg. Men ansträngande då höjdskillnaden är mer än 1500 meter.

– Är det inte risk för höghöjdssjuka?

– Toppen är på knappt 2500 meter och borde inte ge sådana symtom.

– Men vi är väl för gamla för sådana äventyr?

– Jag har läst på nätet om sjuttiofem plussare som gjort det. Inte utan ansträngning, men med rätt träning verkar det vara fullt möjligt. Bästa tiden är i juli. Ingen, eller bara lite snö och dessutom oftare klart väder.

– Du har läst på.

Är detta verkligen realistiskt, tänker hon när hon ser hans entusiasm. Tur att jag fortsatt med cyklingen. Allt sedan hon slutat arbeta hade hon under den snöfria delen av året varje vecka tagit en längre tur med sin cykel. Hon kallade det för träning inför familjen, medan det i själva verket varit en längtan ut, en längtan efter frihet som drivit henne att i nästan ur och skur ta fram cykeln med bockstyret. Sedan älskade hon att känna fartvinden smeka över kroppen, och det hade fortsatt till dags dato. Ändå undrar hon om hon verkligen är redo att bestiga en vulkan med 1500 meters höjdskillnad?

Johannes berättar vidare att han tänkt på hur de skulle kunna träna och är villig att lägga upp en plan.

– Om, jag säger *om* vi bestämmer oss för det kan vi ändå ge upp när som helst. Till och med när vi vandrar där på vulkanens södra sida. Blir det för jobbigt är det bara att vända för man går samma väg ner som upp.

– Det kanske blir svårt om vi rest så långt. Då blir hela resan bortkastad.

– Som du kanske minns hade jag en vän, Sara, i västra USA som gick bort i cancer.

– Jo, jag minns att det var en väldigt tung förlust för dig.

– Hon betydde mycket. Efter hennes bortgång har jag haft lite sporadisk kontakt med dottern, Allison. Hon bor i Manzanita som bara är några timmars bilfärd från Mount St. Helens. Sara bodde också där med sin man.

– Så hon var gift?

– Ja, vår relation var vänskap, men väldigt innerlig och utan skyddsräcken. Vad jag försöker säga är att även om vi inte lyckas nå toppen på St. Helens, så vill jag dels träffa dottern, dels se den plats Sara levt på. Vandra längs Stilla Havets strand där hon vandrat. Jag förstår att det inte berör dig så speciellt men jag vill ha dig med.

– Det är klart att det berör mig. På flera sätt. Visst var det bröstcancer för henne också?

– Jo, och den spred sig dessvärre.

En stilla känsla av skuld över att ha klarat sig, rör sig genom Ifemelu.

– Sedan, berör det dig, berör det även mig. Men jag behöver nog fundera på det. Juli sa du?

– Japp. Jag kan kontakta Allison om det över huvud taget möjligt för henne att ta emot oss. Vi kan självklart inte bo hos henne men jag skulle vilja be henne guida oss i Saras värld, den som jag bara sett beskriven i hennes mejl.

– Jag vill vara hemma när Julia föder men juli borde vara okej.

Han tar åter upp boken och börjar läsa och hon vänder sig mot flygeln. Bläddrar fram till det lite vemodiga andantinot i sonaten med hjälp av den nya fotpedalen.

*

Några dagar senare, när de sitter vid frukostbordet efter att han ännu en gång sovit över i gästrummet, berättar Johannes att Allison svarat på hans mejl under natten.

– Vi är varmt välkomna, skriver hon och insisterar på att vi bor hos henne.

– Är du säker på att vi inte tränger oss på? Hon känner ju inte oss ens.

– När Sara slutade svara på mina mejl förstod jag att hon var illa däran. Det var då jag kontaktade hennes dotter. Tydligen hade mamman berättat en del om mig, för Allison fick mig att känna mig som en i familjen. Jag skrev ett mejl till henne och bad henne läsa upp det för Sara.

– Så fint. Vad skrev du?

Han letar länge i sin telefon innan han räcker över den till henne. Ifemelu försöker läsa, men texten går inte att förstora på hans skärm, så hon ger tillbaka den och ber honom läsa.

– Det är inte världens bästa engelska, men det blev så här:

Dear Sara,

I reached out to Allison through social media because I hadn't heard from you in a while and was starting to worry. I hope it was okay to contact her. She responded and told me what you're going through right now, and what will happen and my heart aches.

We've known each other for such a long time. Over the years, life has brought us many experiences—some difficult, but also so many wonderful ones. I know the birth of Allison's son brought you so much joy in so many ways. No matter what happens, I'm certain a part of your spirit will always remain with him. Having spent his first year so close to you is a gift that will always be part of who he is.

You are such a kind, wise person, Sara. You embody the kind of human being we're meant to be: humble, honest, thoughtful, caring toward others, and so full of life. You once told me that life is about "play and contribute," and I've always found that so profound. I've learned so much from you, and I can't begin to express how much

I value our friendship. It's hard to imagine life without knowing you're out there somewhere.

Sara, you've always been my best friend—the one I could rely on no matter what. You always listened, no matter what I needed to share. I hope I've been the same for you in some way. You've deeply influenced my life, and I often find myself quoting you. I will never forget you, us, and everything we've shared.

I can't say this letter is comforting for you as we all are alone when it is time to go. But no matter what lies ahead, I truly believe that someday, somewhere, somehow, we'll meet again. We'll walk along the shore, talk about the sea and the sky, and maybe even find a beautiful pebble together.

With all my love,
Johannes

Ifemelu lyssnar noga medan han läser upp texten. Hon blir djupt berörd, till och med lite avundsjuk – inte svartsjuk – men avundsjuk på Sara, som haft en så nära relation med Johannes, trots att de aldrig mötts och alltid befunnit sig på varsin sida av ett stort hav. Det är en sorts relation hon själv aldrig riktigt haft med honom. Kanske kan det förändras nu.

– Vad sa Sara när hon hörde texten? Om hon nu kunde svara.

– Tyvärr var det för sent.

Han tittar ner i sin telefon igen och letar.

– Det här fick jag från Allison några dagar senare:

Dear Johannes,

Thank you for your beautiful letter. Your memories of Mom are so eloquently expressed, and they resonate deeply with the person she was. It truly touched me, and I know how much she would have treasured your words. I wish I could have read it to her, but she passed away before I had the chance. It brings me comfort to know that she was surrounded by love when it happened – Angelo, my brother, and I were all with her, holding her close as she peacefully left us last night at 9:10. I miss her terribly.

Reading your letter reminded me of all the wisdom she shared with us. I wasn't always a good kid, often criticising others, as if there was a black spot inside me. But she always inspired me to be better. She often told me, "Act the way you want to be, and soon you'll be the way you act." I hope to carry her lessons with me and honor her by embodying those values in my own life.

You're right that a part of her spirit will remain with my son. The bond they shared in his first year was so special, and even though she didn't get to see him grow up, her love for him is a part of who he is – and always will be.

Mom and Angelo had plans to visit you earlier this year. She was truly looking forward to meeting you in person, but sadly, it wasn't meant to be. Still, your friendship brought her so much joy, and I hope you know how deeply she valued and loved you.

Thank you again for your kind words and your love for Mom. It means more than I can say.

With love,
Allison

När Johannes läst klart sitter Ifemelu tyst en stund. Allison har fångat känslor som känns smärtsamt bekanta – om förlust och blir påmind om när hennes egen pappa gick bort. Hur fridfull han sett ut när döden befriat honom från sjukdomens plågor. Ifemelu känner en stark önskan att träffa Allison, inte bara för att förstå mer om Sara, utan också för att hon känner igen sig själv i delar av det dottern skrivit.

*

Under resten av vintern och under våren promenerar de ofta. I början kortare sträckor men så småningom allt längre. Till slut går de utan problem tio till femton kilometer i rätt god fart. Johannes ben tycktes fara väl av träningen och alltmer sällan hör hon honom nämna dem.

Allt oftare sover han över hos henne men utan att vilja flytta in. De har heller inte delat säng sedan julnatten. I slutet av april föreslår Johannes klättring. Inte bokstavligt men att bestiga höjder. Slalombacken som ligger söder om city på en gammal soptipp, väljer de som mål. Under vintern har den haft konstsnö men det mesta av den har smält bort när de bestiger den första gången. Under snön finns stigar som mountainbike-fantaster använder under sommarhalvåret och de tar en av dessa som slingrar sig upp till toppen. Backen har ingen större fallhöjd, knappt hundra meter men det är det bästa de kan åstadkomma här hemma. Första gångerna går de bara upp och ner en gång. Efter några veckor utökar de antalet och innan sommaren börjat på allvar kan de utan att bli utmattade gå backen upp och ner tre gånger samma dag.

Veckoschemat som Johannes skapat följer de slaviskt. Söndagar och torsdagar är det långpromenader på mellan tolv och femton kilometer. På tisdagar slalombacken tre gånger. De andra dagarna "vilar" de genom att bara ta en kortare promenad och använder då vandringskängorna de skaffat.

*

En vecka före utsatt tid föder Julia en dotter. Ifemelu vet inte till sig av lycka när de första gången besöker dem och Julia berättar att de kommer att döpa flickan till Klara. Det mörkblonda håret med bara små lockar och hennes ljusa hy synliggör inget av det afrikanska ursprunget. Kanske är näsan bredare än vad man kunde förvänta sig, fast det är svårt att avgöra på ett så litet barn. Ifemelu minns hur mycket Julia och Jessica förändrats under uppväxten. Ena gången var de henne upp i dagen. Andra gånger kopior av Robert.

– Så du heter Klara, viskar Ifemelu när hon håller i henne första gången och känner den ljuvliga doften av bebis.

27

Tre timmar innan avgång anländer de till flygplatsen. Oscar hade skjutsat dem och hjälper dem in till terminalen med de två stora resväskorna. Den ena är fylld med utrustning för toppbestigningen: bredbrättad hatt, vindjacka och vindbyxor, ingångna vandringskängor, damasker, solskyddsmedel, handskar, förbandslåda och två mindre hopfällbara ryggsäckar. Resten tänker de införskaffa på plats. Den andra resväskan innehåller de vanliga researtiklarna. Efter incheckning och säkerhetskontroll letar de upp sittplatser i närheten av gaten. Johannes tar fram sin vulkanbok, som blivit hans bibel. Sedan de bestämt sig för resan och bokat biljetter hade han titt som tätt kommit till henne och läst något om den vulkanbåge som Mount St. Helens hör till.

Johannes säger inte så mycket men när det är dags att kliva ombord tar han hennes hand och säger:

– Tänk på att vi kan ställa in toppbestigning när som helst.

Ifemelu är inte säker på vems oro han försöker stilla, men det känns skönt att veta.

*

Efter två mellanlandningar anländer de till Portlands internationella flygplats vid åttatiden på kvällen. En knapp timme senare, efter passkontroll och tulldeklaration, möter de en sprudlande Allison, en mörkhyad kvinna Ifemelu bedömer vara i fyrtioårsåldern. Rätt snygg med sitt halvlånga, bruna hår som ser silkepressat ut, något Ifemelu själv aldrig övervägt. Klädd i ljusblå jeans och en gulrutig blusskjorta påminner hon om en cowboy, tänker Ifemelu. Det är bara hatten som saknas.

Allison skuttar fram till Johannes och ger honom en stor, varm kram.

– Finally! Jag kan inte fatta att vi äntligen ses! Bara så du vet, den här kramen är från mamma också. Hon hade älskat att få träffa dig ... och det gör ju jag med!

Hon skrattar, släpper honom och vänder sig till Ifemelu. De skakar hand först, men Allison tvekar inte att ge henne en kort kram direkt efter.

– Nice to meet you! säger hon med ett leende som nästan täcker hela ansiktet.

– Nice to meet you too!

Allison ger henne en snabb uppifrån-och-ner blick och lägger handen lätt på Ifemelus bara överarm.

– Okej, wow. Den där blusen, så snygg! Jag gillar enkelheten och den sitter ju perfekt på dig.

Ifemelu, som har svårt att ta till sig den typen av kommentarer, känner ändå att Allison menar vad hon säger. Hon ler och tar tag i sin blus.

– Tack. Jag gillar det enkla, anspråkslösa, men kvalitet är viktigt för mig. Den här blusen är mer än tio år gammal men känns fortfarande ny efter många tvättar.

Allison skrattar och lägger handen över hjärtat.

– Oh, stop! You're giving me mom-vibes now. Hon försökte få mig att förstå vikten av kvalitet, men det gick in genom ena örat och ut genom det andra. Först när hon var borta började jag förstå vad hon menade. För att inte tala om all annan livskunskap hon försökte förmedla till mig. Men bättre sent än aldrig, eller hur?

Hon lyfter blicken mot det höga taket i terminalen.

– Jag önskar att du också hade fått träffa henne.

Nästan direkt känner hon sig bekväm med Allison.

– Saknar du henne?

Allison nickar långsamt med ett milt leende som inte riktigt når ögonen.

– Varenda dag. Men hon hade sagt till mig att släppa taget och gå vidare så jag försöker.

Hon ruskar på axlarna och skrattar.

– Nej, det här går inte. Nu tar vi oss till bilen.

Efter att ha passerat en gångtunnel över genomfartsvägen når de korttidsparkeringen. Allison har en stor eldriven cityjeep av ett märke som Ifemelu inte känner igen. Med lätthet sväljer den de två stora resväskorna de släpar på. När de slingrar sig ut genom parkeringshusets utfart berättar Allison:

– Den är ny. Jag älskar att köra den, snabb och tyst. Bara vind- och hjulbuller.

På motorvägen pratar Johannes och Allison i framsätet om Sara, tiden efter hennes bortgång och om att hennes barnbarn, Allisons son, aldrig fick lära känna henne. Nu är han vuxen och arbetar som snickare i Allisons brors byggfirma. Ifemelu, som sitter i baksätet, slumrar till då och då under den knappt två timmar långa bilfärden till Manzanita. Hon räknar fram tiden hemma och konstaterar att det är tidigt nästa morgonen där.

Luften är ljum och en mild bris möter dem när de kliver ur bilen på Madrona Street. Det doftar verkligen hav, den lite salta, jordiga doften trots att världens största hav inte syns, bara hörs. Johannes har berättat om den flera kilometer långa sandstrand Sara skrivit till honom om.

Allison hus är inte stort och har en röd-brun-gul spånfasad i ädelträ av något slag. Till skillnad från de enkla, fyrkantiga husen med platt tak de passerat, har detta ett brutet tak. Dess oregelbundna form med utbyggnader av olika slag, tyder på en komplex historia. Ifemelu blir genast nyfiken på insidan. Marken runt huset tycks bestå av sandjord och saknar en traditionell gräsmatta, men buskar och barrträd av olika slag skapar en lummig känsla. Doften av barr blandas med den från havet. En altan sträcker sig runt ena hörnet och har en liten trappa som leder in till husets entré.

– Hur håller sig träfasaden så här nära kusten? säger Johannes när hon låser upp dörren. Blir det inte mögelangrepp eller röta?

Allison stryker med handen över träspånen och säger med ett leende:

– Cederträ är fantastiskt. Det är som jag – åldras med grace och behöver bara lite olja ibland.

När de kommer in, trycker Allison på ett litet numeriskt tangentbord på något som ser ut att vara ett inbrottslarm.

– Är ni hungriga? Jag har fixat mat som går snabbt att värma.

Men ingen av dem är särskilt sugna. Med undantag av en längre sovperiod hade flygningen erbjudit mat var fjärde timme och fått dem att känna sig som spädbarn under utfodring. En säng var vad de önskade allra mest och Allison visar dem upp till ett sovrum på övre planet. Där står en smal dubbelsäng.

– Queen size, säger Allison och blinkar till. Ni får dela på den, överlever ni det, klarar ni allt. Och det är renbäddat. Toalett och dusch finns ute i hallen.

Allison lämnar dem och de packar upp det nödvändigaste. Ifemelu duschar först. När hon kommer tillbaka, säger Johannes:

– Din telefon plingade till.

Hon tar upp den och ser ett meddelande från Jessica. För ett ögonblick oroar hon sig över att något hänt men meddelandet lyder bara:

Hej mamma och Johannes,
Har ni kommit fram? Är allt okej?
Kramar
Jessica

Ifemelu tar ett foto av rummet och svarar dottern med fotot bifogat att allt är väl men att de är jättetrötta. Jessica svarar kort:

Ser tajt ut :-)
Ifemelu ler och visar det för Johannes innan hon kryper ner i sängen. Han försvinner ut till hallen, men hon märker aldrig när han kommer tillbaka.

28

De har precis ätit frukost och Allison berättar att hon tagit ut semester under de drygt två veckorna de är där.

– Vad vill ni se? Jag är er guide och chaufför.

Hon vänder sig till Johannes.

– Du nämnde något i mejlen om mammas ställen.

– Jag ska väl inte bestämma allt men jag skulle vilja se de platser hon har bott på här i Manzanita. Kanske där du växte upp, sedan huset hon hyrde med den porch swing hon älskade. Även huset hon byggde tillsammans med sin andre make. Hon delade några bilder därifrån och det såg minst lika mysigt ut som ditt hus.

– Ja, det är ett fint hus. Jag har berättat för Angelo att ni skulle komma och han vill gärna träffa dig. Ja, er båda förstås. Mamma pratade ju mycket om dig även med honom. Hade hon inte blivit sjuk skulle de besökt dig.

– Jo, jag vet, hon nämnde det. Men vi sågs aldrig, vilket är otroligt sorgligt.

– Sedan vet jag inte om pappa vill ha något besök. Tror inte han känner till dig.

– Det förstår jag. Vi kanske kan åka genom området bara.

Allison vänder sig till Ifemelu.

– Okej, din tur! Vad står på din Manzanita bucket list?

Ja, vad vill hon se? Tidigare hade hon varit tveksam över att ödsla tid med en helt obekant person då Johannes var det viktigaste. Men det intryck Allison gett så här långt har gjort att hon omvärderat det.

– Jag vet inte, säger hon, ... havet förstås, doften och ljudet från det lockar. Jag har aldrig varit vid Stilla Havets strand tidigare.

– Jag vill också se havet, säger Johannes. Sara pratade mycket om stranden hon ofta tog sin tillflykt till när livet blev svårt. Inte minst under den första perioden efter cancerbeskedet.

– Jag förstår precis, jag kände likadant. Att vara ute i naturen tröstade, säger Ifemelu.

Allison ser på henne med gapande mun.

– Men vänta nu, har du också haft cancer?

– Ja, samma som Sara. Men jag hade tur. Det är länge sedan nu, mer än femton år, så jag tror att risken för återfall är låg.

Johannes ser på henne.

– Hur makabert det än låter så var det faktiskt orsaken till att vi så småningom började umgås på jobbet.

Allison sträcker sig fram mot Ifemelu och lägger handen på översidan på hennes lår en kort stund. Nästan som en smekning.

– Det här blir mer och mer spännande! Vad hände? Details, please!

Ifemelu skrattar och berättar om att Johannes av någon anledning känt sig utsatt av henne. Att hon velat honom illa. När hon berättat om sin bröstcancer hade hans bild av henne förändrats som genom ett trollslag.

– Och så blev ni ihop? säger Allison och spärrar upp ögonen.

Ifemelu och Johannes ser på varandra och skrattar.

– Ja, kanske inte riktigt så enkelt, säger han och skrattar till igen. Vi kan berätta om det en annan gång annars blir vi sittande här hela dagen.

– Lugn, jag har all tid i världen, säger Allison och ler stort. Men okej, låt oss planera något för i dag. Havet, stranden, det låter väl som en bra början?

*

Allison kopplar ur elsladden till bilen och efter att alla satt sig, Ifemelu och Allison i framsätet, glider den tunga stadsjeepen ut på Madrona Street och hon parkerar efter några kilometers körning i närheten av stranden.

– Okej team, dagens första stopp. Vädergudarna har hotat med regn senare, så vi får ta vara på solskenet.

De går alla tre i armkrok, Johannes i mitten, ner till havet. Vågor rullar ständigt in mot stranden där det salta havet möter den ljusa sanden. Ifemelu låter blicken svepa söderut, bara sand och hav så långt ögat kan nå. Åt norr anar hon hur sanden övergår i klippor och längre bort tornar berg upp sig och deras branta sluttningar stupar ner i havet.

De pratar om Sara, om hur hon måste känt sig när hon gick ensam här, med ett cancerbesked hängande över sig.

– Det var fruktansvärt svårt för mig att inte kunna finnas till hands då. Jag hade länge tankar på att säga upp mig och flytta hit.

Ifemelu känner sig förvirrad, stannar till och tittar på honom.

– Flytta hit? Var inte ni bara vänner och hon var gift? När var det?

Johannes får ett underligt uttryck i ansiktet och ser först på Allison. Sedan vänder han sig till Ifemelu.

– Det var långt innan jag började på din avdelning.

– Bodde du inte med … Erika då?

– Nej.

233

Av hans korta svar förstår hon att han inte vill prata mer om det och hon undrar vem som finns därinne under den ljusgrå kalufsen. Vad är det mer han inte berättat? Innan hon hinner fråga mer, säger Allison med en tillbakahållen röst som om hon försöker stänga av det hon känner.

– Cancern hade henne i sitt grepp så länge ... så länge. Nästan tio år innan den till slut åt upp henne inifrån.

– Jag minns hennes mejl när hon berättat att hon passerat den magiska femårsgränsen. Strax därefter träffade hon Angelo och var så lycklig över den vändning livet tagit. Hon kunde börja leva igen. Men det höll inte i sig så länge tyvärr.

Trots att hon själv klarat sig, känner Ifemelu en skuld över att ändå inte ha känt någon livslust efter uppbrottet med Johannes. För henne skulle ett återfall bara – om man nu kan säga bara om det – vara att hantera det. Döden skulle troligen inte ha skrämt henne längre.

Som en magnet drar ljudet av vågorna dem vidare. När de når vattenbrynet tar de av sig skorna och vadar ut. Vattnet är varmare än Ifemelu väntat sig, säkert en bit över tjugo grader. Hon får lust att kasta sig ut i vågorna och simma.

– Kan vi inte komma tillbaka och bada någon dag? säger hon till Johannes.

– Gärna, men jag tog inte med några badkläder. Gjorde du?

– Nej, inte jag heller. Vi kanske kan bada i underkläderna.

Allison fnissar.

– Såvida ni inte vill gå "full Oregonian" och bada nakna. Annars finns det en liten affär med badkläder inte långt härifrån.

På väg tillbaka till bilen faller ett lätt duggregn, men det är så varmt att Ifemelu knappt märker det. Innan Allison sätter sig i bilen sträcker hon ut händerna i luften och låter regnet falla på dem.

– Det här känns så mycket som mamma. Hon älskade när det regnade när hon var här nere. Det fick henne att känna sig så levande, påstod hon.

Ifemelu ser på Allison i profil när hon kör ut på vägen igen. Det är något som gör att hon känner en oväntad närhet till henne. Kanske är det bara det lättsamma amerikanska sättet som förför.

Efter strandpromenaden lotsar Allison dem genom det lilla samhället och de stannar till vid "Sara-platser". Hon pekar ut sitt gamla barndomshem och byggfirman där Sara arbetade och träffar även ägaren. Johannes ställer mängder av frågor, inte bara om Sara utan också om byggnaderna som firman uppför.

När de kommer fram till det lilla enplanshuset Sara bodde i efter skilsmässan, stannar de. Regnet har dragit bort och de tunga regnmolnen har lättat.

Längs ena sidan finns den överbyggda verandan Johannes pratat om. Allison kliver först in på tomten, vinkar åt dem att följa efter. Genom de smutsiga fönstren får Ifemelu en skymt av tomma, dammiga rum. Johannes rör sig långsamt runt huset och stannar till ibland. Stryker med handen längs en stolpe på verandan, ser ut att prova styrkan hos en gren på ett fruktträd, lättar på en trädgårdsstol som står kvarlämnad i gräset som om han letar efter något. Han säger ingenting och tycks innesluten i sina tankar.

*

När Allison svänger in på sin uppfart ser Ifemelu en blek sol vid horisonten genom barrträden. Framför dem har Allison en uteplats med en pyramidformad eldstad i järnsmide. Invid den står några Adirondack-fåtöljer i kulörta färger runt ett lika kulört, lågt bord.

Efter middagen tänder de en brasa som lyser upp platsen men samtidigt förstärker skuggan inne bland träden. Ifemelu sätter sig i en av fåtöljerna och känner sig exponerad, som vore hon på en upplyst scen. Johannes ställer sig vid elden och håller upp händerna mot den som ville han värma dem trots att det ännu är ljummet i luften.

Allison kommer ut med en bricka med ölglas och en nätkasse med ölflaskor.

– Baren är öppen! säger hon glatt och sätter sig med dem. Ifemelu placerar ut glasen på bordet framför dem och Allison öppnar några av flaskorna. Ingen säger något och Ifemelu hör det svaga bruset från havet blandas med eldens sprakande. Johannes tar en klunk av sin öl direkt ur flaskan. Vrider och vänder på den och tycks noggrant granska etiketten innan han ställer tillbaka flaskan.

– Det är något jag vill berätta och som berör er båda tror jag.

Innan han fortsätter, korrigerar han flaskans position några gånger med utsidan av fingrarna.

– Jag mötte Sara första gången på ett av de där tidiga internetforumen, när nätet fortfarande var nytt. Hon hade skapat ett virtuellt rum, *Saras room* kallade hon det, och det var där vi började skriva till varandra. Andra användare var också där till en början, men de tystnade och lämnade rummet efter hand. Till slut var det bara Sara och jag kvar. Nästan varje kväll därefter möttes vi där och fyllde det med våra samtal. Det blev vår egen lilla bubbla som jag tror vi båda behövde just då.

– Wow, mom never told me this.

Han tar upp ölflaskan igen men håller den bara i handen.

– Jag har heller aldrig berättat det här för någon. Efter ett tag skapade vi ett privat rum, bara för oss två, Det blev som en fristad där ingen annan hade tillträde. Jag minns inte allt, men vi pratade mycket om våra hemländer, böcker vi älskat och våra barn förstås. Så småningom kom vi också in på det som kanske var det yttersta skälet till att vi sökt oss dit, våra relationer. Jag hade precis skilt mig, och Sara var på väg.

– Hur vågade du dela så privata saker med en helt okänd människa? säger Ifemelu.

– I början visste vi bara varandras användarnamn, inget mer. Kanske var det just anonymiteten som gjorde det möjligt att våga vara den man är. En del säger att anonymitet ger möjlighet att ljuga om sig själv. För oss blev det tvärtom. Att vara helt okänd gav en märklig frihet från att dölja sig bakom en fasad. Att vara sann, så långt man vet.

– Ja, säger Allison, man är inte alltid medveten om de lögner om sig själv man håller sig med.

– Men hur blev ni vänner utan att ens träffas? säger Ifemelu.

Han tar en klunk av sin öl men är inte lika noggrann när han ställer tillbaka flaskan den här gången.

– Allt eftersom växte förtroendet mellan oss och till slut bytte vi mejladresser och mejlade varandra i stället. Forumet avvecklades också så småningom. Jag tror vi skrev närmare tusen mejl till varandra under de åren.

Allison fyller sitt glas med öl, dricker lite och lutar sig tillbaka i fåtöljen. Glaset ställer hon på armstödet men håller handen om det. Hon ser upp på Johannes.

– Mamma berättade att du var ett sådant otroligt stöd för henne när hon skilde sig.

– Hon var också ett fantastiskt stöd för mig under den turbulenta tiden efter min egen skilsmässa, inte minst i min osäkra relation till Cecilia.

– Cecilia?

– Det är min dotter. Jag var nog osäker på om jag dög som pappa.

Ifemelu sträcker sig mot honom och smeker hans arm och ruskar sakta på huvudet. Han ler lite snett mot henne och fortsätter:

– I alla fall, när Sara också skilt sig ... mejlen blev intensivare och ... ja, vi blev nog förälskade, trots att vi inte ens pratat med varandra. Det gjorde vi först senare.

Ifemelu påminns om den intensiva mejlväxling hon själv haft med Johannes. Det som fått henne förälskad och tyckt vara något unikt. Det hade alltså hänt honom tidigare. Kanske inte bara en gång. Det är som om han bedragit henne.

– När hände det? Bodde du verkligen inte med Erika då? Johannes stirrar in i elden som tänkte han efter. Han ser upp på henne men fäster blicken någonstans runt hennes mun.

– Nej, det här var tidigare som sagt.

Och nu ler han lite för första gången sedan han börjat berätta.

– Hur gick det med er förälskelse? säger Allison. Ni möttes ju aldrig och mamma gifte om sig med Angelo.

– Vi satt båda fast i ett sammanhang. Cecilia hade inte ens gått ut gymnasiet och du och din bror var inte heller så gamla. Så vi ... ja, jag vet inte hur det gick till men vi bestämde oss i alla fall för att bara vara nära vänner.

– This is too sad, säger Allison.

– Det var ett jobbigt beslut, men vi var i en omöjlig situation. Mina fantasier om att flytta hit, hur skulle det gå till? Inte så lätt att få ett arbetstillstånd heller. Och lika svårt för henne att flytta.

– Jag misstänkte att ni var mer än vänner men mamma förnekade det varje gång jag frågade.

Så, han var förälskad i en kvinna på andra sidan havet och flyttade sedan ihop med Erika. Ifemelu måste fråga.

– Och sedan blev du förälskad i Erika. Och så i mig.

Johannes böjer ner huvudet och gnuggar pannan med sina fingertoppar.

Det rasslar till från eldstaden när utbrunna vedträn rasar ihop. En svärm av gnistor stiger upp mot natthimlen och dör så småningom ut.

– Jag hör hur det låter, säger han utan att se upp på henne.

Allison reser sig med sitt ölglas i handen och säger:

– Jag går in och ser om jag kan hitta några snacks.

När hon lämnat dem fortsätter Johannes.

– Erika älskade jag aldrig på det sättet om ens över huvud taget. Men dig älskade jag.

– Varför flyttade ni då ihop?

– Innan jag insåg hennes rätta jag, gillade jag henne. Kanske förväxlade jag gilla med kärlek. Jag trodde länge på hennes teater om att hon också gillade mig.

Han suckar djupt.

– Med Sara var det så annorlunda, men eftersom vi aldrig möttes vet jag inte om det jag kände för henne skulle gå att skilja från djup vänskap.

– Längtade ni aldrig efter mer?

– Under en period fantiserade vi faktiskt om vad vi ville göra om vi skulle träffas. Men vi kände nog båda att ett möte skulle sätta vår värdefulla vänskap på spel. Tänk om ingen attraktion uppstått? Trots allt är vi ju bara biologiska varelser.

– När vi möttes på tåget i somras tänkte jag på just det. Det vi pratade om då var inga märkvärdiga saker. Men … det var som om min … min kropp eller … själ eller vad det nu är, ville vara i din närhet. Tanken slog mig då att det *bara* var kemi och biologi.

Johannes reser sig, plockar upp några vedträn som ligger i en korg en bit ifrån eldstaden och lägger dem på elden som falnat och bara glöder. Det tar en stund innan den flammar upp igen.

– Det kändes underligt när du berättade om din och Saras relation. Att jag bara var en i raden av dina …

– Erövringar?

Kvinnor hade hon tänkt säga men han syftar förstås på hennes anklagelser i München. Är han sådan? Förför en kvinna, och när hon är erövrad går han till nästa och nästa. Nej, hon kan inte tro det och sa han inte att han efter brytningen knappt varit tillsammans med någon kvinna? Ifemelu känner sig ändå lite illa till mods och vet inte riktigt vem denne man är. Hon tvingar sig att fråga.

– Just nu är jag väldigt osäker på vem du är. Kan jag lita på det du säger? Du sa att du älskade mig då, ändå bröt du med mig. Du säger nu att du var förälskad i Sara och ni bröt också den delen av er relation. Var det på ditt initiativ? Samma när det gällde Erika och Cecilias mamma Är du rädd för att binda dig?

Nu möter han hennes blick.

– På sätt och vis. Fast det handlar inte om att binda sig, utan att vara beroende av någon. Någon som kan försvinna. När jag bröt med dig var det framför allt det, särskilt som du var gift. Men det handlade aldrig om att jag erövrat dig och ville erövra en ny kvinna.

– Jag menade inte så heller men kände mig så unik då. *Vi* var unika och jag hade aldrig upplevt något liknande innan jag mötte dig. När du berättade om din och Saras relation nyss blev jag svartsjuk, fast den skedde långt innan vi möttes. Barnsligt, jag vet. Men nu ska vi ju vara öppna ...

– Sara var unik förstås men det var, och är, även du. Ni är inte särskilt lika men ni båda har ändå betytt så mycket för mig. Erika var ett misstag och den skuggan faller helt och hållet på mig. Det var en bekväm flykt från något. Cecilias mamma vill jag helst inte gå in på eftersom det rör Cecilia, men ...

Allison avbryter honom genom att komma ut med en bricka hon ställer ner på det runda bordet. På brickan ligger små ostar i munsbits-storlek, olika sorters korvar skurna i bitar och nachochips i en välordnad båge längs brickans kant. På sidan, två långa gafflar, som grillspett med bara två tänder.

– Hittade inte så mycket, men varsågoda. Ni verkar ha lite att reda ut så jag lämnar er för er själva. Har lite att göra i alla fall.

Hon ler mot dem med sluten mun och en bekymmersrynka syns mellan hennes ögonbryn. Ifemelu följer henne med blicken tills hon försvinner in genom altandörren. Sedan ser hon upp på Johannes som ser ledsen ut.

– Erika kände till Sara, säger han, men bara att hon var min vän. Jag tror att varken Erika eller Cecilias mamma såg mig som den jag var. Det viktigaste för dem var nog att ha en partner, en man. En … good enough. Jag kunde inte hantera det. Både du och Sara var så annorlunda. Öppenheten gentemot Sara som jag sa tidigare, kände jag även med dig även om vi misslyckades till slut.

– Ja, jag vet att det var jag som fallerade.

– Inte bara du. Det som överraskade mig var att jag inte dolde något om vem jag var, varken för dig eller Sara. Ändå, ingen av er backade undan. Tvärtom tycktes ni inte bara acceptera mig som jag var, utan även tycka om den mannen. Minns ett av dina mejl till mig, när jag känt mig låg. Där du beskrev egenskaper hos mig precis som jag själv uppfattar dem och i slutet av mejlet stod det: "ändra inte på någonting".

Johannes gnuggar sig i ögonen och stryker sig flera gånger med handen över hakan. Rösten håller inte riktigt när han säger:

– Varken då eller nu kan jag riktigt förstå att du tyckte så.

Ifemelu minns mejlet men inte riktigt vad hon skrivit. Mer än att hon faktiskt älskat honom precis som den han var. *Ändra inte på någonting.*

29

A ngelo hade bjudit hem dem på middag och en blåsig eftermiddag några dagar senare åker de hem till honom. Huset ligger på en liten höjd vid kusten norr om samhället. Gränsen mellan land och hav består här av branta klippor, berättar Allison när de kliver ur bilen. Genom en gles tallskog närmast klipporna, syns den vidsträckta sandstranden de besökt några dagar tidigare. Det djupt blå Stilla Havet är allt annat än stilla. Vågor, Ifemelu gissar skulle gå att surfa på, väller oupphörligen in över stranden. Även här är marken mager och består mest av berg i dagen, bitvis bevuxen med låga buskar och olika sorters mossor.

Angelo står framför en murad grill placerad en bit ifrån huset. En svag, blå rök stiger upp framför honom. Bakom ett mörkblått förkläde bär han en rödaktig, kortärmad skjorta och jeans. I Johannes längd men betydligt kraftigare. Hjässan kal och det kvarvarande håret grått. Han släpper ögonen från grillen och ser upp på dem när de närmar sig. Med ett bullrande skratt säger han:

– Oh you guys arrived. Very much welcome! Allison ser jag ju då och då men det är mycket roligt att få träffa dig Johannes och även dig ... förlåt men jag minns inte ditt namn.

– Ifemelu, säger Johannes.

Han kramar om Allison och torkar av sina jättelika Rach-maninov-händer på förklädet. Med kraftiga handslag, hälsar han på de långväga gästerna. Han pekar på en terrass intill huset och säger:

– Maten är snart klar så om ni vill sätta er där, kommer den strax. Allison, vill du hämta några öl ur kylen?

På terrassen har Angelo dukat ett stort, rustikt träbord. Innan Johannes sätter sig ställer han sig på knä och synar de oregelbundna markplattorna.

– Kalksten, säger han och reser sig upp. En hel del fossil.

*

Under måltiden talar de livligt och samtalet fortsätter långt efter att de ätit klart. Mest om Sara förstås och Angelo säger att hans värld nästan rasat samman, trots att de en tid innan hennes bortgång förstått hur det skulle sluta. Sara var troende, men sjukdomen hade fått henne att tvivla. Hennes böner hade inte gjort någon skillnad. Till slut hade hon insett att det liv man har är allt som finns, att inget *sedan* finns. Det hade lett till en lång period av ångest. Först när hon accepterat faktum släppte den, och hon hade i stället kunnat fokusera på att lindra sjukdomens fysiska plågor. Döden hade inte skrämt henne längre. Då sa hon ofta att tanken på alla som gått före henne gav tröst, på ett förunderligt sätt. Standardfrasen ur prästernas begravningstal – "Alla ska vi den vägen vandra" – hade blivit en verklig insikt för henne. Hon hade inte längre känt sig så ensam i sitt öde.

– Alla ska vi den vägen vandra, säger Angelo igen, nu med eftertryck innan han tystnar.

Hans berättelse väcker Ifemelus minnen när hon själv drabbades av cancer och hon delar med sig av sina erfarenheter. Precis som för Sara, blev det ett jobb, en uppgift. Ta sig igenom behandlingarna och stå ut med svårigheterna. Biverkningarna av cellgifterna och den inledande dödsångesten var de värsta. Lyckligtvis besegrade hon cancern och den spred sig aldrig i hennes kropp.

– Mammas bortgång blev verkligen en vändpunkt i livet för mig, säger Allison. Innan dess var jag så självupptagen och såg ner på andra. Att de inte ansträngde sig trots att allt var serverat för dem, inte som för mig. Min sons pappa ansåg jag vara en charlatan som inte dög till något och kunde inte se hans goda sidor. Vi separerade ju också rätt snart efter vår sons födelse.

– Ja, Sara oroade sig mycket för att din syn på andra skulle drabba dig själv, förr eller senare, säger Angelo.

– Det är lätt att skylla på andra men jag tror att min familjesituation påverkade mig.

Ifemelu ser på Allisons utslätade hår och säger:

– Är du lik din mamma?

Angelo reser sig och går in i huset och hörs skramla med något. Efter en stund kommer han ut med en fotoram och sätter sig igen. Han håller den framför sig men utan att visa de andra.

– Det här är från tiden innan cancern satt några spår.

Han räcker över fotot till Ifemelu och det visar en medelålders kvinna med mörkblont, rakt hår och en tydlig lugg. Som ett barns. De blå ögonen ser intensivt på betraktaren och trots att de tunna läpparna är slutna i ett jämt streck, ser hon vänlig ut.

– Hon ser inte ut att vara din biologiska mamma, säger Ifemelu innan hon hinner tänka sig för.

Allison skrattar och säger:

– Jo, faktiskt. Men pappa är mörk, precis som du, och jag är mest lik honom.

– Förlåt, det var inte mening att vara så direkt.

Allison sträcker sig över bordet och vidrör den hand som håller i fotot.

– Syster, vi måste ju lära känna varandra. Det är klart du får fråga.

Åter överraskas Ifemelu av den samhörighet Allison väcker. Det är bara med Anna hon erfarit något liknande och hon vågar därför sig på en ytterligare personlig fråga.

– Du sa att din familjesituation påverkat dig. På vilket sätt då?

Allison ser på Angelo en stund och han nickar nästan osynligt.

– Mina föräldrar hade ju ett blandäktenskap som sagt och även om de inte var de första här så … ja, i små samhällen som Manzanita fanns det ännu fördomar kvar när jag föddes.

– Finns nog fortfarande, säger Angelo.

Allison nickar några gånger.

– Redan som liten märkte jag hur folk tittade på oss när vi visade oss ute men vände bort blickarna när vi såg upp. Uppenbarligen väckte vi uppmärksamhet. Nere vid stranden när vi badade, i affären eller bara tog promenader. Ingen sa något men jag tror att det var upphovet till en ilska hos mig som övergick i förakt redan i småskolan. Jag var den enda i skolan med mörk hy på den tiden och ville visa mig bättre än mina klasskamrater. Så jag gjorde allt för att överglänsa dem. Vilket var allt annat än en klok strategi då det ledde till att jag blev mobbad och det förstärkte mitt förakt för dem. Det blev som en ond cirkel. Jag försvarar inte mobbning men när jag tänker tillbaka på det, var jag nog rätt odräglig. Det gick heller aldrig så långt att jag blev slagen eller misshandlad. Däremot retad för min hy, lockiga hår eller andra afrikanska attribut.

Ifemelu känner igen sig så väl. Hon ville också överglänsa sina klasskamrater i skolan. Samma mönster, men hon har aldrig tänkt att hennes eget beteende kan ha bidragit till de elaka reaktionerna. Nu inser hon att det kanske spelade en roll. Samtidigt är det uppenbart att den som visuellt avviker från normen sällan tillåts vara bättre än andra. Som ung hade hon många gånger önskat sig en annan hudfärg. Men som vuxen, och det hade förstärkts sedan hon återtagit sitt rätta namn, hade hon ofta känt sig stolt över sitt ursprung. Inte förmer än andra men jämlik.

Samtalet glider in på naturen i Oregon och Angelo berättar om den beredskap som finns för tsunamis i området. Johannes håller ett mindre föredrag när han berättar om hur risken för en tsunami hänger ihop med Oregons och Washingtons geologi. Framför allt den vulkaniska båge Mount St. Helens tillhör. Både Allison och Angelo tycks fascinerade av att en främling har så stor kunskap om marken de bokstavligen lever på. "I didn't know anything about this", säger Angelo då och då under Johannes redogörelse. Ifemelu undrar om det bara är artiga kommentarer och oroar sig över att de kanske blir uttråkade av hans långa utläggning.

*

I bilen på väg hem säger han:

– Förlåt att jag tog upp så mycket tid med geologin. Jag tycker det är så otroligt fascinerande och fattar inte alltid att andra inte är det.

– Tvärtom, säger Allison. Det syntes tydligt att Angelo var intresserad. Han sa också till mig, när ni hunnit till bilen, att du skulle kunna ha ett kort föredrag för några intresserade. Det finns en lokal förening som har olika event då och då. Skulle du vilja det?

Ifemelu vänder sig om och ser på Johannes som inte riktigt verkar veta vart han ska ta vägen. Samtidigt kan han inte hålla tillbaka sitt leende.

– Det skulle nog behövas en del förberedelser för det. Att visa bilder och kanske skapa en datorpresentation först. Viktigast var att ni inte blev uttråkade. Jag vet att jag kan dra iväg, eller hur Ifemelu?

– Jag vet, men du vet också att jag älskar när du gör det.

När de kliver ur bilen vid Madrona Street känner Ifemelu sig så stolt, eller om hon bara är glad, att Johannes är hennes igen.

*

Uppallade med kuddar sitter de i det mörka sovrummet och pratar om Allison.

– Jag såg också med förakt på svaga människor, säger Ifemelu. De som misslyckades, ansträngde sig inte tyckte jag.

– Jag är ju varken en stark person eller särskilt lyckad. När jag jobbade hade jag ofta dåligt självförtroende och tyckte mina resultat bitvis var usla. Charlatan kanske du minns att jag såg mig som. Du måste ha sett mina brister!

Kanske, tänker hon, men att bristerna överskuggats av hans person. Den hon nästan direkt fattat tycke för. Det ödmjuka förhållningssätt han haft till sig själv hade mildrat hennes blick. Det han ännu har. Hon minns när hon under första tiden de arbetat tillsammans, granskat ett av de första dokument han skrivit. Det var inte bra, ändå hade hon inte sett ner på honom. I stället ville hon hjälpa honom med dokumentet.

Johannes stryker med händerna över sitt ansikte som när man tvättar sig.

– Mitt pianospel är ett annat exempel. Det kan inte ha undgått dig hur dåligt jag spelade.

Han sneglar på henne. Sant, tänker hon. Men han blev ju allt bättre.

– Jag tycker ditt spel utvecklades mycket då. Till exempel när du spelade hela Intermezzot innan vi … när vi var i din dotters hus första gången. Det var så mycket bättre än när du provade i matsalen.

– Men jag kom aldrig längre än till halva andra sidan av de tre …

– Öva måste man förstås. Även om det bara är *tre sidor*, haha.

Johannes skrattar också och tänker kanske tillbaka på henne som den stränga pianofröken. Fast hon hade inte varit sträng med honom. Med Robert? Han slarvade ofta, väldigt ofta och det hade stört henne mycket att han tyckts ta det med en axelryckning. För henne var det viktigt att allt skulle vara perfekt. Detaljer var ju det som byggde upp helheten. Brister i dem var som en dåligt byggd grund till ett hus. Det kunde resultera i allvarliga sprickor och till och med få det att rasa. För Robert var det breda penseldrag som gällde och mer än en gång hade hon fått utbrott över hans lättja. Döttrarna då? Jo, hon stöttade dem både i skolarbetet och deras fritidssysselsättningar men haft svårt för att tygla sin ilska när hon tyckt de var lata och inte gjorde sitt bästa. Undrar om inte Jessica varit särskilt utsatt då hon påmint mycket om sin far. Hon kunde också vara mycket kritisk till sina kollegor och det var en av orsakerna till att hon pratat om chefsroller. Inte för att stötta utan för att styra upp. Men allt hade ändrats sedan Johannes klivit in på scenen.

– Sedan jag lärt känna dig, mildrades min syn på andra. Kanske för att du verkligen var intresserad av den jag var. Det var mycket få av mina sidor som gick att dölja för dig. Ändå stod du kvar.

– Jag vet inte varför, men rätt tidigt i vår bekantskap blev du så viktig för mig. Dina ... nycker, gjorde mig arg men så snart jag tänkt efter så kunde jag se förbi dem och förstå dig.

– Minns du resultatet från musikkursen? Den jag körde på?

– Det är klart. Jag anade varför du reagerade som du gjorde men vi pratade aldrig om det.

– Jag skämdes så oerhört över att jag körde på tentan men också över mitt beteende efteråt. Det blev omöjligt att säga som det var.

Ifemelu berättar om vad som hände.

Omkring femton år tidigare

Underkänd! Det var en helt ny upplevelse för henne. I gymnasiet och på universitetet hade hon alltid haft högsta betyg i nästan alla ämnen. I musik, som hon haft som tillval i gymnasiet, hade läraren sagt att han önskade att han kunde ge ett högre betyg än A. Vid examen hade hennes framgångar i musik och andra ämnen fått särskilt omnämnande. Nu, för första gången i sitt liv, var hon underkänd – och dessutom i ett ämne hon visste att Johannes såg upp till henne för.

Visst, hennes analys av Rachmaninovs tredje pianokonsert var för lång. Examinatorn hade angett en sida som gräns, men hon hade inte kunnat hålla sig inom det. Att analysera ett så komplext verk utan att beröra kompositörens ångest inför både skapandet och den förestående konsertturnén i USA hade känts omöjligt för henne. Inte ens tre sidor skulle ha räckt, och hon kunde inte tro att de extra sidorna orsakat så mycket poängavdrag. Eller fanns det andra brister i hennes analys? Hade hon fokuserat för mycket på Rachmaninovs person? Hon hade blivit fascinerad av hans liv ända sedan hon först hörde hans musik – av tvivlet som ibland gjort det omöjligt för honom att skapa, av mörkret han kämpat mot. Som om hans kamp speglade något i henne själv.

I det mejl med resultaten Johannes skickat henne hade han inte nämnt något om sitt eget eller hennes betyg. Men det var förstås underförstått. Hans väl godkända resultat och hennes underkända talade för sig själva. Okej, då får det väl vara så, jag bryr mig inte om vad han råkar tycka. Men tänk om han började tvivla på henne – inte bara på hennes musikaliska förmågor utan även annat. Var hon en bluff? Tanken tog henne tillbaka till småskolan, till förödmjukelsen när hennes klasskamrater retat henne för att hon svarat fel på frökens fråga. Då hade hon alltid trott att deras hån berott på hennes hudfärg, då andra barn inte blivit retade när de svarat fel. Kanske de haft rätt, att hon faktiskt var sämre än de andra. Därför hade hon bestämt sig för att bli bäst. Och nu kanske också Johannes såg ner på henne och inte ens gillade hennes hudfärg längre.

Jag struntar i honom, tänkte hon och satte sin chattstatus till "Frånvarande", lämnade kontoret och åkte hem. En hel vecka undvek hon honom. Hans mejl om att han frågat examinatorn något, ignorerade hon. När Soraya en måndagsmorgon kommenterade hennes gråa chattstatus, trots att hon var på plats, ljög hon och sa att hon behövt ostörd tid för ett möte men glömt återställa den. Nästan direkt efter att hon ändrat statusen kom ett meddelande från Johannes, som oroligt undrade om något hänt. Skammen över sitt beteende nästan dränkte henne, och hon kunde inte förmå sig att säga som det var och visste det knappt själv. Med avståndets blick på sin reaktion över det underkända resultatet tyckte hon nu att den var kraftigt överdriven. Fantasierna hade dragit iväg med henne men hon kunde omöjligt tillstå dem och svarade honom därför bara med ett kort: "Inget har hänt!"

De kommande dagarna skulle han turligt nog vara på kurs och det gav henne respit inför det möte han med all sannolikhet skulle föreslå så småningom. Hon tog fram sin telefon och såg på ett foto hon tagit av honom när de ätit buffé på den vegetariska restaurangen. Innan ... tempo giusto. Men skammen förhindrade henne att initiera ett möte med honom.

Några dagar senare när han var klar med sin kurs och föreslog att de skulle träffas efter jobbet gick hon motvilligt med på det, utan någon klar idé om vad hon ville. När hon såg honom vid receptionen kändes han först som vanligt men var försiktig och sökte hennes bekräftelse efter nästan varje mening. Under samtalet märkte hon inga tecken på förakt eller nedlåtenhet, och när han föreslog en utflykt, kändes hans invit genuin. Hon tackade ja, men känslan av avstånd mellan dem fanns kvar. När de skildes åt efter utflykten kunde hon fortfarande inte förmå sig att krama honom. Tack och lov frågade han aldrig igen om det hänt något och hon kunde fortsätta att låtsas som om det aldrig gjort det.

NUTID

Har jag sagt för mycket nu, tänker hon när hon berättat klart då Johannes ser på henne med rynkade ögonbryn.

– Jag gissade ju något i den stilen. Möjligt att jag skulle ha reagerat på något liknande sätt om det gällt något av mina expertisområden. Geologi, till exempel.

Han lägger armen om henne.

– Att vi aldrig kunde prata om det då, grämer mig mycket. Oaktat risken för att du skulle försvinna borde jag ha tagit upp det med dig. Jag borde ha förstått att det skulle sänka vår relation. Och du försvann ju i alla fall, även om det var jag som tryckte på avtryckaren.

30

H ela förmiddagen ägnas åt att förbereda resan till Cougar, det närmaste samhället med övernattningsmöjligheter vid Mount St. Helens. Planen är att besöka vulkanen och sedan låta Allison köra dem till Portland, där de ska ta flyget hem. De packar ner allt de haft med sig hemifrån i bilen som Allison tillfälligt lånat av sin bror.

– Jag vågar inte lita på att det finns laddplatser ute i ödemarken. Brorsans bil går på diesel och har dessutom högre markfrigång. Man vet aldrig vilken terräng vi kan hamna i, säger hon med ett skratt.

Vägen till Cougar går via Portland, samma rutt som Allison tagit när hon hämtat dem på flygplatsen. Efter att de installerat sig i de små husen i stugbyn – Ifemelu och Johannes delar ett, medan Allison har ett för sig själv – söker de upp ett snabbmatställe och beställer hamburgare. Både Johannes och Ifemelu tar en extra meny. Allison, som redan förklarat att hon inte tänker följa med på vandringen, nöjer sig med den vanliga utan något extra. Under morgonen hade hon sagt sig vara för otränad, vilket fått Ifemelu att undra om hon själv och Johannes förberett sig tillräckligt.

*

Skogen är insvept i dimma när de vid sjutiden på morgonen dagen efter kommer fram till Climbers' Bivouac, startpunkten för toppturen. Den ligger vid vägens slut och är helt omgiven av taniga granar som lutar sig över den öppna platsen. Väderprognosen har förutspått uppehåll och växlande molnighet, men det ser inte lovande ut. Dimman är ändå tunn nog för att solen ska anas som en diffus ljusfläck mellan trädtopparna. Luften är rå, men inte kall, när de tar fram sin utrustning från bilen.

– Hör av er när ni vill bli hämtade, gärna med lite marginal. Jag är inte långt borta men kanske följer någon av lederna härnere som inte är så krävande och det kan ta en stund innan jag är tillbaka.

Hon iakttar dem när de förbereder sig för vandringen. Sandalerna byts ut mot de välanvända vandringsskorna och kortbyxorna kompletteras med vindbyxor som smidigt tas på med hjälp av dragkedjor i sidorna. Ifemelu knyter sin vindjacka runt midjan och sätter på damaskerna som ska hålla småsten och aska ute ur skorna. Ryggsäckarna innehåller fyra liter vatten per person, salta snacks, energibars, vätskeersättning samt lite grönsaker och kryddiga korvar. Dessutom toalettpapper och särskilda plastbehållare för avfall då ingen får lämna något efter sig på berget även om kissa är tillåtet. Allison räcker över vandringsstavarna de lånat av henne, en till dem var.

Hemma hade de vägt sina packningar, båda var klart under tio kilo. Vikten skulle således inte fälla avgörandet. Med hjälp av avbärarbälten fördelar de tyngden från ryggsäckarna till höfterna.

När Allison vinkar av dem och kör iväg börjar vandringen. Ifemelu känner en blandning av förväntan och oro inför de kommande timmarna. Kommer de att behöva ge upp?

*

Den första delen av vandringen tar dem genom tät granskog, där solljuset i gläntor bryter genom dimman som i en altarmålning. Grova, delvis förmultnade stubbar står som tysta vittnen till katastrofen för snart femtio år sedan. De ser avbrutna ut snarare än kapade och påminner om vulkanutbrottets förödelse. Även om utbrottet riktade sig främst norrut, drabbades också skogen på den södra sidan av nedfallande lavarester och aska. Stigen, väl upptrampad men inte särskilt bred, slingrar sig svagt uppåt. Ifemelu känner knappt av ansträngningen, inte ens i de brantare partierna där leden går i zick-zack. Ju högre upp de kommer desto tunnare blir dimman. Hon undrar om den snarare är låga moln och vänder sig till Johannes.

– Vad är egentligen skillnaden mellan dimma och låga moln?

– Ingen, skulle jag tro. Moln som når marken kallar vi dimma. Men det verkar lätta nu. Förhoppningsvis är luften klarare längre upp.

Efter drygt en timmes vandring glesnar skogen, och Ifemelu stannar förfärad till. Framför dem tornar en brant sluttning upp sig, fylld med stenblock i alla storlekar, från fotbollsstora stenar till manshöga bumlingar. Leden fortsätter dock längs skogsbrynet, och hon känner sig tacksam att de ännu slipper stenbranten.

De tar en paus, dricker lite vatten och ser upp mot himlen som nu är helt klar. När Ifemelu vänder sig om och tittar ner mot vägen de kom, breder ett molntäcke ut sig över landskapet som en mjuk yllefilt.

Vandringen blir nu brantare, även om underlaget fortfarande är relativt lättgånget. Efter ytterligare en timmes vandring finns inga alternativ, de måste ge sig in bland stenblocken. Ifemelu kisar upp mot branten men kan inte urskilja var leden fortsätter.

– Jag ser inte leden. Gör du?

Han spanar noggrant uppåt och pekar till slut.

– Där, ser du den vita trästolpen? Den har en röd ring nära toppen.

– Var? Jag ser inget.

Han lutar sig närmare och pekar igen.

– Där borta. De ska finnas med jämna mellanrum ända upp till toppen. Men som jag förstått det finns ingen tydlig stig bland stenarna. Man får själv välja den väg som känns enklast att ta sig fram på.

En grupp vandrare kommer i kapp dem och utan att tveka fortsätter de in bland blocken. Sedan Ifemelu och Johannes vilat en stund letar de upp sina handskar och ger sig sedan in i rasbranten, Johannes först. Vandringsstaven är nu mer till besvär än hjälp. Ibland får hon lägga den en bit framför sig när hon tar tag i kanten på ett block för att häva sig upp och förbi. Stenarna är täckta av vass pimpsten så Ifemelu är tacksam för sina handskar. Toppen av vulkanen syns nu inte över huvud taget. Bara block på block som reser sig framför dem. I skrevorna ligger snö kvar som långsmala vita skärvor. Då och då pekar Johannes uppåt och säger:

– Där är nästa.

Oftast följer hon i hans spår men då hon är kortare än han, måste hon ibland hitta en egen väg. Vid ett tillfälle visade det sig att den väg hon valt var snabbare och hon är först framme vid nästa ledmarkering.

– Vart tog du vägen, säger hon och andas häftigt när han kommer fram bakom ett stort stenblock nedanför henne.

– Hittade du en genväg? Ja, det man inte har i huvudet får man ha i benen, haha.

Båda är genomsvettiga och de sätter sig för att vila och dricka vatten. Hon kränger av sig ryggsäcken, tar upp två energibars och räcker över den ena till Johannes. De blir kvar där en bra stund innan de fortsätter. Vilopauserna blir alltmer frekventa och vattenransonen minskar i oroväckande takt.

– Det är mest på uppvägen vi kommer att behöva vatten, säger Johannes. Även om vägen ner inte är så lätt den heller, så ska den inte vara så konditionskrävande.

Trots de många vilopauserna lyckas de passera gruppen som, utan att stanna vid trädgränsen, direkt givit sig på den mödosamma klättringen uppåt. Personerna i gruppen ser betydligt yngre ut än de själva vilket får henne att känna sig lite mallig över sin seniga, numera starka kropp.

Under en paus njuter de av utsikten över det molntäcke som breder ut sig långt under dem. Johannes pekar plötsligt mot horisonten.

– Där, i öster. Mount Adams.

Ifemelu följer hans blick och upptäcker en mörk topp som sticker upp genom den vita molnmassan. Johannes tar en bild med sin kamera, zoomar in och visar henne den. Den flacka toppen är delvis täckt av snö och framträder mjukt i de omgivande molnens ulliga skikt.

– En typisk stratovulkan, precis som Mount St. Helens, säger han.

Han tar fram telefonen och studerar kartan han tidigare laddat ner.

– Vi är halvvägs nu genom stenblocksdelen. Drygt en kilometer kvar och, han skrattar till, 500 meter upp.

– Så vad blir hypotenusan? säger hon och skrattar också.

Klockan har passerat tolv när det svårforcerade området gradvis ersätts av slätare mark. Det är fortfarande brant, men de behöver inte längre ta sig fram med samma akrobatiska ansträngningar. Nu vandrar de genom ett tjockt lager av aska, som på vissa ställen är så mjukt att skorna sjunker ner och gör varje steg extra krävande. Det känns ibland som två steg framåt och ett tillbaka när skorna glider i det lösa underlaget. Tack vare damaskerna slipper de få aska och småsten i skorna.

Steg för steg, fot för fot, fortsätter de envist uppåt utan att säga något annat än: "Dags för vatten," eller "Jag behöver energi". Andningen är tung och blicken fokuserad på den närmsta metern framför dem.

Klockan är över två när de anar toppen av vulkanen. Marken planar ut något och till sist står de där – på randen av Mount St. Helens. Johannes går fram och omfamnar henne. Sakta gungar de fram och tillbaka, deras andetag är djupa och snabba. Det känns intimt och det är som om de är upptagna med något helt annat. Ifemelu kan inte låta bli att le åt tanken.

*

Den mödosamma vandringen har tagit på krafterna. De står länge tysta hand i hand medan deras andetag gradvis blir lugnare. Luften är tunnare här, nästan 2500 meter över havet. Trots att höjden inte kräver extra syrgas, känns den av vid ansträngning.

På norra sidan av vulkanen finns endast rester kvar av molntäcket och även om hon inte kan se alla detaljer är utsikten enorm över det bergiga landskapet. Den norra sluttningen av Mount St. Helens ser ut som ett öppet sår, täckt av tunn och spridd vegetation som först nu, decennier efter katastrofen, börjat återta marken.

– Minns du texten du skrev till mig? Den om vulkaner.

– Ja, självklart. "Att nalkas en vulkan".

– Kommer du ihåg vad jag svarade?

– Något om att befinna sig på gränsen av en vulkan.

– Precis. Och nu står vi båda på randen av en vulkan. Jag tyckte så mycket om den texten. Den var verkligen en metafor över vår begynnande relation då.

Ifemelu blickar ner i kratern. Långt där nere syns den nya, växande lava kupolen som Johannes berättat om. Vulkanen får plötsligt en annan betydelse för henne, som en metafor över hennes eget liv. Precis som Johannes skrivit i sin text. Om att hon under nästan hela sitt liv kvävt de mest känsliga delarna av sig själv. Frukostkraschen hos Claudia hade varit som ett vulkanutbrott; det förflutna hade vällt ur henne som het lava och blottat det hon försökt dölja, precis som Mount St. Helens blottat sitt inre under sitt katastrofala utbrott. Måtte inte en ny lava kupol växa i henne. Det enda sättet att förhindra det var att sluta täcka över sina mörka sidor med en glänsande yta. För henne var det möjligt men inte för Helens. Jordens kontinentalplattor skulle obevekligt fortsätta att röra sig och skapa nya spänningar. Vulkanbågen med Helens, Adams och de andra, kommer ha sina utbrott, gång på gång. Det är bara en tidsfråga innan nästa katastrof sker.

– Mount Rainer, säger han och pekar på en snöklädd topp som avtecknar sig mot horisonten.

Ifemelu har svårt att identifiera allt Johannes pekar på. Observatoriet på andra sidan dalen. Den stora sjön, Spirit Lake, vars yta delvis är täckt av det timmer som vulkanutbrottet tog med sig från den då omgivande skogen.

– De är som plockepinn, säger han och skrattar lite. Kan du se det?

– Nej, det är för smått. Jag ser olika färg på sjön. Den bortre delen är ljusare, men jag ser inga stockar.

– Jag ser också bara färgskiftningen, det är för långt bort för att kunna se vad den beror på.

Han tar upp telefonen och säger sedan:

– Det är åtta, nio kilometer dit.

Med kameran tar han några bilder och visar henne. Zoomar han in sjön syns det att det är någon form av timmer som ännu flyter där, närmare femtio år efter utbrottet.

Utan att tänka efter hör hon sig själv säga:

– Jag älskar dig, Johannes. På riktigt. Jag tror inte längre att det finns några förbehåll för hur jag kan vara med dig. Det är som om den här vandringen har handlat om vår relation. Första delen, genom skogen, var som innan vi kysstes i bilen, allt gick lätt och smidigt. Andra delen, med de kaotiska stenblocken, var som perioden med återkommande problem och konflikter som till slut fick oss att ge upp. Den tredje delen, genom det mjuka asklagret, liknade när vi återsågs i somras. Aska efter något som brunnit. Och nu, med Helens blottlagda inre och det nästan molnfria landskapet framför oss, känns det som om vi skulle kunna få en relation där vi kan säga precis det vi känner. Vara sanna med varandra. Det har verkligen inte varit någon lättsam vandring. Vi har båda fått våra blessyrer, särskilt bland stenblocken. Men nu står vi här, på randen av en vulkan, och ser ut över ... ja, vad är det vi ser?

Orden kom av sig själva, som om den mödosamma bestigningen planterat omedvetna tankar som utsikten över det öppna landskapet fått att flyta upp till ytan. Hon ser på Johannes och väntar, osäker på hur han ska reagera. Han möter hennes blick länge, med ett uttryck hon inte kan tolka, innan han ställer sig bakom henne, slår armarna om henne och säger lågt:

– Vi ser ut över resten av våra liv, Ifemelu. Resten av ett liv tillsammans.

*

Nedstigningen är som Johannes förutspått, inte särskilt ansträngande för konditionen, och Ifemelu skickar en tacksam tanke till sin vandringsstav. Utan den hade det knappast varit möjligt att ta sig ner utan att riskera skador. Den har i alla fall sparat hennes leder, särskilt knäna. Hon märker att Johannes har det kämpigare än hon själv. Under uppstigningen var det han som fick vänta in henne, nu är rollerna ombytta. Hon stannar och ser på när han några gånger sätter sig för att massera sina ben och knän.

Den sista, flacka biten genom skogen går Johannes märkbart stelt och styltigt. Ifemelu frågar flera gånger om han har ont, men han skakar bara på huvudet och säger att det går bra, med en antydan om att de snart är tillbaka vid startpunkten. När de når en nerfallen stock vid sidan av stigen pekar han på den och säger:

– Vi kan sätta oss här så ringer jag Allison.

Efter samtalet visar han ingen brådska utan verkar tycka det är skönt att vila. De sitter i skuggan då det ännu är varmt.

*

På den lilla parkeringen ser Ifemelu direkt bilen Allison lånat av sin bror. Hon kliver ur och går dem till mötes med en bekymrad blick.

– Ni ser helt färdiga ut. Hur har det gått?

– Uppför var det jobbigt men nästan värre att ta sig ner. Det tar rejält på benen, särskilt i de brantare partierna, säger Johannes.

Ifemelu håller upp sin vandringsstav med ett leende.

– Utan den här hade vi nog fått slå läger på berget, haha.

Under bilresan tillbaka till Cougar föreslår Allison att de nästa dag kan åka till en utsiktsplats norr om Mount St. Helens.

– Det är inte så långt att köra, och därifrån finns det kortare vandringsleder om ni känner för det. Men som ni såg ut när ni kom ut ur skogen, är jag tveksam, säger hon med ett skratt.

31

F rukosten intar de på ett litet café en bit ifrån stugan, där Ifemelu på Allisons inrådan provar hasselnöts-kaffe. En lagom seg bagel och en rejäl portion pannkakor med lönnsirap på det, återställer energiförrådet men, tänker hon, inte det allra nyttigaste.

Hon känner sig förvånansvärt pigg i kroppen även om ben-musklerna ömmar av träningsvärk, främst i vaderna. Johannes påstår sig var återställd men hon tvivlar när hon tänker på hans besvär med ta sig ur sängen på morgonen.

*

Vid tiotiden på förmiddagen når de Johnston Ridge, norr om vulkanen. Höga moln täcker större delen av himlen, men blå luckor skymtar här och var. Prognosen hade förutspått trettio procents risk för regn, men sikten mot Mount St. Helens är klar. Ifemelu kan inte urskilja alla detaljer även om vulkanens silhuett nu blivit bekant för henne: den breda basen som smalnar av mot en topp som är sönderbruten och ojämn. Kanske är det för att hon vet att såret finns där, men hon tycker sig ana det gapande kraterområdet som vetter mot deras position.

De står vid ett räcke, som löper längs kanten av branten, och blickar ner över dalen som skiljer dem från vulkanen. Planen är att vandra till en plats med utsikt över Spirit Lake och verkligen få syn på de trädstammar som ännu flyter på dess yta.

Johannes hade haltat betänkligt när de klivit ur bilen och tagit sig till räcket, men på Ifemelus fråga om han var okej, hade han nickat upprepade gånger. När de gått tillbaka till bilen för att hämta vatten och matsäck, säger han:

– Jag tror jag får hoppa över vandringen. Mina ben behöver lite rehab, haha.

– Oh, really? säger Allison och lägger handen på hans axel. Men vi kan ta oss till andra utsiktsplatser som går att nå med bilen.

– Nej, nej. Ni kan vandra själva, det är helt okej för mig. Jag kan gå kortare bitar här och vila när jag känner för det. Annars kommer jag att sinka er.

Ifemelu håller med Allison om att det varit trevligt om Johannes följt med, men han är orubblig. Till slut ger de upp sina övertalningsförsök, tar farväl och påbörjar vandringen mot Harry's Ridge, en tur på knappt tretton kilometer fram och tillbaka.

De hade inte hunnit mer än ett tiotal meter, när Johannes ropar:

– Vänta!

Han linkar fram till dem och räcker över sin kamera till Ifemelu.

– Så kan jag vara med lite grann i alla fall.

Leden är som Johannes tidigare beskrivit den, lättgången och med små höjdskillnader då den följde olika bergsryggar hela vägen fram till utsiktsplatsen över Spirit Lake och dess timmerklädda vattenyta. Ifemelu tänker att Johannes nog hade klarat av turen utan större problem och saknar honom.

I början slingrar sig stigen längs den södra sluttningen av Johnston Ridge och det är gott om folk på leden. Inte trångt, men de måste anpassa sitt tempo till andra vandrare. När det går för långsamt tar de sig förbi genom att Allison säger ett vänligt "honk-honk". Andra gånger blir de själva passerade av snabbare vandrare. Då och då tar Ifemelu några bilder med kameran. Växtligheten är sparsam längs leden och det finns inga stora träd över huvud taget. Bar berggrund där buskar och gräs växer i skyddade lägen men inget som ens är manshögt. Det är som om vulkanutbrottet inte bara avslöjat St. Helens inre utan också klätt av landskapet norr om henne. Marken är naken till allmän beskådan. Veck och formationer i berggrunden ligger synliga. Längre norrut på bergsryggarna ligger utspridda timmerstockar som ett plockepinn, kvarlämnade efter utbrottets ursinne.

Drygt halvvägs gör leden en sväng söderut, och efter ytterligare någon kilometer är de framme vid "Devil's Point." En skylt markerar platsen som är en utlöpare av Johnston Ridge. Här gör leden en hårnålssväng och fortsätter nästan rakt norrut. Även om vandringen varit lättsam, Ifemelu är inte ens andfådd, stannar de för att vila, dricka vatten och äta några energibars. Utsikten från Devil's Point är magnifik. Från denna vinkel ser Ifemelu tydligare den urgröpta toppen av vulkanen. De kvarvarande molnen klänger sig fast runt toppen i det uppsprickande molntäcket, vilket får den att framträda i relief.

– I feel sorry for Johannes, säger Allison. Han hade nog velat se henne från det här hållet också.

– Han kanske hade kunnat klara det. Det är ju inte särskilt mödosamt.

Allison nickar och ser ut över det öppna landskapet.

– Mount Adams, säger hon och pekar åt öster, precis ovanför där sjön försvinner bakom berget. Ser du?

Ifemelu tittar i den riktning Allison pekar. Hon hittar sjön och anar en mörk topp som bryter horisonten.

– Du kanske inte ser den?

– Inte tydligt, men jag ser något som bryter horisonten. När vi klättrade upp på södra sidan visade Johannes mig ett inzoomat foto av toppen han tagit. Han gör ofta så när mina ögon inte räcker till.

Allison vänder sig till Ifemelu och ler med slutna läppar.

– Det stämmer så väl med bilden mamma gav av honom. Väldigt omtänksam och osjälvisk. Så olikt mig, åtminstone som jag var förr.

– Det är ju inte direkt själviskt att ta ut semester för att spendera den med några du knappt känner.

– Johannes känns som någon jag känner. Jag visste ju hur mycket han betydde för mamma och vi fick en fin kontakt efter hennes bortgång.

Hon går fram till Ifemelu och lägger handen på hennes arm.

– Syster, jag tycker vi har fått en fin kontakt också.

Ifemelu rycker till.

– Ska vi fortsätta?

Allison kisar på henne och säger:

– Du behöver inte vara orolig, jag är inte gay eller så. Jag gillar dig men det behöver förstås inte vara ömsesidigt.

Ifemelu känner att hon måste säga något.

– Jag har haft svårt för att prata om vad jag känner.

– Okej, så vad är det du känner nu?

Allison ler vänligt mot henne.

– Att jag ... att jag tycker jättebra om dig.

Allison ler brett mot henne och nästan skrattar.

– Förra sommaren, när jag träffade Johannes efter mer än ett decenniums tystnad, blev en vändpunkt för min slutenhet. Trots det behöver jag mycket träning på att inte dölja saker, särskilt de viktiga.

– Vad hände? Om det inte är för privat?

– Egentligen inte men helst skulle jag vilja att Johannes är med när jag berättar om oss. Men helt kort. Vi möttes som sagt förra sommaren efter ett långt uppehåll. I början var det väldigt jobbigt för mig men allt eftersom återkom känslan från förr. Uppbrottet för länge sedan var mycket smärtsamt, och allt det gamla flöt upp när jag återsåg honom. Vid ett tillfälle var det som om allt inre tryck bara släppte. Trots att jag formligen vräkte ur mig, stod Johannes kvar. Vi hade några dagar innan pratat om att vara öppna med varandra men det blev så tydligt då och sedan dess ...

Men Ifemelu förmår inte att säga något mer. Punkten där hennes revben möts bränner till och ögonen svider. Hon fylls av en märklig blandning av smärta och glädje. Relationen till Johannes har efter mötet på tåget blivit något oerhört värdefullt men måste ändå hela tiden utsättas för ljuset, att den i annat fall förtvinar. Att prata om det med Allison känns svårt, eftersom det tvingar henne att förstå, verkligen förstå, hur viktig relationen till Johannes blivit. Till och med viktigare än den var för länge sedan.

Allison läger armen om henne och säger:

– ... och sedan dess?

Ifemelu andas medvetet mycket långsamt och fortsätter till slut.

– Sedan dess har jag påbörjat resan mot att visa mig som den jag är. Med Johannes går det rätt bra numera, men med andra tar det längre tid. Det du berättade om mobbning under din barndom när vi var hos Angelo och hur du hanterat det, påminner så himla mycket om mig. Jag har också varit kritisk mot andra, vilket ledde till att jag själv måste vara felfri. Eftersom jag inte är det, så kunde jag aldrig visa upp mig som jag är. Jag skämdes ofta över mina brister.

– Det verkar bekant. Jag förstod inte hur mycket det påverkat mitt liv förrän mamma gick bort. Det var först då jag kunde ta in hennes livsvisdom.

– Varför?

– Jag tror ... tror inte jag blev vuxen förrän då. I början var det svårt att erkänna ens för mig själv men det var som om jag måste vara i opposition, trots att jag visste att hon hade rätt. När hon inte fanns längre föll det ansvaret på mig att upprätthålla det rätta.

– Vad handlade det *rätta* om?

– Många olika saker. Att se på andra människor med mildare blick, jag var så fördömande då. En annan sak, något som jag verkligen försöker tillämpa, är att bete sig som man vill vara, för då kommer man till slut att bli sådan. Sedan sa hon ofta: "Give and you will receive". Inte som en gentjänst utan om tillfredsställelsen av att göra något för någon annan.

– Johannes har sagt precis det, "Ge och du ska få".

– Inte undra på att de fann varandra. Om inte ett helt hav skilt dem åt ...

*

Någon dryg timme senare anländer de till Harrys Ridge. De befinner sig mitt uppe på en bergsrygg som sluttar svagt ner mot Spirit Lake, vars bortre del är täckt av timmer. Ifemelu kan inte urskilja stockarna utan ser bara ett gråbrunt täcke över den annars turkosblå vattenytan. Hon söker med blicken och upptäcker Mount Adams som reser sig en bit ovan horisonten och tar några bilder av både den och sjön nedanför dem. Allison verkar också ha lagt märke till Adams och säger.

– So stupid I am.

Hon tar fram sin ryggsäck, rotar en stund och plockar fram en minikikare.

– Jag hade helt glömt att jag packade ner den här. Prova om du kan se bättre.

Allison räcker över kikaren. Efter att Ifemelu justerat fokuset ser hon toppen mycket tydligare. Berget är delvis snöklätt, och hon tycker sig ana en rökslinga som vore den aktiv – eller om det bara är en molnformation. När hon vänder kikaren mot sjön, ser hon timret. Stockarna är betydligt mindre än hon trott vilket betyder att det måste vara enorma mängder med träd som St. Helens utbrott drog med sig och dumpade i sjön. Ifemelu undrar vad hon själv lastade av på Johannes under sitt utbrott i München. Har det lagt sig på honom också som en gråbrun sörja, något han inte bett om?

Hon räcker tillbaka kikaren till Allison som genast riktar den mot sjön. Efter en stund säger hon:

– Det är folk i en båt där nere, alldeles intill där timmermassan börjar.

– Det är för långt bort men det skulle vara spännande att se på närmare håll. Det är förfärligt vilka krafter som sattes i rörelse vid utbrottet.

– Jag läste någonstans att energin i det beräknades motsvara uppemot tusentals Hiroshima-bomber.

Ifemelu påminns om de klassiska svartvita bilderna av förödelsen i Nagasaki och Hiroshima. Här handlar det om tusentals sådana. Det går inte att förstå och hon ser bort mot Mount Adams som vilar stilla på horisontlinjen och jämför med den söndertrasade toppen på Mount St. Helens. Om Adams får ett liknande utbrott skulle kanske inte ens platsen där de sitter, vara säker.

– Vi kanske ska äta något innan vi tar oss tillbaka, säger Ifemelu och plockar upp lite frukt, grönsaker, snacks med mera ur sin ryggsäck och lägger mellan dem.

Allison tar fram vattenflaskor.

Efter att de slukat nästan allt, känner sig Ifemelu kissnödig. Hon ser sig om men hittar inget att gömma sig bakom.

– Vi kanske måste skynda oss tillbaka, jag behöver kissa.

– Du kan väl kissa här?

– Till allmän beskådan, haha.

– Jag kan skyla dig. Vi går dit bort och vattnar den lilla busken så håller jag upp min jacka som skydd.

Allison tar av sig jackan och håller upp den som ett segel ner mot marken intill busken. Ifemelu ser sig nervöst omkring. Långt bort anar hon folk men drar ändå snabbt ner sina byxor, sätter sig på huk och uträttar sitt behov så snabbt hon kan. Nu känner hon sig som en syster till Johannes amerikanska väns dotter. Kanske beror det på deras gemensamma hudfärg men det är inte allt.

*

Efter den halvdagslånga vandringen återvänder de till Johnston Ridge. Johannes sitter på en bänk en bit från parkeringen och tycks djupt försjunken i sin telefon. När de närmar sig, ser han upp på dem och stoppar undan den. Ifemelu sätter sig bredvid honom.

– Du hade mycket väl kunnat vara med oss. Det var inte särskilt arbetsamt eller svårt.

– Nej, jag tror inte det. Inte ens en vanlig promenad går lätt just nu. Jag behöver nog lite längre tid för att återhämta mig.

– Är det något som gått sönder tror du?

– Nej, det är nog bara överansträngning. Mina muskler verkar inte så starka trots all träning och då kanske leder och ledband tagit stryk. Berätta nu om turen!

– Lätt att gå och Helens såg lite annorlunda ut från "Devil's Point".

– Utlöparen, jag förstår.

– Sedan kunde vi se timret, vilka oerhörda mängder.

– Ja, utbrottet svepte med sig allt som växte åt det hållet.

Ifemelu räcker över kameran till honom och han ser en stund på bilderna hon tagit.

*

Allison skjutsar dem till deras hotell i Portland och Ifemelu är nära att gråta när de tar farväl efter att de ätit en gemensam middag i närheten av hotellet.

När de kommer in på sitt rum säger Ifemelu:

– När vi var vid Harrys Ridge i eftermiddag och jag såg den enorma mängd timmer St. Helens vräkt ner i sjön, tänkte jag på mitt utbrott förra sommaren.

– Du menar hos Claudia?

– Ja. Jag kände att jag betedde mig som vulkanen, vräkte allt på dig utan att tänka på konsekvenser för dig. Förlåt.

– Vet du, det var precis tvärtom. Det du kallar utbrott blev en lättnad för mig också.

Hon ser på hans allvarliga ansikte men förstår inte vad han menar.

– Lättnad, hurdå?

– Även om det var jag som lämnade dig kan jag inte påstå att jag var stolt över hur brutalt jag avslutade det mellan oss. Fegt, om jag ska vara ärlig. Så det var som om jag fick vad jag förtjänade där i München.

Hon tar hans hand och kramar om den. Han kliar sig på hakan några gånger.

– Du hade nog rätt i att jag flydde men det var inte från dig utan från situationen i sig. Jag ville bara bort. Men jag tror jag behövde höra din version, din ilska och sorg. Det lättade min skuldbörda som annars varit kvar som en tung, oförlöst sten.

Han ställer sig intill och håller henne hårt intill sig. Ifemelu fylls av skör, stillsam glädje och en känsla av lycka. Men den måste vårdas – ömt.

*

Redan vid sjutiden på morgonen dagen efter sitter de på planet hem och landar nästa morgon efter en arton timmar lång flygresa med två byten. Cecilia möter upp vid flygplatsen.

I bilen på väg hem är Ifemelu jättetrött trots att hon försökt sova på planet och säger inte mycket. Johannes verkar piggare och berättar om den otroliga resan och framför allt om toppturen för sin dotter.

32

Efter det att Cecilia lämnat dem packar de upp och tvättar det som behöver tvättas. Resten av dagen försöker de sysselsätta sig praktiskt för att hålla sig vakna. Allt för att skjuta fram sänggåendet så sent som möjligt. Trädgården behöver en del skötsel och Johannes dammsuger hela huset trots att ingen bott där under några veckor. Det blir ändå en tidig middag för redan vid fyratiden har de ätit och diskat efter sig.

*

Ifemelu somnar nästan direkt men vaknar mitt natten. Hon ser på klockan och den är inte mer än strax efter ett, men hon lyckas inte somna om utan vänder sig hela tiden. Varje position blir obekväm nästan direkt.

Nästa gång hon ser på klockan är den halvtre och hon ger upp. Hon saknar Johannes vid sin sida och smyger in till honom i gästrummet. Han sitter i sängen med sin telefon och ser upp på henne och skrattar till.

– Tidsomställningen. Men det är inte bara det. Jag saknar dig, säger hon. Kan du inte sova hos mig?

– Jag kommer inte heller till ro. Behöver gå på toaletten men kommer in till dig sedan.

Det spolar i toaletten och han vinglar till när han kommer in i sovrummet.

– Din kropp verkar sova i alla fall, säger hon och skrattar lite.

– Jo, men det är något konstigt med mina ben. Det är som om jag inte har någon riktig känsel i fötterna.

– Du kanske har legat konstigt?

– Tror inte det. Kände något redan på planet hem men tänkte att det berodde på att jag inte kunde sträcka ut benen ordentligt. Vi får se vad som händer. Nu vill jag krypa ner hos dig.

Han lägger armen om hennes midja när han lagt sig och det går inte en lång stund innan Ifemelu sover.

*

Dagen efter hemkomsten ringer Jessica och vill träffa dem. Hon är så nyfiken på resan och redan samma kväll kommer hon till Körsbärshuset. Hon öppnar själv ytterdörren och i hallen överraskar hon Ifemelu med att först krama om Johannes. Därefter är det Ifemelus tur.

De går in i vardagsrummet och Jessica frågar om allt möjligt. Ifemelu svarar på det mesta och under tiden tar Johannes upp sin telefon, kopplar upp den mot den stora bildskärmen på väggen mittemot soffan.

– Vi kan titta på några av bilderna om du har lust. Men jag tänkte inte dränka dig med dem. Jag sorterade lite under flyget hem och har valt ut de mest intressanta.

Jessica sätter sig intill honom och verkar väldigt uppspelt. Johannes berättar och Ifemelu fyller i, ibland tvärtom, allt eftersom bilderna rullar förbi på skärmen: Stillahavskusten, Allison och hennes hus, stugan i Cougar. Därefter det viktigaste: vandringen upp till Mount St. Helens. Den lugna delen genom skogsområdet, den otroligt jobbiga biten med stora stenblock. Sedan utsikten från toppen där flera av de vulkaner den vulkaniska bågen består av, syns. Spirit Lake med allt timmer och utsikten mot det gapande såret från platsen norr om St. Helens. Johannes berättar med verklig inlevelse och det framgår tydligt hur mycket han uppskattat resan. Det har även Ifemelu gjort men hon har inte samma förmåga att berätta som han. När förevisningen är över säger han:

– Jag kan inte nog tacka dig för boken. Den har varit till så otroligt stor hjälp, framför allt som inspiration. Men utan de råd den gett om utrustning, förberedelser, förslag på vandringar, hade vi aldrig kunnat slutföra den.

Ifemelu ser på Jessica och hon ser tagen ut.

– Så … roligt, säger Jessica, sedan spricker rösten för henne.

Troligen för att dölja det som inte ryms inne i henne, slår hon armarna om Johannes och viskar något knappt hörbart till honom.

– Tack för att du stod ut med mig förra året. Jag är så glad över att mamma har fått en man igen. En bra man.

*

Ända sedan hemkomsten hade de sovit tillsammans så det var inte helt oväntat när Johannes antog erbjudandet från året innan om att flytta in.

– Vi kommer väl ändå fortsätta att sova ihop, säger han lite generat.

I mitten av augusti kom han med sina saker: böcker, kläder, några tavlor, dukar och gardiner hans mor gjort och ytterligare porslin från servisen med blå- och guldfärgad kant. Johannes skulle flytta både de få kläder han haft i gästrummet och resten av sina kläder från huset, till de tomma garderoberna i Ifemelus sovrum, de som tidigare tillhört Robert. Hon hade noggrant torkat ur dem tidigare under dagen.

När Johannes hängt in några plagg och gått för att hämta ytterligare en kartong från släpet, kan hon inte motstå frestelsen att öppna en av garderobsdörrarna på glänt och sticka in

273

näsan. Doften av rengöringsmedel blandas med den från hennes nya sambo. Johannes kommer på henne där han står i sovrumsdörren med en kartong i famnen och ler.

– Vad gör du?

– Ville bara känna att du verkligen bor här nu. Din doft har i alla fall boat in sig.

Han ställer ned kartongen och lägger armarna om hennes midja.

– Huset kommer jag att behålla. Inte ens hyra ut. Om det inte känns rätt för oss här, kan vi backa. Inte bryta, utan bara återgå till hur det var innan.

– Jag vet. Men jag försöker inte tänka för mycket på vare sig framtid eller historia. Jag vill att vi bor tillsammans nu och att du känner att huset är ditt också. Jag har redan pratat med Julia och Jessica om det. De har inget veto om vad som ska göras här. Du och jag bestämmer.

– Och de accepterade det? De har ju ändå sin laglott.

– Vid bodelningen valde jag att ta hela huset, det är inte så mycket värt eftersom det ligger så långt ifrån stan. De har fått ut sin del på annat sätt.

Johannes fortsätter att bära in sina saker. Den halvtomma bokhyllan i vardagsrummet fylls på successivt med klassiker, samtida litteratur, novellsamlingar, poesi, essäer, faktaböcker – framför allt om geologi och musik. Ifemelu märker att han sorterar dem som på ett bibliotek, efter kategori, och inom dem efter författarens efternamn. De ljusa fälten på väggarna som visar var Roberts konst hängt, täcks nu delvis av Johannes grafiska verk. Axel Fridell är en av hans favoriter och "Mr. Simmons" hamnar på väggen intill flygeln.

När allt är inburet, uppackat och på plats sätter de sig i vardagsrummet med kaffe och några kanelbullar Ifemelu bakat och tagit fram ur frysen tidigare samma morgon.

– Nu bor vi äntligen tillsammans. Det som jag drömde om en gång.

– Det är både overkligt och väldigt påtagligt. Jag tycker om att ha en man i huset.

– En *man*? Vem som helst?

– Jag tycker om att ha *dig* i huset!

Han ser på henne med en förbryllad min. Tar därefter en av bullarna och säger mellan tuggorna:

– Så bra, jag vill vara här. Särskilt när du bakar så goda bullar.

– Jag vet precis var din akilleshäl är, säger hon och skrattar högt. Förresten, jag vill visa dig en sak.

Hon reser sig och går in till gästrummet. Längst upp i garderoben därinne har hon sparat saker i en liten låda. Bland dem, en halv sten med en slät- och skrovlig yta. Den hon fått av Johannes när han krossat sitt finger. När hon kommer in i vardagsrummet ber hon Johannes öppna handen, och i den lägger hon stenhalvan. Han vrider och vänder på den och för med fingrarna över den släta ytan och ser upp på henne.

– Jag har också kvar min.

*

Under hösten förvärras problemen för Johannes och han får allt svårare med längre promenader även om han länge envisas med dem. Ifemelu lyckas till slut få honom att kontakta sjukvården. Efter flera remitterade undersökningar konstaterar hans läkare att han sannolikt lider av polyneuropati. En nervsjukdom där nerverna långsamt förtvinar. Risken är att han till slut blir rullstolsbunden. Det finns ingen behandling men genom träning, framför allt promenader, går det att sakta ner utvecklingen och det kan ta många år innan ödet är beseglat.

När han berättar om diagnosen för Ifemelu säger han med en blandning av humor och uppgivenhet:

– Om jag fortfarande lever om tio år kommer jag att tänka: "så bra mina ben var för tio år sedan". Så det gäller att passa på nu.

Visst har han rätt, min Johannes, tänker Ifemelu. I vår ålder duger det inte att uppgivet betrakta förfallet. I stället ska vi vara tacksamma för de förmågor vi ännu har. Och använda oss av dem.

På nätet hittar de uppgifter om att B-vitamin ska vara bra så han äter tillskott. Tillsammans med dagliga promenader tycks det bromsa utvecklingen, men känseln i fötterna återfår han aldrig. "Det känns som sockerdricka under dem", säger han vid ett tillfälle.

FEM ÅR SENARE

33

En lördag i september hör Ifemelu ytterdörren öppnas och Klaras röst:

– Mormor, nu kommer vi!

Ifemelu går ut hallen och möter Julias familj. Dotterdottern rusar fram och slår armarna om Ifemelus ben och säger:

– Kan vi spela piano?

– Ja det är klart. Jag ska bara prata med mamma och pappa först.

Julia och Oscar kommer in i hallen. Båda i arbetskläder och med ett verktygsbälte om midjan.

– Välkomna, säger hon och kramar om dem båda. Är det dags?

– Ja. Vi har allt med oss på släpet därute, säger Oscar.

Johannes kommer också ut i hallen med sin rollator och hälsar på dem och Julia kramar om honom. Ifemelu ser på hans bekymrade ansikte och lägger sin hand på hans arm.

– Ska vi sätta igång? säger Julia vänd till sin man och de går ut till sin bil.

– Hej morfar! säger Klara. Jag ska spela piano med mormor.

– Först ska jag bara stöka undan på terrassen. Morfar kan spela lite med dig först.

Johannes tar Klaras hand och de går till vardagsrummet. Strax hörs de första tonerna av Bachs första preludium ur hans "Das wohltemperierte Klavier".

Ifemelu går in i köket och sedan ut genom altandörren. De växter som står vid sidan om den korta trappan ned till terrassen, flyttar hon undan för att förbereda platsen för rampen. Den som hon nästan fått tvinga Johannes att acceptera. Hon kan dock förstå honom. Även om rollatorn följt honom en tid nu, kunde den gömmas undan. Osynliggöras. En ramp ut till altanen var synlig för alla och en tydlig markör på den tilltagande skröpligheten. Ännu var hennes ben friska och hon rörde sig obehindrat både inom- och utomhus. Ännu kunde hon gräva med spaden och köra en skottkärra. För henne var det ögonen som fallerade och utan hans bistånd skulle hon omöjligen klara det hon faktiskt gjorde.

Julia bär på en bunt med reglar och brädor i impregnerat trä. Hon är stark min tjej, tänker Ifemelu. Så lustigt att hon påminner så mycket om Johannes. Ett skarpt intellekt och väldigt praktisk. När han första gången bott här en sommar, hade hon överraskats av hur enkelt han tycktes lösa de praktiska problem som uppstått. Räcket han lagat. Hur snabbt han lokaliserat felet när elen försvann i vardagsrummet. Då var det som om han tagit huset i besittning. Inte genom ockupation utan genom att ta ansvar för det. Ifemelu hade då tänkt att Johannes var hennes *äkta* man. Den *verklige* mannen i hennes liv.

Oscar kommer bärande på en mobil arbetsbänk och de två sätter igång med arbetet. De mäter, sågar, mäter igen. Skruvar och hamrar. Ibland samtalar de ivrigt om hur något borde lösas. Under tiden går Ifemelu in till vardagsrummet och tar över rollen som pianofröken. Klara har utvecklats otroligt under det senaste året och spelar preludiet felfritt trots att hon bara är fem år. Julia hade berättat att hon aldrig behövt be henne att öva. Snarare tvärtom, det var svårt att slita henne från pianot. Varje gång de fått besök av Julias familj hade Ifemelu suttit tillsammans med femåringen och spelat.

Några timmar senare är rampen klar och Julia ropar in till köket där Johannes sitter overksam:

– Dags för en provtur!

Ifemelu kommer in från vardagsrummet med lilla Klara och ser Johannes resa sig med stöd av bordet och dra till sig rollatorn. Han ser fortfarande inte glad ut, tänker hon. Sakta rullar han ut genom altandörren och vidare ner för rampen. Ifemelu går och ställer sig vid dörröppningen. När han kommit ner på altanen säger Johannes till de båda hantverkarna:

– Den fungerar perfekt. Ett stort tack till er. Vad blir jag skyldig?

Julia ler varmt mot honom.

– Inte blir du skyldig något. Om den funkar för dig är det en mer än tillräcklig belöning. Vi gillar ju båda att snickra.

Hon drar med handen över hans rygg och vänder sig sedan till sin man:

– Ska vi plocka ihop?

– Jag fixar det så kan du umgås med din mamma.

– Vi kan fika lite. Jag går in och förbereder så kan vi fika här ute, säger Ifemelu.

– Jag hjälper dig, säger Julia.

– Jag vill ha saft, säger Klara och går ut på rampen och hoppar lite.

Ifemelu ser på Johannes som betraktar dem med ett hjälplöst ansiktsuttryck och rullar sedan bort till trädgårdsmöbeln där han sätter sig på en av stolarna. Julia går uppför rampen, stannar mitt på den och hoppar lite även hon, som ville hon känna att den är tillräckligt stabil. När hon kommit in till köket säger hon till Ifemelu med låg röst:

– Han ser inte glad ut.

– Jag tror att han inte vill se sig som en man med krämpor. Att rampen stämplar honom som hjälplös. Jag kan förstå det.

*

Som vanligt högläser Johannes för henne ur en bok när de gjort sig klara för natten. De sitter i varsin fåtölj i vardagsrummet och boken är skriven av en kinesiska. Den handlar bland annat om kulturrevolutionen i Kina och är enligt baksidestexten en autofiktion av de umbäranden författarens familj utstått under den fasansfulla perioden i Kinas moderna historia. Personer och platser är påhittade men händelserna verkliga.

Efter att han läst första kapitlet lägger han ner boken och säger:

– Jag borde kanske flytta hem igen.

Ifemelu ser förfärat på honom.

– Vad menar du? Varför skulle du göra det?

– Jag är ju bara till besvär här numera och blir en allt större börda för dig. Jag står inte ut med att ge dig ett sådant miserabelt liv. Du har redan burit mer än din beskärda del av bördor i livet.

Käre Johannes, tänker hon.

– Är det rampen som fått dig att tänka så?

– Inte bara den. Under det senaste året har du fått hjälpa mig mer och mer. Du lagar mat, städar, tvättar – allt. Jag blir som ett kolli du måste flytta runt. Bara tanken på det gör ont i mig.

– Min käre vän. Hur tror du jag skulle klara mig utan dig här? Jag ser ju knappt något längre. Varje gång jag behöver läsa en instruktion, tolka en tvättlapp eller plantera efter rekommendationerna på en fröpåse, finns du där. Dina armar och händer är lika starka som förr – inget glasburkslock är för envist för dig.

Han tittar förvånat på henne. Hon fortsätter:

– Om jag är dina ben, är du mina ögon. Har du aldrig tänkt på det?

Han lägger ner boken på rumsbordet och ser upp på henne.

– Jag har så svårt att vara till besvär och vill klara mig själv. Tänk om jag inte ens klarar av att duscha längre, eller ännu mer privata saker.

– Då hjälper jag dig.

Han ser nästan förskräckt ut.

– Men …

Han tar upp boken igen och bläddrar planlöst i den som vore den ett stöd för hans tankar.

– Vi är ju inte så intima med varandra.

– Vi sover tillsammans varje natt. Du håller ofta om mig. Så det är klart jag kommer att hjälpa dig med allt du inte kan göra själv. Skulle inte du göra samma för mig?

Boken hamnar åter på rumsbordet som om han inte behöver den längre.

– Det är klart. Med allt vad jag ännu förmår vill jag förstås hjälpa dig. Fast ordet *hjälpa* låter så opersonligt. Jag ser det inte som att jag hjälper dig. Gör jag saker för dig är det för att du behöver det. Kan du inte läsa, gör jag det åt dig. Du har rätt i det. Jag är dina ögon. Men det är så svårt för mig att låta dig vara mina ben. Jag brukar inte …

Han stryker undan något under sina ögon och kanske han gråter. I så fall är det bara en stilla gråt som inte hörs. Efter en stund säger han:

– Så blir jag en börda för dina barn också.

Lilla Johannes, tänker hon.

– Såg du inte hur nöjda de var, särskilt Julia. Hon tycker verkligen om dig och när hon gör något för dig, är det precis som hon sa. Blir du nöjd är det en tillräcklig belöning för henne. Cecilia är ju också här ibland och hjälper oss. Oss, inte bara dig.

– Det är sant. Men jag känner mig lite skuldtyngd gentemot henne också, särskilt det hon hjälper *mig* med.

– Jag ska inte säga att jag inte förstår dig, för det gör jag. Men jag försöker också se klart på hur det faktiskt är. Vi ber dem väldigt sällan om hjälp. Varken Julia, Jessica eller Cecilia är här särskilt ofta för att hjälpa oss med något. Det är nästan så de försöker tvinga på oss sin hjälp. Som om *vi* ger *dem* dåligt samvete med att klara oss själva så bra. Tänk inte så mycket. Vi reder oss. Och kompletterar varandra, nu även fysiskt. Det mesta går långsammare än förr, men det får ta den tid det tar.

Med ännu blanka ögon ser han på henne och ler lite snett. Till slut säger han:

– Ska jag läsa ett kapitel till?

34

Till annandag jul hade de bjudit in hela deras växande familj till Körsbärshuset. Ifemelu glädjer sig enormt att få tillreda mat till alla.

Under några dagar innan röjer de hela huset men en av morgnarna, efter att hon vaknat, är Ifemelus högra arm helt bortdomnad och det håller i sig hela förmiddagen. Hon måste ha legat konstigt, tänker hon. Johannes städar därför själv så gott han kan det mesta av huset. Halvsittande på rullatorn dammtorkar han allt han kommer åt i alla rummen. Även allt porslin i badrummet rengör han med rengöringsmedel och trasa. Senare på dagen känner hon sig normal igen och försöker ta över städningen men Johannes protesterar

– Du är ingen ungdom längre, säger han flera gånger.

I långsam takt möblerar hon i alla fall om i vardagsrummet så att matsalsbordet med utdragna skivor får plats. Läsfåtöljerna flyttar hon som vanligt till bakom flygeln när de har gäster.

*

När det ringer på dörren går Ifemelu ut till hallen med Johannes rullande efter sig. De öppnar dörren och möter en strålande glad Jessica med armarna nertyngda av två stora papperskassar. Han drar rollatorn åt sidan och släpper förbi henne. Efter att ha satt ner kassarna slår hon armarna om honom och säger:

– Feliz navidad, käre Johannes.

Hon släpper taget om honom och gör om proceduren med Ifemelu.

– Sååå roligt att se er, men vad kallt ni har det. Jag borde ha tagit med mig mer kläder.

Ifemelu noterar att hon bara har en enkel blus under en tunn vindjacka och en knälång kjol. De ljusa strumporna döljer hennes bruna ben och det ser lite konstlat ut.

– Kära du, du har på tok för lite kläder. Det var nästan minus fem i morse.

– Det känns. Jag går innan jag flög hem hade vi över tjugo. Varför köper ni inte något ställe därnere? Behöver ni två hus?

Hon ser på Johannes, men han tycks besvärad över hennes fråga och säger inget. Ifemelu räddar honom.

– Vi tycker båda om både sommaren och vintern här uppe. Det är sällan någon snö numera så det är egentligen inga större problem. Sedan är det som om vintern är en bra vila efter sommarens aktiviteter. Vi läser mycket och går på konserter. Det är som två olika liv.

– Ni skulle i alla fall kunna komma ner och bo hos mig några veckor. Det finns intressanta geologiska platser uppe i Pyrenéerna.

Johannes lyser upp.

– Jo, jag vet. Det finns en geopark där uppe. Sobrarbe P ...

– Pirineos, fyller Jessica i.

Hon tar upp sin telefon klickar och skriver något.

– Två och en halvtimme med bil så kan vi vara där.

Ifemelu skrattar.

– Ni är hopplösa. Men visst skulle vi kunna åka ner några dagar. Tror inte du skulle stå ut med oss så mycket längre. Vad säger du?

Hon vänder sig till Johannes.

– Jo det vore roligt men krångligt med rollator.

– Förutom kök och vardagsrum finns det ett sovrum i entréplanet ni kan få använda. Då är det inga problem med din rollator.

Innan Johannes hinner svara öppnas ytterdörren. Julia, Oscar och deras femåring står påpälsade utanför, betydligt mer anpassade till vädret än Jessica. Ifemelu går fram till dem och sätter sig på huk framför den lilla.

– God jul Klara. Tror du tomten kommer i år också? Du har väl varit snäll?

Klara säger inget men går direkt fram till Johannes.

– Ska vi bygga med Lego?

– Självklart. Vi hinner innan alla kommit. Du vet var det finns.

Klara nickar och när hon passerar Ifemelu säger hon till henne:

– Vill du inte komma in och se på julgranen först?

Men inget tycks stoppa Klara och hon halvspringer in till gästrummet och det hörs skrammel från garderoben. Johannes kramar om både Julia och Oscar och gör sedan Klara sällskap.

– Hon gillar verkligen att bygga med Lego. Oscar klagar ibland att han får sitta tillsammans med henne hela kvällar. Lego är det enda som kan dra henne från pianot.

– Nej, det är inte så farligt, säger Oscar. Jag tycker också det är kul. Problemet är att jag inte hinner så mycket annat.

– Ska vi gå in och sätta oss. Johannes sa att Cecilias familj skulle bli lite sena. Ni kan få lite knäck men bara lite så det inte förstör aptiten.

*

Under middagen ser Ifemelu ut över deras gäster. Petter skulle fira jul med sin flickväns familj men Ifemelu är glad att Cecilia och Marcus kommit trots att de under det senaste året befunnit sig i Genève på grund av Cecilias forskningsprojekt på CERN. Ifemelu känner sig lite sorgsen över att Jessica ännu lever ensam. Golfen tar inte lika mycket tid längre då hon slutat med de internationella tävlingarna. I stället tävlar hon lite på hemmaplan men spenderar det mesta av dagarna som instruktör. I huset hon köpte för några år sedan, som ligger en bit från kusten några mil norr om Barcelona, tillbringar hon oftast hela vinterhalvåret utom under julhelgerna. Samtalen rör sig fritt över de mest skilda ämnen. Om livet i Spanien och Schweiz. Om hur Marcus klarar av att vara hemmaman och sköta markservicen. Jessica berättar om livet som golfinstruktör och Julia, som gett upp cancerforskningen och fördelar sin arbetstid mellan att vara allmänläkare på en vårdcentral och att hjälpa Oscar i hans företag med att renovera gamla hus. Cecilia ställer många frågor till honom om hur han gör för att bevara husens ursprungliga arkitektur.

– Det är en del i vår vision, att i så stor utsträckning som möjligt bevara det som finns. Måste något bytas ut försöker vi alltid tillverka en ny för hand, nästan på samma sätt som den ursprungliga gjorts.

Cecilia vänder sig till Marcus.

– När mitt projekt är klart kan vi inte se om vi kan hitta ett mindre hus här i stan men i äldre stil? Det vi har är ändå för stort nu. Jag gillar tjugotals-stilen. Högt i tak och mer praktiskt än sekelskifte.

– Hittar ni ett renoveringsobjekt så hjälper jag och Julia hemskt gärna till, säger Oscar.

Efter middagen underhåller Klara med pianospel. Für Elise sitter nu perfekt med fin dynamik och lagom rubaterat, något som Johannes introducerat för henne.

– Vilken glädje att hon fått dina musikgener, säger Johannes när gästerna gått och de åter är själva i huset.

35

En kväll, några dagar in på nyåret, tar Ifemelu en dusch. Johannes hade redan duschat och sitter i fåtöljen i vardagsrummet. Kanske skulle de hinna läsa ut boken i kväll då bara några kapitel återstod av den omfångsrika romanen om Johannes Brahms och Clara Schumann. De hade båda fascinerats av den påstådda romans som uppstått mellan kompositörerna och förstås sett paralleller till sina egna liv.

Med ena handen håller hon duschhandtaget ovanför sitt huvud och låter det varma vattnet strila genom hennes nästan vita krusiga hår. Vintern hade varit kall under de första dagarna på nyåret och hon står länge med vattnet strilande över sig för att bli varm. Plötsligt faller duschhandtaget till golvet och hennes arm hänger slappt ner vid sidan. Hon faller sedan handlöst ner till golvet. Vattnet från duschmunstycket sköljer över hennes ansikte och bröst. Hon förstår med en gång vad som hänt och ropar på Johannes. Men det kommer inget annat än ett sluddrande ur hennes mun. Med den ännu rörliga armen bultar hon upprepade gånger på plexiglaset till duschkabinen. Efter en stund hör hon dörren till badrummet öppnas med ett slammer och några sekunder senare öppnas duschkabinen och hon ser en förskräckt Johannes hängande över sin rollator.

– Hur är det fatt Ifemelu? Vad har hänt?

Hon pekar på sitt huvud med den arm som ännu fungerar.

– Har du fått en stroke? säger han med en mycket upprörd stämma. Vänta, jag ringer ambulansen.

Innan han snubblande med sin rollator lämnar badrummet, stänger han av vattnet. Svagt hör hon hans hetsiga röst när han pratar i telefon med vad hon antar är räddningstjänsten. Till sist skriker han:

– Det är bråttom!

När han kommer in till henne säger han.

– De sa att det är mycket viktigt att du inte rör dig alls. Jag ska skyla dig så du inte fryser.

Han tar ner badhandduken från kroken, sänker sig ner till golvet och kryper fram till henne. Omsorgsfullt täcker han henne med handduken och mycket, mycket försiktigt stoppar in en del av den under henne. Hon försöker förstå vad som fungerar och inte fungerar. Pratet verkar helt borta och den högra halvan av kroppen. Både arm och ben. Den vänstra känns okej och hon spretar med både fingrar och tår på den sidan.

– Jag ska hämta dina kläder.

Han drar sig upp till rollatorn och rullar ut ur rummet. Efter en stund kommer han in med underkläder, ett par byxor, sockor och en blus hängande över rollatorns sittplats.

– Jag tog bara första bästa.

Åter ställer han sig på knä på golvet framför henne. Med handduken torkar han henne så gott det går inklusive hennes underliv, och hon blir rörd av hans varsamma händer. Oerhört försiktigt och utan att rubba henne, får han på henne trosor och en blus bak och fram. Byxor och behå är inte att tänka på, säger han. När han åter lägger en ny, torr handduk över henne hör hon ambulanssirenen utanför och Johannes drar sig upp på rollatorn för att öppna. Under tiden försöker hon flytta handduken så att den täcker även hennes trosor men hinner inte innan de två ambulanssjukvårdarna kommer in i badrummet med en bår. Långsamt och försiktigt lyfter de upp henne på den och täcker henne med en filt innan de bär ut henne till den väntande ambulansen. Det sista hon hör innan hon slocknar är Johannes röst:

– Jag vill följa med.

*

När hon kvicknar till igen är hon på sjukhuset vad hon förstår. En droppslang sitter i hennes högra arm. Johannes sitter på en stol invid henne och håller sin hand på hennes ännu fungerande vänsterarm. Julia och Jessica står bredvid honom.

– Mamma, hur är det med dig? säger Jessica.

Ifemelu försöker säga något men det blir inget. Inte ens ett mummel eller ljud hörs. Bara tyst. Hon vet inte ens om hennes läppar rör sig och känner efter med den rörliga handen. Jo, de tycks försöka men det hjälper inte.

– Vad är det du vill säga mamma? säger Julia. Vill du ha något? Vatten?

Hon ruskar på huvudet men visar med handen att hon vill att de båda döttrarna ska komma närmare. Med sin vänstra arm tar hon tag om Julias nacke och drar henne till sig och kramar om henne och därefter Jessica.

Dörren in till sjukrummet öppnas och Ifemelu ser Cecilia hastigt komma in i rummet med sin son i släptåg. Hon kommer fram till Ifemelu på andra sidan sängen och frågar på samma sätt som Jessica hur det är fatt med henne. Nu försöker Ifemelu inte säga något utan nickar bara med huvudet för att förmedla ett "okej". Cecilia ser mycket bekymrad ut och tycks växla blicken mellan Johannes och Ifemelu där hon ligger. Hon smeker henne på den bortdomnade armen.

– När pappa berättade för mig vad som hänt och att du inte kan prata, tog jag med en platta. Kanske du kan skriva något på den? Den har ett stort tangentbord på displayen.

Hon tar fram en stor surfplatta, klickar lite på den och räcker över den till Johannes som står på den friska sidan. Han låter plattan vila på Ifemelus bröst och hon kan ana bokstäverna på det stora tangentbordet. Med vänster pekfinger skriver hon, mödosamt tecken för tecken. Till slut står det: *Tack för att ni är här. Jag har inte ont. Huvudvärken har släppt men jag tror att jag är rätt illa däran. Hela högra sidan är borta och jag kan inte röra den alls. Hur länge har jag sovit?*

Hon tar ner handen och Johannes lyfter upp plattan och håller den så alla kan se. Johannes säger:

– Du kom hit för tre dagar sedan och har genomgått en operation. Jag tror att de medvetet hållit dig nedsövd sedan dess. Läkaren får förklara.

Ifemelu nickar och försöker le mot honom, hennes allra bästa vän.

En kvinna kommer in till dem och presenterar sig som Ifemelus läkare. Hon berättar att Ifemelu drabbats av en stroke, en omfattande hjärnblödning och de hade opererat henne direkt. Instinktivt tar Ifemelu på sitt huvud och känner bandaget. Hon ber Johannes om plattan igen och skriver en stund och pekar sedan på läkaren. Johannes visar plattan för henne.

Hur allvarligt är det? Kommer jag att återfå rörligheten?

Läkaren ser på henne och säger:

– Jag är inte helt säker på vilka som är här. Kan jag berätta öppet så alla hör?

Ifemelu nickar bestämt med huvudet. Läkaren säger:

– Du har som sagt fått en omfattande blödning i hjärnan som påverkat hela din högra kroppshalva. Konstigt nog klarade sig ansiktet. Ofta brukar halvsidesförlamning uppstå även där. Du har varit nedsövd sedan operationen för tre dagar sedan. Prognosen är svår att göra. Vi får se hur det utvecklar sig de närmaste dagarna.

Johannes stannar kvar hos henne när alla tre döttrarna lämnat dem. Personalen kommer in med jämna mellanrum för att undersöka hennes tillstånd. Cecilia hade sagt att Ifemelu kunde behålla plattan så länge. Hon pekar på den och Johannes placerar den åter på hennes bröst. Ifemelu börjar skriva. Det går långsamt men hon vill vara så tydlig hon kan.

Jag tror inte att jag kommer att överleva detta Johannes. Förutom att högra sidan är borta känns min kropp jättekonstig. Inte ont men som om den inte tillhör mig riktigt.

Johannes läser det hon skrivit och säger:

– Tänk på att vila bara. Du har ju precis vaknat upp ur narkosen. Så kroppen kanske känns konstig.

Nej, det är inte bara det. Det kändes inte alls så här när jag opererade min cancer. Jag var sövd även då. När måste Du åka hem?

– Jag stannar hos dig.

Min Johannes, tänker hon, innan hon somnar.

*

Hon vet inte hur länge hon sovit men när hon vaknar sitter Johannes fortfarande vid hennes sida. Plattan ligger på hennes mage och hon pekar på den att hon vill skriva.

Du är kvar?

– Läkaren sa att det var viktigt att du vilade i fred, så jag åkte hem i går efter att du sovit några timmar. Jag kom tillbaka i morse och har suttit här sedan dess. Klockan är nu strax efter fyra på eftermiddagen.

Stackars Dig! Du, jag är så ledsen att jag aldrig berättade att jag tänkte skilja mig när Du nyss köpt huset. Allt hade blivit så annorlunda. Jag hade inte förstått hur svårt Du hade det.

– Tänk inte på det nu. Jag var inte särskilt öppen själv. Varken du eller jag var det. Inte förrän vi hade samtalen i Tyskland kunde vi till slut vara det.

Får jag be Dig om en sak.

– Vad som helst kan du be mig om.

Jag vill vara begraven på samma plats som Du. Att stenen Du formade den sommaren, blir vår minnessten.

– Ja, om det är nödvändigt, men du ska blir frisk igen.

Hon ruskar på huvudet.

Kan Du hålla om mig?

– Lämna mig inte Ifemelu. Jag ... jag älskar dig.

Han böjer sig fram, placerar sin arm runt hennes nacke och håller henne tätt intill sig. Plötsligt, känner hon en kraftig smärta i huvudet och hur hela kroppen domnar bort. Det sista hon upplever i sitt snart sjuttiosexåriga liv är att Johannes kysser hennes kind.

EPILOG

Johannes hade pratat med Ifemelus döttrar om hennes sista vilja, bland annat om den gemensamma slutliga viloplatsen. Lagen tillät inte en begravningsplats i vare sig Körsbärshusets trädgård eller den hos Johannes, något han önskat. I stället hade de begärt, och fått, en undanskymd plats på kyrkogården vid kyrkan med de gotiska valven. Julia skulle ta över Körsbärshuset men sa till Johannes att han var välkommen dit när som helst. Rampen skulle de behålla tills vidare.

Inför begravningen insisterade lilla Klara på att spela piano och under akten framförde hon Bach-preludiet utan minsta misstag. Begravningsakten avslutades med att medlemmar ur kyrkokören framförde Jesu Parvule av Alfred Burt, framme vid altaret. När ceremonin inne i kyrkan var över placerades urnan med Ifemelus kvarlevor på den utsedda gravplatsen, och där skulle även Johannes aska hamna när tiden var inne.

Efter begravningen samlades alla tre döttrarna med sina respektive familjer tillsammans med Johannes runt Duetto-stenen i hans trädgård. Även Ifemelus systrar och de långväga gästerna, Claudia och Allison, var närvarande. I den grop Cecilia grävt dagen innan framför Duetto-stenen, placerade Johannes en halv sten med en slät- och skrovlig yta. De täckte

gropen med en skiva av slipad grågrön marmor. Johannes sa
några ord som var knappt hörbara för de andra.

*

Efter Ifemelus bortgång återvände Johannes till sitt hus. Tiden
verkade ha stått stilla där, som om det varit lämnat i hast.
Öppna lådor i gästrummet, slarvigt hopvikta kläder på dub-
belsängen och på köksbordet fanns några delar ur den guld-
blå servisen. Huset hade Cecilia tagit hand om under tiden
Johannes bott i Körsbärshuset. Under vintrarna hållit
gångvägen från gatan fri från snö och under somrarna skött
om gräsmattan och blomrabatterna.

Därefter var både Cecilia och Julia ofta hemma hos honom
och såg till att han åt, skötte sin hygien och hjälpte honom
med städning och tvätt. Jessica besökte honom varje gång hon
var hemma och hade alltid med sig en bok till honom, ofta om
geologi.

När det blev varmare bad Johannes Cecilia om hjälp med
att ställa ut en trädgårdsvilstol vid Duetto-stenen, då han ville
sitta där en stund varje dag.

Ett knappt halvår efter Ifemelus bortgång, slog Johannes
hjärta sitt sista slag, det som sedan begravningen gått på
tomgång. Några dagar efter midsommar hade han en tidig
morgon tagit rullatorn ut till trädgården och som vanligt satt
sig i vilstolen intill Duetto-stenen. Där hade han suttit tills
den sista vilan inträtt.

Det var Cecilia som senare samma kväll fann honom hop-
sjunken i vilstolen. Undersökningen av hans kropp visade
inte något speciellt. Det tycktes som om hans hjärta bara slutat
slå. Som om han bestämt sig för att stanna det. I ena handen
hade han haft en hopviken papperslapp, i den andra en
stenhalva som liknade den som redan fanns i gropen framför
Duetto-stenen.

När Cecilia senare lämnade sjukhuset och vecklade ut lappen läste hon med viss svårighet Johannes knappt läsbara handstil:

Ett skimrande hav
Så ljuvligt doftande var aldrig schersminen,
och musiken fyllde aldrig så min själ,
rosorna aldrig så evigt blommande
som när Du gick vid min sida.
Ditt känsliga inre visade mig världen,
berikade hela min existens,
redan långt innan
Din kind blev kysst av mig.

Stenhalvan tillsammans med papperslappen, efter att ha blivit omsorgsfullt inplastad, placerade de tre döttrarna i gropen framför Duetto-stenen.

MUSIKEN

Bach, Johan, Sebastian: *Preludium nr 1*, BWV 846
Bach, Johan, Sebastian: *Adagio ur konsert för oboe*, BWV 974
Barber, Samuel: *Adagio för stråkar*
Beethoven, Ludvig van: *"Für Elise" Bagatelle nr 25*, WoO 59
Bizet, George: *Suite nr 1 ur Carmen*
Brahms, Johannes: *Klarinettkvintett*, op 115
Boulanger, Lili: *D'un matin de printemps*
Burt, Alfred: *Jesu Parvule*
Elgar, Edward: *Cellokonsert*, op 85
Liszt, Franz: *Un sospiro*, S.144 nr 3
Mascagni, Pietro: *Ave Maria*
Mendelssohn, Felix: *Lieder ohne Worte*, op 19 nr 6
Mendelssohn, Felix: *Lieder ohne Worte*, op 38 nr 6
Mendelssohn, Felix: *Lieder ohne Worte*, op 67 nr 2
Puccini, Giacomo: *E lucevan le stelle ur Tosca*
Pärt, Arvo: *Passio*
Rachmaninov, Sergei: *Pianokonsert nr 2*, op 18
Rachmaninov, Sergei: *Pianokonsert nr 3*, op 30
Rachmaninov, Sergej: *Preludium*, op 3 nr 2
Saint-Saëns, Camille: *Mon cœur s'ouvre à ta voix ur Simson och Delila*, op 47
Sjostakovitj, Dmitrij: *Piano trio*, op 67 nr 2
Schubert, Franz: *Piano sonat nr 20*, D959
Schumann, Robert: *Intermezzo ur Faschingsschwank*, op. 26